Setembro negro

Sandro Veronesi

Setembro negro

TRADUÇÃO
Karina Jannini

autêntica contemporânea

Copyright © 2024 La nave di Teseo editore, Milano
Publicado mediante acordo com a Casanovas & Lynch Literary Agency.
Copyright desta edição © 2025 Autêntica Contemporânea

Título original: *Settembre nero*

Todos os direitos reservados pela Autêntica Editora Ltda.
Nenhuma parte desta publicação poderá ser reproduzida, seja
por meios mecânicos, eletrônicos, seja via cópia xerográfica,
sem a autorização prévia da Editora.

EDITORAS RESPONSÁVEIS
Ana Elisa Ribeiro
Rafaela Lamas

PREPARAÇÃO
Sonia Junqueira

REVISÃO
Elisa Nazarian
Marina Guedes

CAPA
Diogo Droschi

IMAGEM DE CAPA
Riccione, 1986
© Eredi Luigi Ghirri

DIAGRAMAÇÃO
Waldênia Alvarenga

Dados Internacionais de Catalogação na Publicação (CIP)
(Câmara Brasileira do Livro, SP, Brasil)

Veronesi, Sandro
 Setembro negro / Sandro Veronesi ; tradução Karina Jannini. -- 1. ed.
-- Belo Horizonte, MG : Autêntica Contemporânea, 2025.

 Título original: Settembre nero

 ISBN 978-65-5928-570-9

 1. Ficção italiana I. Título.

25-265066 CDD-853

Índices para catálogo sistemático:
1. Ficção : Literatura italiana 853

Cibele Maria Dias - Bibliotecária - CRB-8/9427

A **AUTÊNTICA CONTEMPORÂNEA** É UMA EDITORA DO **GRUPO AUTÊNTICA**

Belo Horizonte
Rua Carlos Turner, 420
Silveira . 31140-520
Belo Horizonte . MG
Tel.: (55 31) 3465 4500

São Paulo
Av. Paulista, 2.073 . Conjunto Nacional
Horsa I . Salas 404-406 . Bela Vista
01311-940 . São Paulo . SP
Tel.: (55 11) 3034 4468

www.grupoautentica.com.br
SAC: atendimentoleitor@grupoautentica.com.br

Para Manuela
as forever is.

Não posso continuar.
Continuarei.
Samuel Beckett

Primeira parte

1.

Para começar a contar esta história, preciso falar dos meus pais. Naquela época, eles eram os guardiões da minha serenidade, e isso significa que eram bons pais. Eu tinha doze anos, e não havia nada na minha vida que chegasse perto da importância deles. Se é possível dizer que minha infância foi um espaço seguro e que fui uma criança feliz, o mérito é deles. Eis a razão pela qual os fatos que contarei me abalaram tanto: porque, pela primeira vez, eles não souberam me proteger, ou melhor, foram uma das causas das perturbações que sofri. Pela primeira vez, o mundo conseguiu me tocar diretamente, sem filtros – e o mundo queima, é fogo vivo, e eu não sabia disso porque, até então, justamente meus pais sempre se colocavam no meio: só que, daquela vez, eles próprios foram o mundo enfurecido; por isso, pode-se dizer que, a partir de certo dia, não fui mais feliz – pelo menos não daquela maneira –, e foi por culpa deles.

Meu pai era advogado criminalista. Aliás, era o único advogado criminalista na cidade em que morávamos, que agora vou dizer qual é, e todos vocês vão pensar a mesma coisa: Vinci. Mas Leonardo nada tem a ver com esta história. Prefiro recordar outra coisa ligada à minha cidade, muito mais importante para mim, embora ninguém nunca se lembre dela: a queda da ponte sobre o rio Arno, em

17 de novembro de 1966, poucos dias depois da inundação que atingiu Florença e toda a região. Esse desabamento, mais ainda que a própria inundação, foi o primeiro trauma da minha vida: a ponte desabou no rio, e minha cidade, junto com outras vizinhas, viu-se isolada do mundo. O isolamento durou muitos dias, não se ia à escola nem à catequese, as famílias foram divididas, e quem tinha de ir a Florença para trabalhar, como meu pai, era obrigado a fazer um longo desvio e percorrer estradas de montanha, que tinham se tornado perigosas. Eu ouvia dizer que aquele desabamento era um fato muito grave, porque a ponte tinha apenas doze anos: eu tinha a metade disso, e doze anos realmente não me pareciam pouca coisa, mas, seis anos depois, quando foi minha vez de desabar, percebi que doze anos são pouco. Por isso, lembro-me muito bem do período da inundação e da queda daquela ponte: eu e ela tínhamos a mesma idade quando fomos atingidos, ela pela natureza, e eu pelos homens, e essa é uma idade em que certas coisas não deveriam acontecer, nem às pontes, nem aos homens. É cedo demais.

Como eu estava dizendo, meu pai era advogado criminalista, tinha um escritório pequeno em Vinci e outro maior em Florença, em sociedade com um tal de Ciarnese. Que eu soubesse, ele defendia pessoas inocentes, e justamente o fato de ser ele a defendê-las garantia que eram inocentes. Meu pai era um homem bom e cheio de vida, dotado daquela beleza que constituía o padrão na época, ou seja, magro, de rosto encovado e braços fortes. Tinha belos cabelos pretos como a pelagem de um cavalo frisão, olhos escuros, mas cheios de luz, e uma boca grande e vermelha, feita especialmente para sorrir. Era apaixonado por esporte: não tinha um grande físico, mas afirmava que havia jogado rúgbi quando jovem e praticado judô (que ele chamava de "luta japonesa") e caratê. Impossível verificar. Certo é que era louco pelo mar e pela vela e dedicava todo o seu tempo livre ao veleiro com o qual se divertia no verão: no tempo em que se passa a história que contarei, ele tinha um Classe A de madeira chamado *Tivatù*, que demandava uma infinidade de cuidados, e me lembro, como se fosse uma espécie de tortura, dos domingos de inverno em que ele me levava consigo a Fiumetto, em Versilia, para lixar a carena, consertar as fendas, passar o verniz, polir, cuidar daquele veleiro e protegê-lo como se fosse uma criança – como se fosse eu. Na realidade, ele adorava tudo quanto era barco, mas, em especial, gostava dos pequenos e velozes, com a quilha móvel, que podiam ser puxados manualmente para a praia. De vez em quando, também participava de regatas com Gianfranco, o proprietário do balneário Bagno Stella, aonde íamos nas férias, e com um dos irmãos dele, de nome Giuseppe. Nunca venciam: em casa, três troféus, um grande e dois pequenos, ocupavam o lugar de honra na estante da sala. Referiam-se a três edições diferentes da mesma regata, chamada "Happy Day": na placa do troféu maior estava escrito "2º CLASSIFICADO", e a data era 1967. Os dois menores eram dois terceiros lugares, de 1966 e 1968. Com base nessas descobertas, eu havia imaginado que ele, Gianfranco e Giuseppe fossem fortes, mas que depois, com o passar dos anos, tivessem encontrado um pão duro demais para seus dentes. Eu o ouvia mencionar nomes pomposos – Capio, Straulino –, que encontrava nos álbuns de figurinhas dos Campeões do Esporte, e achava que fossem eles os adversários que venciam meu pai nas regatas. No entanto, esses eram os ídolos do meu pai, e as regatas nas quais, após 1968, ele não havia conseguido ganhar nem mesmo um troféu de consolação eram pequenas competições amadoras, organizadas para entusiastas como ele. Na realidade, a questão da sua classificação nas regatas interessava muito mais a mim do que a ele, pois a palavra que deve ser utilizada quando se fala do meu pai é "diletante". Exceto em seu trabalho, em todo o restante meu pai era um diletante, no verdadeiro sentido etimológico do termo, que tem a ver com *delicere*, ou seja, seduzir, atrair, laçar. Do diletante ele tinha a paixão contagiante e a alegria de existir, a despreocupação e a nobreza de espírito, mas também a superficialidade, a frivolidade, a improvisação e, às vezes, a ingenuidade. É importante ter isso em mente.

Minha mãe tinha os cabelos ruivos, mas de uma tonalidade indescritível – acreditem –, que existia apenas em sua cabeça. Era irlandesa. Tinha vindo com a família para a Itália quando criança, nunca deu para entender direito por quê. Negócios, diziam: seu pai era importador de derivados de borracha e se mudou com a família de Dublin para Florença logo após a guerra, em 1946, quando minha mãe tinha onze anos. Fez o caminho inverso treze anos depois, quando ela já estava noiva do meu pai, e foi por isso que não o seguiu. Deve ter havido certa tensão em sua família naquele período, uma vez que apenas um mês depois que seus pais partiram para a Irlanda minha mãe se casou com meu pai, em 25 de setembro de 1959, quase às escondidas, sem convidados, e menos de seis meses depois, em 12 de março de 1960, eu nasci. Não é difícil imaginar a razão da controvérsia, considerando que minha mãe era de uma família católica que tocava as raias do fanatismo.

Era uma mulher bonita, minha mãe, e, mesmo com toda a austeridade de seu estilo de vida (taciturna, roupas comuns, sem trabalho, sem carteira de motorista, sem vida mundana), aqueles seus cabelos de cor milagrosa eram uma atração irresistível nos lugares onde passava seus dias, ou seja: Vinci durante o ano escolar e Fiumetto nos meses de verão. Aqueles cabelos eram um grito que eu também ouvia: "Ei, olhem para mim! E, já que estão aí, olhem não apenas para os cabelos, mas também para os meus olhos cor de esmeralda, para minha pele branca como uma pétala de magnólia, para os milhares de sardas que surgem assim que tomo um raio de sol! Vocês nunca viram nada parecido!". O que não deixava de ser verdade: era preciso viajar para ver mulheres como a minha mãe, mas, naquela época, as pessoas viajavam muito pouco, pelo menos na nossa região, e uma mulher como ela representava uma atração. Por isso, minha mãe vivia em um paradoxo: quanto mais se esforçava para ser invisível, apenas dona de casa e esposa dedicada do advogado Bellandi, mais as pessoas a notavam, o que sempre produziu uma boa quantidade de boatos a seu respeito — na verdade, não boatos, é melhor dizer "invenções", uma vez que sua conduta irrepreensível não deixava espaço para rumores. Por outro lado, essa mesma atração havia despertado a paixão do meu pai, que sempre repetia aos amigos ter perdido a cabeça no instante em que vira aqueles cabelos "da cor de uma alvorada de maio na Cornualha", dizia, "entre as seis e as seis e meia da manhã". Como ele nunca tinha estado na Cornualha, sempre pensei que essa fosse uma citação — até porque ele não era um sujeito muito poético; mas, por mais que tenha pesquisado ao longo de todos esses anos, nunca consegui encontrar o original, e, portanto, pode ser que essa frase tenha sido mesmo inventada por ele. Depõe a favor dessa hipótese o fato de meu pai ter acreditado por muito tempo que a Cornualha ficava na Irlanda. Certo é que essa frase surtia efeito na minha mãe; era o que se via pelo sorriso que se abria em seu rosto sempre que meu pai a repetia.

Como eu estava dizendo, minha mãe era uma mulher muito vista, muito imaginada — e o que exatamente era imaginado não é difícil de imaginar. O que ninguém imaginava, porém, e que no mundo inteiro somente eu sabia, era o fato de que dentro dela rugiam leões.

2.

Naquele ano, já antes do verão, começaram as mudanças. Não tanto na vida que eu levava, que era sempre a mesma: as mudanças diziam respeito a mim. Meus cabelos, por exemplo, que sempre foram lisos, começaram a encaracolar. Não era fácil acostumar-se com isso porque, até então, eu sempre os penteava com a risca de um lado, e minha cabeça ficava em ordem. A partir de certo momento, isso já não era possível, pois os cabelos iam para onde bem entendessem, preenchendo minha cabeça com ondulações e redemoinhos. Tentei alisá-los com a escova enquanto os secava, sem resultado. Cortei-os mais curtos e, por certo tempo, continuei assim, cortando-os com frequência, na esperança de que, ao crescerem, eles voltassem a me obedecer, mas essa tentativa também fracassou – porém, produziu dois inesperados efeitos colaterais: o primeiro foi que, durante o inverno, com a nuca e as orelhas sempre descobertas, peguei resfriado duas vezes; o segundo foi a descoberta das revistas pornográficas que o barbeiro mantinha debaixo do balcão. Era o barbeiro do meu pai e se chamava Renzo, ou melhor, chamava-se justamente Renzo-barbeiro, para se distinguir do Renzo-motorista, que de vez em quando acompanhava meu pai até Roma para as audiências na Corte de Cassação (eu não sabia o que era a Corte de Cassação, mas ouvia falar dela com frequência e imaginava que fosse um lugar perigoso por causa de todas aquelas consoantes que sibilavam nesse nome).

 Sua barbearia era na praça da cidade, e eu havia notado que, quando minha mãe me deixava ali (nunca ficava me esperando), ele se apressava em esconder certas revistas sob a bancada onde tinha o caixa. Às vezes, porém, algum cliente estava folheando uma, e Renzo-barbeiro não tinha como escondê-la; por isso, graças à trigonometria dos reflexos nos espelhos, eu também conseguia ver um pouco daquelas imagens. Mulheres nuas. O efeito produzido pela descoberta delas foi – seco, límpido e, para mim, inteiramente novo – o desejo: mas não o desejo de ter as mulheres fotografadas naquelas páginas, e sim o desejo de ter aquelas fotos, de observá-las com calma, como faziam aqueles clientes, como eu fazia com os álbuns de figurinhas. Assim, com a desculpa da guerra aos cachos, comecei a pedir para minha mãe me levar com maior frequência ao barbeiro, e foi durante uma dessas visitas que o evento esperado aconteceu: Renzo-barbeiro terminou de atender o cliente que tinha chegado antes de mim, trocou alguns gracejos enquanto ele pagava e ia embora, e ainda não tinha colocado a capa em mim quando foi advertido de que os guardas estavam para multar seu Fiat 600, estacionado em local proibido – razão pela qual ele teve de sair correndo, deixando-me sozinho na barbearia. Mal ele passou pela porta, pulei da poltrona, precipitei-me até o balcão, apanhei as revistas e comecei a folheá-las ali mesmo, atrás do caixa: *Men, Playmen, ABC* – mas, mesmo assim, enquanto as folheava, continuei a sentir o desejo de poder olhar mais para elas, pois tinha de ficar de olho na porta de vidro, para voltar ao meu lugar antes que o barbeiro regressasse. Não é fácil explicar, mas esse meu primeiro contato com a pornografia acendeu em mim outro desejo de pornografia que a própria pornografia não era capaz de satisfazer, e foi esse curto-circuito que me ludibriou – olhar imagens pornográficas e desejar olhar imagens pornográficas –, produzindo a alienação que transformou aquela tarde na primeira catástrofe da minha vida. De fato, sem me dar conta, deixei de ficar de olho na porta de vidro, que de repente se abriu, fazendo soar o sininho. Renzo-barbeiro tinha voltado, estava de novo na barbearia, na minha frente – mas eu não estava sentado na poltrona onde ele havia me deixado, e sim em pé, atrás do balcão, com suas revistas pornográficas nas mãos. Naquele momento, aquilo foi demais para mim; por isso, o sininho tocou uma segunda vez, pois a porta se abriu de novo, e, sem me dar conta, eu já estava fora da barbearia, indo embora às pressas. Corri o mais rápido que pude, para longe daquele desastre, com o cérebro apagado; eu apenas corria, como se, afastando-me daquele lugar, pudesse apagar meu flagrante. Entrei nas ruelas do centro, uma após a outra, sem pensar, com o único objetivo de despistar Renzo-barbeiro caso ele estivesse me seguindo. Corri assim por um bom tempo e, quando parei para recuperar o fôlego, percebi que Renzo-barbeiro não tinha me seguido: eu estava salvo – mas não sabia onde me encontrava.

    O centro de Vinci era um ovo, e eu o conhecia bem, pois tinha permissão para andar sozinho por ali com meus amigos, mas, quando olhei ao redor, não consegui me orientar. Depois, aos poucos, meu cérebro voltou a funcionar, comecei a reconhecer lojas e portões, entendi onde estava e, sobretudo, me dei conta de que tinha de encontrar minha mãe antes que ela voltasse à barbearia para me buscar. Refleti muito sobre essa busca pela minha mãe naquela tarde: desesperada, cega, nunca procurei uma pessoa com tanta aflição – nem creio que ela algum dia tenha sido procurada dessa maneira.

Encontrei-a na confeitaria da Loris. Estava comendo um marrom-glacê e, no pratinho à sua frente, havia uma montanha de forminhas vazias de papel plissado – onze, para ser exato: sou meio autista, e, no mesmo instante em que os olhos as viram, o cérebro as contou. Foi uma surpresa, porque em casa, quando se permitia, ou seja, raramente, ela sempre comia apenas um, no máximo dois. Ficou tão sem graça ao me ver aparecer ali, de repente, enquanto se empanturrava de marrom-glacê, que não foi nada complicado lhe dar uma explicação: Renzo-barbeiro tinha tido um problema com o carro, precisou sair às pressas, e eu preferi ir embora a permanecer sozinho na barbearia. Ela disse que eu tinha feito bem e me levou para casa sem perguntar mais nada; em vez disso, deu-me justificativas que eu não havia pedido sobre os doze marrons-glacês que havia traçado – por exemplo, que eram de marcas diferentes, e a Loris lhe tinha pedido para prová-los e dizer quais eram os melhores. Depois disso, já em casa, disse que me levaria de novo ao barbeiro no dia seguinte – e então, diante da perspectiva de ver adiada em apenas um dia a calamidade da qual eu tinha acabado de escapar, minha mente conseguiu dar o passo que, até aquele momento, sempre se recusara a conceber. Não, respondi – afinal, tínhamos visto que de nada adiantava cortá-los: eu deixaria que meus cabelos se encaracolassem, como evidentemente estava escrito em algum lugar no meu sangue que deveriam fazê-lo, e não me oporia mais a isso. Minha mãe pareceu aliviada com essa decisão, como se a esperasse havia muito tempo; não me levou mais ao Renzo-barbeiro, e foi assim que passei a aceitar os cachos que, nos meses seguintes, mudaram para sempre minha aparência. Restava uma sombra em uma perspectiva futura, uma vez que, cedo ou tarde, eu teria de voltar a cortar os cabelos, mas não me preocupava com isso naquele momento nem podia imaginar que o destino pensaria em me poupar da vergonha de rever Renzo-barbeiro.

Já estávamos no início de março, perto do meu aniversário, e outra mudança me surpreendeu, causada pelos presentes que meu pai me deu. Até o ano anterior, para o meu aniversário ele me levava à única loja de brinquedos da cidade, conhecida pelo nome do seu proprietário, o Capecchi, onde eu escolhia meu presente: carrinhos, LEGO, autorama, trenzinhos... Aquela loja era um conto de fadas para mim, e as tardes passadas ali dentro foram as mais bonitas da minha vida. Naquele ano, porém, meu pai disse que eu já estava grande, não me levou à loja do Capecchi e me deu dois presentes "de rapazinho": um toca-discos portátil e uma assinatura da revista *linus*.[1] Quando me comunicou sua decisão, tive de fazer um esforço razoável para esconder minha decepção, pois fazia meses que eu vinha sonhando com a ida à loja do Capecchi e sabia muito bem o que levaria para casa. Não era a primeira vez que eu ganhava um presente que não fosse um brinquedo – poucos meses antes, por exemplo, deram-me um radinho a transistor portátil, chamado Grundig Micro-Boy 300, com o qual eu finalmente podia ouvir as partidas de futebol em santa paz –, mas nunca tinha acontecido nas datas de Natal e aniversário; só que daquela vez foi o que aconteceu, e me pareceu uma falta de respeito. No entanto, além do fato de minha mãe – que tinha uma opinião diferente sobre o

---

[1] Personagem das tiras de Charles Schulz, que na Itália deu nome à revista com os quadrinhos do cartunista. (N. T.)

crescimento – ter me levado à loja do Capecchi (uma caixa de Meccano² era o que eu tinha em mente), para minha surpresa gostei muito dos dois presentes do meu pai, que me fizeram descobrir um modo totalmente novo de me divertir.

A revista *linus* foi um belo avanço em relação a *Mickey Mouse*, *Tiramolla* e outras histórias em quadrinhos que eu lia na época: em primeiro lugar, descobri *Peanuts*, da qual logo me tornei um fiel seguidor, depois, *B.C.*, *Recruta Zero*, *The Wizard of Id*, *Dropouts*, mas também, nas últimas páginas, tiras de *Valentina* e *Paulette*, que saltavam aos olhos porque, mais uma vez, mostravam mulheres nuas. Só que essas eram desenhadas e, evidentemente, não havia nada de mal em olhar para elas, embora em mim causassem o mesmo efeito que as fotografadas.

Já o toca-discos me introduziu literalmente em outro mundo. O objeto em si era muito diferente em relação aos brinquedos: azul-celeste, compacto, pesado, fazia ruídos adultos, muito diferentes daqueles dos objetos que eu havia manejado até então. No entanto, apesar dessa aparente solidez, os cuidados que eu devia dispensar a ele me diziam que era um objeto frágil – não pode cair, não pode molhar, não pode ficar na areia, o frio o danifica, o calor o danifica –, como a filmadora do meu pai. Era a primeira coisa delicada que me confiavam, mas era sobretudo sua função que fazia de mim um rapazinho: ouvir a música escolhida por mim, e não pela televisão, pelo rádio ou a selecionada pelos outros nos *jukeboxes*. Fazia uma bela diferença. Só que era preciso ter discos, e em casa não havia discos de 45 rotações, os únicos que aquele objeto podia reproduzir. Por isso, junto com o toca-discos, meu pai me

---

² Marca de brinquedos de montagem. (N. T.)

deu um 45 rotações, e é nesse disco que eu gostaria de me deter, pois diz muito sobre ele. Diz sobre sua falta de noção, mas também sobre sua intuição; sobre sua superficialidade e seu pragmatismo; sobre seu distanciamento pessoal em relação aos modismos, mas também sobre sua confiança nesses mesmos modismos; diz sobre sua sorte, seu orgulho, sua ingenuidade, sobre o temor que ele nunca tinha de fazer má figura, sua futilidade e sua capacidade de sempre se safar de maneira honrosa – diz tudo o que eu queria dizer quando o defini como um diletante. O disco era de um músico que na capa aparecia identificado como "The Incredible Jimmy Smith" e se intitulava *The Cat*: em seguida, descobri que, como iniciação, Jimmy Smith não era nem um pouco ruim, mas, obviamente, naquela época eu não fazia ideia de quem fosse; só que – eis a sacada de gênio – nem meu pai fazia. Escolhera-o sem o ouvir, só porque na capa, acima do focinho de um gato preto em primeiro plano, estava escrito em letras maiúsculas: TEMA DO PROGRAMA *PARA VOCÊS, JOVENS*. Em sua santa ignorância do que estava acontecendo no mundo da música, o fato de uma canção ser tema de um programa radiofônico do qual ele também não sabia nada, mas em cujo título aparecia a palavra "jovens", era para ele uma credencial suficiente para dá-lo de presente a seu filho. Enfim, o ano era 1972, bastava pedir um conselho ao vendedor da loja, e este lhe diria que, apenas nos últimos meses, haviam sido vendidos 45 rotações de canções realmente extraordinárias, capazes de satisfazer todos os gostos. Além do mais, se ele quisesse mesmo me dar de presente o tema daquele programa, o vendedor certamente lhe teria informado que *The Cat* já não era tocado na abertura do *Para vocês, jovens* havia um bom tempo, pois, naquele ínterim, o tema mudara várias vezes; mas meu pai não era do tipo de perguntar a um vendedor que presente deveria dar ao próprio filho, e não permitiu à pedante complexidade do mundo que corroesse a pureza do critério que havia adotado; por isso, junto com o toca-discos portátil, deu-me aquele disco sem nenhuma incerteza: ao contrário, reivindicou solenemente tanto esse critério quanto a vantagem de sua imediata consequência, ou seja, ouvirmos juntos, pai e filho, aquele disco pela primeira vez, para descobrir de que tipo de música se tratava. Deixou a mim a honra de inserir o disco na fenda e empurrá-lo para dentro da barriga do aparelho – *clopft* –; depois, começou a ouvir a canção com ar absorto: um dilúvio sincopado de virtuosismos no órgão Hammond – porque era disso que se tratava, razão pela qual Jimmy Smith é lembrado até hoje. Certamente não ficou menos surpreso do que eu quanto ao que estava ouvindo, mas durante toda a canção manteve uma contenção profissional, reminiscente, anuindo de vez em quando como se fosse um especialista. Naquele momento, era um pai em pleno controle da situação, mas, considerando o que estava para acontecer, essa lembrança sempre me comoveu profundamente. Porque, na realidade, ele não estava no controle de nada, nem mesmo ali; era um galho seco ao sabor do vento, como sempre foi, e apertava meu ombro com o braço, sem ter a menor ideia do que o esperava. Daquela vez, havia acertado na mosca: *The Cat* era uma ótima porta de entrada para a música daqueles anos, mas estava claro que, ao agir daquele modo, com aquela leviandade, cedo ou tarde cometeria um erro pelo qual pagaria caro.

3.

Os cabelos são muito importantes nesta história. Os meus, que se encaracolam, respondendo a uma ordem que meu organismo – ou seja, eu – emitiu de repente, respondendo a insondáveis instruções genéticas, mudando em poucos meses meu aspecto, minha percepção de mim mesmo – ou seja, mudando a mim. Durante aqueles meses, evitei os espelhos para me poupar da surpresa de me ver tão mudado. A questão não era se eu gostava ou não dos cachos, a questão era aquela mudança, que vinha de muito mais longe em relação ao lugar onde eu sempre acreditara estar. A questão era o esforço que eu fazia para aceitar a existência, em mim, daquela distância.

Já falei sobre os cabelos da minha mãe: aquele prodígio que também vinha de longe, daquela alvorada na Cornualha, nunca vista por ninguém. O assombro que provocava, as fantasias que produzia.

Depois, há os cabelos da minha irmã: ruivos como os da minha mãe, idênticos. No entanto, aqui há um pequeno mistério – ou melhor, dois: à minha irmã deram o nome de Gilda, em homenagem ao filme com Rita Hayworth. Primeiro mistério: como meu pai e minha mãe podiam saber que ela também teria cabelos ruivos quando escolheram esse nome e ela havia acabado de vir ao mundo? Eu me lembro de quando a colocaram nos meus braços pela primeira vez – toda embrulhada em uma coberta de crochê, feita pela minha avó, e era calva; e, com certeza, pelo menos minha mãe sabia o que todo mundo sabe sobre o gene do rutilismo[3] – ou seja, que é recessivo. Não era nada certo que o transmitiria à filha depois de o ter somado ao do meu pai, que tinha cabelos pretos – aliás, era improvável. Mesmo assim, eles lhe deram o nome de Gilda. E o segundo pequeno mistério é justamente essa escolha. Minha irmã nasceu em 1965, e o filme *Gilda* é de 1946, quando meu pai tinha catorze anos, e minha mãe, onze; ainda faltavam doze anos para eles se conhecerem. Trocando em miúdos, não era um filme que tivesse a ver com eles, como *Um amor na tarde*, que, pelo que eles contaram, foram ver no cinema Gambrinus, em Florença, em seu segundo encontro, em julho de 1958, e foi ali que trocaram os primeiros beijos, e foi por isso que permaneceram na sala – naquela época era possível – por duas sessões e meia seguidas. Mas *Gilda* era um filme antigo, o que tinha a ver com eles? Enfim, eu também dei ao meu primeiro filho o nome de Jimmy, em homenagem ao personagem de Jimmy Rabbitte, do filme *The Commitments – Loucos pela fama*: mas, para começo de conversa, *The Commitments* foi lançado um ano antes do nascimento do meu filho; depois, foi um filme muito importante para mim, porque não apenas assisti a ele, não apenas o adorei, assim como adorei o romance no qual foi inspirado, mas também trabalhei nele ou, melhor dizendo, colaborei como assistente de produção, o que significa que eu dirigia uma van e levava coisas e pessoas para o *set* de filmagem, ganhando meu primeiro dinheiro. Mas, sobretudo,

---

[3] Característica genética responsável pela ocorrência de pelos e cabelos ruivos. (N. T.)

eu me reconheci nele. Não sei se vocês se lembram do final do filme: Jimmy Rabbitte declamando aqueles versos de "A Whiter Shade of Pale", cujo significado sempre permaneceu obscuro, e é justamente por não se entender do que falam que ele os cita na entrevista imaginária que faz diante do espelho; e quando, nas vestes do entrevistador, pergunta a si mesmo o que significam, ele mesmo responde: "Sei lá!". Pois bem, esta é a minha vida: não adianta tentar entender, é preciso aceitar e pronto. Houve um desmoronamento? Os pedaços estão espalhados no chão? Ok, rapaz, você não tem alternativa a não ser remontar tudo do jeito que der e, se não conseguir reutilizar todas as peças, paciência, faça o que puder, e o resultado será o que tiver de ser: de repente, até sai melhor que antes, quem é que pode saber?

Mas cá estou eu falando de mim – de como sou hoje –, e isso não está certo: não era minha intenção, escapou, e vou parar agora mesmo, porque o único "eu" que conta na história que pretendo contar é um menino de doze anos que ainda não sabe nada de nada. Por isso, peço desculpas e volto imediatamente para aquele nome, Gilda, que meus pais deram à minha irmã sem saber que ela teria cabelos ruivos, sem que aquele filme tivesse algo a ver com a união deles e – sou tentado a acreditar, mas esta é apenas uma suposição minha – sem nem sequer o terem visto. Estamos – isto é o que quero dizer – naquele reino de luminosa superficialidade, do qual meu pai era um súdito fiel, e é bem provável que o que apresentei como pequenos mistérios não o sejam de modo algum: é bem provável que o nome Gilda tenha sido escolhido para homenagear sua esposa, e não sua filha, e que ele o tenha feito porque, de todo modo, aquele nome era o símbolo dos cabelos ruivos, tivessem eles visto o filme ou não, e o era proverbialmente, como o são as associações feitas para sempre, sobretudo no cinema. Marilyn, sexo; Frankenstein, monstro; Rodolfo Valentino, *latin lover*; Gilda, cabelos ruivos. O que há de estranho nisso, meu filho? Qual é o mistério?

Mas visto que, ao me desviar da rota ao longo da narração, acabei indo parar em *The Commitments*, já que cheguei a tanto, posso aproveitar a ocasião para apresentar, sempre a propósito de cabelos, dois novos personagens cruciais desta história. Para isso, vou citar uma passagem muito famosa que diz o seguinte (agora cito o romance, e a tradução é minha): "Os irlandeses são os negros da Europa. Os dublinenses são os negros da Irlanda. E os dublinenses da periferia da zona norte são os negros de Dublin. Por isso, digo e canto, sou negro com muito orgulho". Naqueles idos de 1972, não havia nada mais distante de mim do que pensar em mim mesmo nesses termos, só que minha mãe e toda a sua família eram originárias justamente de Kilbarrack, subúrbio na periferia norte de Dublin, no qual foi inspirado Barrytown, bairro imaginário no qual o romance e o filme são ambientados – e essa, por si só, é uma boa razão para citar essa passagem; mas a verdadeira razão é que, tendo crescido em Vinci, ido algumas vezes a Florença para comer pizza, passado todas as férias de verão em Fiumetto e, sem contar as visitas aos avós irlandeses, tendo feito até então apenas uma viagem ao exterior, de carro, um ano antes, para a Suíça – aliás, como dizia meu pai, para a "Suilça" –, realmente eram muitas as coisas no mundo que eu nunca tinha visto, mas entre elas não havia pessoas negras: essas eu já tinha visto. Mesy e Astel Raimondi, nossas vizinhas de guarda-sol. Eram a esposa e a filha do proprietário da casa que alugávamos em Fiumetto, de abril a outubro, chamado Lucido Raimondi, dono de uma importante empresa de processamento do mármore de Pietrasanta. Imagino que as chacotas sobre seu nome já fossem bastante batidas desde sua infância, mas isso não nos desencorajava de também lançar mão delas em família sempre que ocorria de mencioná-lo: "ele não parecia muito lúcido" e "o senhor translúcido"; esses jogos de palavras passaram a fazer parte do nosso léxico familiar e eram repetidos de maneira persistente, fazendo com que nossa percepção daquele homem estivesse sempre inserida em uma pequena nuvem de bom humor. Mas uma coisa era seu nome; outra bem diferente era sua aparência: alto, gordo e desajeitado como um urso-pardo, raramente ia à praia e nunca usava roupa de banho. Nas poucas vezes que aparecia, permanecia à sombra, de camisa branca, gravata afrouxada e calças arregaçadas, descobrindo os tornozelos, como se estivesse sempre prestes a voltar ao trabalho. Não entrava no mar, não passeava, não conversava com ninguém e não demonstrava nenhum interesse pela diversão ao seu redor. Parecia simplesmente marcar presença e só tirava os olhos das palavras cruzadas para responder aos cumprimentos que lhe dirigiam, por pura educação. Como era muito rico, cumpria à risca todas as obrigações previstas por seu patrimônio; portanto, tinha o primeiro guarda-sol da praia, a cabine número 1, com chuveiro de água quente e conta aberta para todo o verão no bar do estabelecimento, mas deixava essa mordomia à disposição da sua família e de seus hóspedes, sem nunca usufruir dela. Resultado: seu nome causava alegria tanto quanto sua presença intimidava. E não apenas a mim, mas a todos, inclusive meus pais: o fato de meu pai nunca o ter convidado para um passeio de barco, embora ansiasse por compartilhar com os outros sua grande paixão, dava a entender que devia tê-lo feito no passado e recebera uma recusa tão firme que encerrou a questão de uma vez por todas.

Pois bem, a esposa de Lucido Raimondi era etíope. Mais jovem que ele, bonita, de finos traços núbios e pele cor de café, era a atração da praia. Naquela época, não havia pessoas negras na Itália ou, se havia, eram muito poucas – talvez em Roma, alguns padres – e certamente não se encontravam debaixo de um guarda-sol em um estabelecimento balneário de Versilia; por isso, a curiosidade que a senhora Raimondi suscitava era mais forte que qualquer autocontrole, e mesmo estando apenas debaixo do guarda-sol próximo ao dela já era possível perceber a rajada de olhares que todos, homens e mulheres, lançavam a ela sempre que aparecia em seu campo visual. Era um olhar violento, indiscreto, surpreso, insolente, no qual eu encontrava aquele reservado à minha mãe nas ruas, só que muito menos respeitoso. O olhar de quem vê algo que achava que nunca veria, de quem fita o próprio rosto refletido no espelho e não se reconhece, de quem vê pela primeira vez mulheres nuas em uma revista. Estou tentando usar semelhanças que sejam compatíveis com minha experiência na época; por isso, exponho tudo o que diria hoje sobre aqueles olhares, porque é óbvio que também exprimiam ou, melhor dizendo, exprimiam sobretudo desejo sexual por parte dos homens, inveja por parte das mulheres e racismo, consciente ou não, por parte de mais ou menos todos – o que marcava uma diferença decisiva dos olhares reservados à minha mãe. Hoje sei que a cor dos cabelos da minha mãe era percebida como um atrativo, mas a simples presença da senhora Raimondi, tão diferente em meio aos iguais, tão *negra* em meio aos brancos, era percebida como uma insolência. Atraente, talvez, porque, como eu disse, era uma mulher bonita, mas ainda assim uma insolência. Entretanto, naquela época, eu ainda não sabia reconhecer as pulsões sexuais nem sabia o que era racismo; portanto, faço um esforço para recordar, se não com a memória, que perdeu algumas coisas, pelo menos por meio de uma reconstrução histórica – vamos chamá-la assim –, o que eu sentia diante do modo como as pessoas violentavam a senhora Raimondi com o olhar e que muito me impressionava. E me impressionava sobretudo porque eu não compartilhava em absoluto aquele modo de observá-la, uma vez que sempre a vira ali, perto de mim, debaixo do guarda-sol, desde que me conhecia por gente, desfrutando, também por essa razão, do direito de olhar para ela quanto quisesse. Impressionava-me o fato de estar tão habituado a ela, em relação aos outros, que considerava sua presença familiar, e de poder observá-la sem sentir por ela nenhuma curiosidade – o que, do modo como eu via as coisas na época, parecia ser um grande privilégio.

Para dizer a verdade, porém, havia e sempre houve nela uma coisa que me perturbava: os cabelos. Ela os usava compridos e entrelaçados em muitas trancinhas, que batiam nos ombros. Sempre os usara assim, com aquelas trancinhas muito bem ordenadas, que eu sempre quis tocar. Às vezes, inventando manobras estranhas enquanto brincava entre os dois guarda-sóis, como fazer rolar uma bolinha debaixo da espreguiçadeira na qual ela estava sentada, depois me esticar para recuperá-la, fingindo que não a estava alcançando, eu conseguia fazer com que aquelas trancinhas roçassem minhas costas ou meu ombro, se por acaso ela se inclinasse para me ajudar: mas não era suficiente, porque eu queria mesmo era tocar seus cabelos, acariciá-los, sentir um por um os nós daquelas tranças, que também suscitavam a admiração de todos.

    Por fim, Astel, sua filha. Tinha um ano a mais que eu. Vocês vão saber tudo a respeito dela, uma vez que é a protagonista desta história. Por enquanto, direi apenas que, naquele verão, quando apareci na praia com meus cachos, Astel apareceu com trancinhas iguais às da mãe – quer dizer, ainda mais bonitas. E logo percebi que desejar tocar as suas eram outros quinhentos.

4.

Há dois versos de W. H. Auden que carrego comigo desde que os li pela primeira vez – eu estava no ensino médio – e que espalhei por toda parte, com o passar dos anos, como um cartão de visita, entre meus amigos, as garotas que amei, meus alunos, minha esposa, meus filhos e nas palestras que dei. Dizem: "Ainda que nem sempre você consiga se lembrar da razão pela qual foi feliz, / Não poderá esquecer que o foi". Agora que quero contar como eram aqueles verões em Fiumetto e que decidi falar de seu odor, esses dois versos estão aí para me ajudar. Porque havia um odor naqueles verões, um odor que nunca mais encontrei em outro lugar. Obviamente não me lembro de como era – como se sabe, o cérebro não é capaz de reproduzir os odores tal como faz com as imagens e os sons –; no entanto, ele acompanha a memória de cada momento vivido naqueles verões. Constante, mais ou menos intenso, encontrava-se nas mercadorias banais, justamente porque não havia lugar em que não fosse percebido: mas como, desde aquela época, nunca mais o senti, tornou-se lendário. Por isso quero falar sobre ele, e por isso os dois versos de Auden me ajudam a me explicar: embora eu não consiga me lembrar dele, não posso esquecer que existia.

Estava em toda parte. Dentro de casa, na sala com as janelas sempre abertas, onde fazíamos as refeições e assistíamos à televisão, mas também no quarto, nos lençóis recém-lavados, no travesseiro; no mar, no Bagno Stella, debaixo da cobertura de caniços onde ficava o bar, ou nas cabines, mas também na praia, debaixo dos guarda-sóis e até na beira da água, porque nem mesmo a brisa marinha, com a qual meu pai sonhava a cada instante do seu dia, conseguia apagá-lo. Na estrada costeira, onde se abria passagem por entre a fumaça dos escapamentos dos automóveis que passavam a toda velocidade – e, de fato, atravessar essa estrada era perigoso –, mas também nas ruas internas, frescas e silenciosas, onde se podia andar de bicicleta com toda a segurança; no terminal da viação Lazzi, onde havia um salão de jogos e uma pista de carrinhos elétricos para as crianças; na pizzaria Maruzzella, onde todos os anos, no dia 14 de julho, meu pai e minha mãe nos levavam para comemorar o dia em que foram morar juntos; no Eden Park, "o Rolls-Royce dos balneários", que tinha uma pista de patinação e uma quadra de tênis, mas também em todos os outros estabelecimentos, ou ainda na sorveteria Cervino, no cinema a céu aberto, nos bares, nas lojas e nos bazares: em todos os lugares. Certamente é um exagero, pois, se dermos ouvidos à minha memória, esse odor acompanha até as partidas de futebol no pinhal contra os meninos da colônia de férias, só que no pinhal ele não podia estar, uma vez que nos pinhais – e quero dizer em todos os pinhais – ainda hoje reina, como reinava então, a secular e impenetrável prepotência dos perfumes naturais. Entretanto, esse odor de que estou falando era totalmente artificial, totalmente químico, tão onipresente, penetrante e agradável que, na lembrança, acabava transbordando mesmo nos lugares onde não existia.

Para tentar ser mais preciso, tratava-se de uma mistura de odores. Em primeiro lugar, como base, havia o plástico, porque os anos 1970 eram os anos do plástico: o de centenas de pequenas lanchas e de barcos a vela em fibra de vidro, postos em seco na praia – os Flying Dutchman, os catamarãs, os 470, os Flying Junior, os Sunfish, os Alpa S, os Alpa Skip e os Alpa Tris –; o de milhares de cadeiras e mesinhas do lado de fora dos bares, de plástico rígido ou de metal, com assento e encosto de plástico entrelaçado; o de dezenas de milhares de bacias de polipropileno para lavar a roupa, de baldes, escovas e vassouras para a limpeza; o de centenas de milhares de bolas de bocha, peças de jogos e bolinhas com a imagem de ciclistas, máscaras subaquáticas, pés de pato, snorkels (nesses, também se sentia o gosto do plástico), de baldinhos, pazinhas, pinos de boliche e de todos os outros brinquedos de praia; o de milhões de frascos e recipientes de sabão, shampoo, cosméticos e cremes.

Havia ainda a borracha. Toneladas e mais toneladas de borracha, espalhadas por todo o litoral: aquela leve, das boias, dos botes pequenos, das bombas para enchê-los, das bolas de praia com gomos coloridos, das boias salva-vidas e de braço, dos esguichos para regar os jardins; ou a mais dura, dos botes a motor, das bolas de futebol, das raquetes de pingue-pongue; ou ainda a dos pneus das bicicletas, das motos e dos carros.

Depois, o náilon, fibra tecida para produzir milhares de metros de vela para os barcos ou de lona colorida para as barracas e espreguiçadeiras, para as cadeiras de praia e de diretor de cinema, ou para as capas prateadas que protegiam os automóveis estacionados, ou para os encerados que cobriam o casco dos barcos – e se esses barcos fossem catamarãs e um menino se escondesse entre um casco e outro, na sombra, permanecendo ali até ser encontrado, aprenderia como era o odor do náilon.

Como eu disse, esse odor também se misturava ao dos escapamentos dos carros — só que na estrada costeira era uma presença que mal dava para perceber. Era compensado pelo perfume igualmente imperceptível — mas também me lembro disso — de sabonete e shampoo: ou seja, pelo conteúdo daqueles milhões de frascos que mencionei e que se irradiava dos cabelos e dos corpos de centenas de milhares de pessoas após o banho. E, por fim, naturalmente, havia o odor do protetor solar. Esse eu carregava no próprio corpo, pois, mesmo não tendo a pele sensível como minha mãe e minha irmã, eu era igualmente recoberto com ele todas as manhãs: mas o que estou querendo dizer é que não era só o nosso protetor solar, não vinha apenas da nossa pele. O odor desses protetores estava por toda parte, estava no ar, era de todos.

Sem dúvida, nem vale a pena tentar imaginar as doses de cada componente, como se existisse uma receita para reproduzir o tal odor: certo é que ele era ativado e ganhava toda aquela fragrância graças aos raios do sol a pino, que, enquanto abrasavam a areia e faziam o horizonte tremular, cozinhavam as resinas, fustigavam os polímeros e agitavam os corantes contidos naquela infinita maré de objetos sintéticos. Esse era o elemento decisivo, o sol, porque quando meu pai me levava àquele mesmo lugar fora da temporada, a fim de trabalhar na manutenção do seu barco, e a praia estava vazia e desolada, e o céu estava cinza e grávido de chuva, e o vento maltratava as bandeiras, esse odor não existia. Durante anos, quando íamos para aquela praia, mas mesmo depois, quando não íamos mais, eu e minha irmã chamamos esse odor de "o odor do sol".

Até então, havia tão poucas coisas pessoais na minha vida que, para mim, as mais importantes naqueles verões eram: meus pais, minha irmã, meus brinquedos e o odor do sol – e eu percebia todas essas coisas como uma extensão de mim mesmo, nas quais os outros não tinham nenhuma função. Durante o verão dos meus doze anos, porém, esse eu mesmo tão extenso se reduziu bruscamente, e o mundo tão límpido e inteiro que o continha se rasgou como o véu do templo. Não aconteceu nada que, mais cedo ou mais tarde, não aconteça na vida de qualquer pessoa – aquelas etapas que, segundo dizem, ajudam a crescer; mas comigo aconteceram todas ao mesmo tempo, em poucas semanas, e, se eu tinha doze anos quando começaram a acontecer, ainda tinha os mesmos doze anos quando terminaram: realmente, não tive tempo de crescer. Eis por que quero contar essa história a vocês: por mais que eu tenha ouvido a história dos outros – e ouvi, podem acreditar, ouvi muito –, nunca conheci ninguém que tenha vivido tão cedo, de maneira tão inesperada, precipitada, brutal e irreversível, o que aconteceu comigo.

A ponto de não conseguir nem mesmo recordar mais como era feita aquela vida que foi varrida; a ponto de nunca mais poder esquecer que a vivi.

5.

Aquele verão foi diferente desde o início, pois demoramos quase um mês para mudar para o litoral. Costumávamos alugar a casa dos Raimondi de abril a outubro, e normalmente, na metade de junho, assim que as aulas se encerravam, íamos para Fiumetto – mas naquele ano não foi assim, por diversas razões. A primeira foi a prova do segundo ano do ensino fundamental da minha irmã. Na época, era preciso prestar um exame a fim de passar do segundo para o terceiro ano, mas era tão fácil que nem me lembro do meu. Lembro-me do exame da minha irmã porque, por motivos que nunca compreendi, ele foi adiado em três semanas e só foi realizado no início de julho. Mas se tivesse sido só por isso, ainda assim poderíamos ter ido a Fiumetto, e ela poderia ter se preparado lá: como eu disse, já não me lembro sequer em que consistia essa prova – mas em que poderia consistir, afinal? Um pouco de gramática, um pouco de aritmética, um pouco de geografia: todas elas, matérias que se encontravam nos livros didáticos do ensino fundamental e que podiam ser repassadas em qualquer lugar. O que nos fez permanecer em Vinci foram outras duas razões.

Uma delas foi o trabalho do meu pai. No final de maio daquele ano, meu pai se ocupava de um processo de excepcional importância, que o impediu de garantir a regularidade de seu ciclo vital trabalho-barco a vela, como nos outros anos. Tinha de viajar, dormir fora ou permanecer no escritório em Florença até tarde, inclusive aos sábados, e aos domingos ficava tão cansado que não conseguia se levantar de manhã cedo para nos levar à praia e sair de barco, a fim de recobrar as forças para a semana seguinte. Ficava impaciente, queixava-se, pedia desculpas, prometia que logo a situação voltaria ao normal, mas sem dúvida era quem mais sofria com aquela privação. Não eu, que havia encontrado um porco-espinho no jardim e passava o tempo construindo gaiolas e cercados dos quais ele sempre conseguia escapar, e tinha os eventos esportivos para acompanhar pelo rádio e pela televisão: o Giro d'Italia, os Grandes Prêmios de Fórmula 1, o mundial de motociclismo com Giacomo Agostini, embora o verdadeiro compromisso, no que se referia à maioria dos esportes, fosse com as Olimpíadas de Munique, que começariam no fim de agosto. Também havia a final dos campeonatos europeus de futebol, Alemanha Ocidental x URSS, mas a essa eu não assisti porque ainda era muito forte a decepção com a eliminação da Itália, derrotada em maio pela Bélgica nas quartas de final.

Além disso, eu tinha descoberto a leitura, a verdadeira: em vez de me limitar às tirinhas de Schultz, Hart e Mort Walker e depois pular diretamente para o final e sentir o corpo ferver com *Valentina intrepida*, eu havia começado a ler a *linus* com mais profundidade. Justamente no fascículo de junho foi publicado o primeiro episódio de uma história chamada *O Eternauta*, que deveria ser lida como um livro e me interessou muito. Era longa, complexa, com as legendas em letras compactas e ilustrada com desenhos que faziam pensar no cinema. Falava de um personagem misterioso que certa noite aparece na casa de um roteirista de histórias em quadrinhos (descobri nessa época a existência da palavra "roteirista" e a acrescentei à lista das minhas palavras preferidas), afirmando ser um viajante do tempo, e lhe conta a história que o levou até ali. A história de uma invasão de alienígenas, de uma chuva de bolhas radioativas, que matam no mesmo instante as pessoas por elas atingidas, e de um grupo de sobreviventes que tenta escapar daquele apocalipse. Mesmo ambientada na Argentina, o chefe dos sobreviventes, um físico atômico, chamava-se Favalli, como um lateral direito que havia jogado na Juventus, meu time do coração, o que logo tornou toda a narrativa familiar para mim. Sim, *O Eternauta* me interessou muito, envolveu-me e me fascinou, e quando cheguei ao fim do primeiro episódio, com o aparecimento de uma garota lindíssima chamada Susanna, que se une ao grupo dos sobreviventes, pela primeira vez, desde que meu pai me dera de presente aquela assinatura da *linus*, me vi impaciente para receber o fascículo do mês seguinte. Eu também gostava de *Peanuts* e de outras histórias em quadrinhos engraçadas, mas aquela me inquietava, e a impaciência combina muito mais com a inquietação do que com a satisfação. Não, não me incomodei nem um pouco com aquele atraso na viagem à praia; encarei-o como uma oportunidade para aprimorar minha capacidade de ficar sozinho.

Menos ainda se incomodaram minha mãe e minha irmã, que, aliás, constituíram a razão decisiva daquele atraso. Não tanto pela prova de Gilda, que, como eu disse, podia muito bem preparar-se em Fiumetto, e sim pela guerra que, naquele meio-tempo, minha mãe havia declarado ao rutilismo, muito mais impiedosa do que aquela que, poucos meses antes, eu havia declarado aos meus cachos – e saí perdendo. O fato é que minha mãe não combatia essa guerra em causa própria, mas por Gilda. Parecia que todos os problemas que ela havia enfrentado sem grandes preocupações por causa da carência de melanina tinham de ser evitados em minha irmã, que havia seguido seus passos. As sardas, por exemplo, as mesmas que meu pai glorificava em sua esposa, quando se tratava de Gilda se tornavam o diabo. Não para meu pai, é claro, que nada sabia dessas batalhas, mas justamente para minha mãe, como se ela as considerasse uma doença e se sentisse culpada por tê-la transmitido à filha.

É bem verdade que, para justificar sua obsessão, houve um episódio que teve um efeito de caráter espetacular e que ocorreu perto do fim de abril. Eram dias acompanhados por um insólito clima de verão, com sol flamejante e temperaturas muito mais elevadas que o normal. Em um daqueles dias, minha mãe pediu a Gilda que a ajudasse a estender as roupas no jardim, onde acabaram se demorando por algum tempo, brincando de esconde-esconde entre os lençóis esvoaçantes. Quanto tempo terá durado? Não sei, eu estava no meu quarto, ouvindo *The Cat* vezes seguidas no toca-discos novo em folha e, pela janela aberta, além da brisa perfumada que vinha do campo, sempre que o disco terminava, as sonoras risadas das duas me alcançavam: seja como for, durou pouco tempo – meia hora, não mais que isso. Mais tarde, porém, no auge de um pôr do sol do qual ainda me lembro muito bem, um dos mais bonitos que já vi, com o céu tomado por andorinhas e uma sinfonia de sons bem antigos, medievais, muito distantes do órgão Hammond de Jimmy Smith com o qual eu acabara de encher os ouvidos, Gilda foi até o caquizeiro no qual eu tinha subido e me pediu para descer, pois queria me mostrar uma coisa; e a coisa era que a pele dos seus braços e do seu rosto tinha ficado da cor de berinjela. Não sei por que veio até mim e não procurou diretamente minha mãe, para quem a levei no mesmo instante, pois a cor da sua pele realmente impressionava: era um vermelho-púrpura, escuro e não natural, parecido com a mancha em formato de África no rosto da minha colega de classe Li Volsi Maria Giovanna, filha do guarda do Museo Leonardiano. Diante daquele fenômeno, pela primeira vez vi minha mãe entrar em pânico. Seguiu-se um turbilhão de telefonemas, que em meia hora fez chegar em casa o doutor Cavaciocchi, nosso médico de família, um homenzinho que todo inverno encostava o ouvido gelado em nosso peito e inspecionava nossa garganta com uma minúscula lanterna em forma de caneta: mas, quando ele chegou, a cor da pele de Gilda já tinha clareado bastante, tinha se tornado aquela, muito mais familiar, das queimaduras de sol. No entanto, uma porção de novas sardas minúsculas havia aflorado em seus braços e no rosto, e essas, sim, eu concordava com minha mãe, eram excessivas. O doutor Cavaciocchi, porém, não pareceu preocupado. Com sua respiração sutil e sua maravilhosa fala empastada, como se estivesse sempre comendo um ovo cozido, logo identificou a causa daquele evento no tempo que Gilda havia passado com minha mãe estendendo as roupas. Os lençóis brancos, explicou, refletiam os raios do sol e amplificavam sua intensidade, e aquele episódio da pele violácea, que já havia regredido, não o surpreendia nem um pouco: era uma reação temporária que também tinha um nome – ele disse qual, mas como nunca mais o ouvi, não me lembro – e, por si só, não era nada grave: significava apenas que "aquela senhorita" – chamava Gilda de "senhorita" e a mim de "homenzinho", mas o homenzinho era ele – só poderia estender roupa nos dias de sol se usasse protetor solar. Sem mencionar explicitamente o rutilismo, aconselhou que minha mãe tomasse a mesma precaução. Disse que a nova galáxia de sardas que havia recoberto o corpo da minha irmã desapareceria logo, prescreveu um unguento para ser aplicado por alguns dias, recusou, como sempre, o dinheiro que minha mãe lhe ofereceu pelo incômodo e foi embora. Tinha uma Lancia Fulvia cupê branca, sempre linda e cintilante (suponho que também para ficar perto daquele automóvel Gilda deveria ter usado o protetor solar), e corri para fora, a fim de vê-lo partir com o rugido do motor, como sempre fazia, mas imaginando-a vermelha, na versão HF, com a faixa amarela e verde no capô sujo de lama e o conjunto de faróis de neblina na dianteira – o carro com o qual Sandro Munari havia vencido poucos meses antes o Rally de Montecarlo, deixando para trás suecos e finlandeses.

 Na manhã seguinte, as sardas em excesso também haviam desaparecido, mas o trauma provocado por aquela meia hora de pele roxa já tinha convencido minha mãe a declarar o que chamei – juro, sem exagerar – de guerra ao rutilismo. Começou, portanto, uma sucessão de consultas com dermatologistas, alergologistas e charlatães de todo tipo, em Empoli, Pistóia e Florença, que também tive de suportar, pela dúvida de que o Inimigo também pudesse estar dentro de mim, pronto a me atingir pelas costas. Nenhum daqueles médicos parecia levar o assunto com a tranquilidade do doutor Cavaciocchi, o que aumentava a obstinação da minha mãe, mas todos eles excluíram a possibilidade de eu também ser *vermelho por dentro*, como ela temia. Meus cachos novos em folha, pretos como os cabelos do meu pai, e minha pele morena não deixavam dúvidas: eu era do fototipo IV, muito distante da praga que afligia minha mãe e minha irmã, ambas do fototipo I. Nem tão unânimes, porém – ao contrário, muitas vezes em conflito recíproco –, foram as terapias sugeridas; por isso, depois de tantas idas e vindas (sempre com os ônibus da viação Lazzi, já que meu pai não podia nos acompanhar por conta do trabalho e minha mãe não dirigia), chegou o momento de tomar uma decisão e eleger nosso aliado no amplo leque de candidatos, o qual abrangia desde uma espécie de esteticista multidisciplinar em Pistóia, chamada Zaira, que reconduzia todo aspecto de toda questão ao uso de medicamentos naturais, produzidos por ela, até um ultramoderno Instituto de Dermatologia de Florença, que levava o nome do chefe do departamento de dermatologia do hospital, o qual realizava a consulta de máscara e luvas de cirurgião, na presença de um exército de assistentes. O escolhido foi ele, graças a uma abordagem rigorosamente científica que, evidentemente, tranquilizava minha mãe. Assim iniciou-se o tempo dos *infográficos* – outra palavra que entrou para o rol das minhas preferidas: começaram a aparecer em casa folhas com o desenho de figuras humanas, de frente e de costas, de homem, mulher e criança, com o corpo subdividido em porções numeradas, como a dos cortes de carne nos cartazes que nosso açougueiro pendurava em seu estabelecimento. A terapia consistia em realizar tratamentos diferentes dependendo das diversas porções, ou seja, cremes diferentes para serem aplicados em pontos diferentes com diferentes frequências de aplicação. Um negócio bastante complicado. O sol, é claro, era uma grande ameaça, e como íamos ao encontro dele no verão, a prescrição de base foi passar as férias na montanha, e não na praia – mas como se tratava de uma opção simplesmente inconcebível para meu pai, decidiu-se por uma combinação diferente e muito rígida de precauções, que pode ser resumida da seguinte maneira: mesmo com o uso dos diversos cremes, Gilda só poderia ficar na praia até as onze horas e depois das dezoito – na sombra e com a cabeça coberta; os banhos de mar tinham de ser breves e de camiseta; também eram permitidos passeios no intervalo entre as onze e as dezoito, desde que na sombra e, de preferência, no pinhal.

Assim, por conta dessas excepcionais concomitâncias – trabalho do meu pai e defesa da minha irmã contra as agressões do sol –, passamos em Vinci aquelas primeiras semanas de verão que, nos anos anteriores, passávamos em Versilia. Dada a total simbiose que fundia minha irmã e minha mãe em um único ser, entre despertadores que tocavam em todas as horas para cadenciar a aplicação dos cremes e infográficos pendurados nas paredes, eu me via mais sozinho do que de costume, o que acabou causando um incidente – vamos chamá-lo assim – destinado a ter certo peso nos acontecimentos dos meses seguintes.

Como o calor estava aumentando, eu podia passar cada vez menos tempo brincando no jardim; portanto, ficava fechado em meu quarto. Nossa casa não era bonita, mas era grande, tanto do lado de fora, com um jardim cheio de plantas e árvores frutíferas, quanto do lado de dentro, com muito mais quartos do que precisávamos. Por isso, sempre desfrutei do privilégio de ter um quarto só para mim, sem nunca ser obrigado a dividi-lo com minha irmã, como acontecia com todos os meus amigos. E, naquele quarto, nas horas de calor, eu ouvia *The Cat* e lia *linus*, mas, por mais que me esforçasse para prolongá-las, essas duas atividades não conseguiam preencher todo o tempo que eu tinha para matar – e anos antes eu tinha inventado uma brincadeira com as palavras que, literalmente, fazia o tempo desaparecer: consistia em escolher algumas – pelo som, mais do que por qualquer outra coisa, uma vez que eu ignorava o significado de muitas –, escrevê-las em um caderno e depois repeti-las em voz alta até não poder mais, mudando a entonação ou mantendo-a igual. O que acontecia era que, após algum tempo, aquelas palavras se tornavam imagens, e eu via coisas – quer dizer, tinha a impressão de que via. Às vezes, era diretamente o objeto conotado pela palavra; outras, mesmo quando se tratava de uma palavra abstrata ou cujo significado eu não conhecia, não deixava de ser uma imagem precisa – um lago cinza, por assim dizer, um respingo de lama, um personagem dos quadrinhos –, que, por alguma razão, minha mente associava àquela palavra se eu a repetisse por tempo suficiente. Era uma brincadeira fantástica, mas também muito cansativa, razão pela qual eu não recorria a ela com muita frequência. De todo modo, aperfeiçoei-a com o tempo, escrevendo no caderno, ao lado das *palavras preferidas* – eu as chamava assim –, as imagens evocadas por sua repetição em voz alta. E era um segredo: eu nunca tinha falado a ninguém dessa brincadeira, pois sabia que me tomariam por louco. Aliás, de maneira instintiva, eu entendia que era uma brincadeira até perigosa – e justamente por isso eu a fazia raras vezes e em segredo. Pois bem, naqueles dias intermináveis, no frescor do meu quarto, longe da praia onde eu deveria estar, do meu pai que trabalhava e da minha irmã, perseguida pelo ritmo da sua terapia, passei a fazer essa brincadeira todos os dias. Povo. Membrana. Muflão. Bocejo. Caderneta. Quilha. Potro. Salobro. Telefunken. Babilônia. Destilado. Cassação. Roteirista. Boneca. Papoula. Infográfico. Eu ficava em pé, na frente da parede, diante dos entalhes que marcavam meu crescimento ao longo dos anos, e repetia uma dessas palavras anotadas no caderno, até que algo concreto e luminoso se materializava diante de mim. Muflão. Muflão. Muflão. Muflão. Muflão. Muflão. Muflão. Muflão. MUFLÃO. MUFLÃO... E, a certa altura, o muflão estava ali, resplandecente, diante de mim. E embora eu nunca tivesse visto um muflão – eu tinha pesquisado no *Quindici*, a enciclopédia que ganhara de presente, mas não o encontrei –, não havia a menor dúvida de que era esse animal. Ou então: bocejo, bocejo, bocejo, bocejo... e, a certa altura, não me perguntem como, a parede do quarto bocejava. Coisas desse tipo.

E agora, o incidente. Em uma noite em que meu pai voltara para casa em um horário normal, logo depois do jantar ele me levou para o jardim. Era julho, fazia muito calor, os morcegos esvoaçavam como sempre, e meu porco-espinho já tivera o fim ao qual estava destinado, sobre o qual não falarei. Meu pai colocou o braço sobre meu ombro e, por um tempo, não disse nada. Conduziu-me até o balanço que ele próprio havia montado entre as ameixeiras. Sentou-se na tábua de madeira ligada às cordas e, desse modo, ficou mais baixo, com os olhos na altura dos meus.

– Gigio – disse –, a mamãe me contou que você não está aguentando mais. Você tem razão. Mas já está quase no fim, pode acreditar: na sexta à tarde, assim que a Gilda terminar a prova, prometo que vou levar vocês para a praia.

Fiquei surpreso com suas palavras, porque nunca disse à minha mãe que não estava aguentando mais. Fiquei contente por saber que iríamos à praia, mas ainda mais curioso para saber o que minha mãe havia dito a ele. Então perguntei. Ele não respondeu de imediato; respirou fundo e olhou ao redor, como se nas ameixeiras ali perto ou entre as hortênsias se encontrasse a resposta que deveria me dar.

– Ela me disse que você repete palavras, em pé, de frente para a parede.

Levantou-se do balanço e voltou a ficar alto. Abraçou-me.

– Coitadinho – disse ele. – Mas o verão é longo. Vamos para a praia, vamos passear de barco, e você vai se divertir muito. Em setembro, nem vai se lembrar dessa tortura.

O abraço não terminava mais. Suas mãos despenteavam meus cachos e beliscavam os nervos finos do meu pescoço. "Coitadinho", repetia. Eu abraçava seu quadril, mas estava paralisado. Gostava de ir à praia e gostava que meu pai me abraçasse daquele modo e me chamasse de "coitadinho", como acontecia no filme do coelho invisível ao qual assistimos juntos na televisão; mas, em primeiro lugar, aqueles dias não haviam sido uma tortura para mim e, em segundo – e sobretudo –, fiquei admirado com o fato de minha mãe ter me ouvido e até visto – "em pé, de frente para a parede" – enquanto eu brincava com minhas palavras preferidas. Como era possível? Ela sempre estava atrás de Gilda, e eu sempre ficava atento, sempre mantinha a porta fechada e pronunciava as palavras em voz baixa: como ela podia saber?

Tinha me espiado. Esse era o incidente. Minha mãe tinha me espiado. Não havia outra possibilidade. Parecia algo colossal e, justamente por isso, me paralisava, provocando em mim um conflito de sentimentos novos, nunca experimentados. Havia a humilhação diante da compaixão do meu pai; havia o constrangimento ao pensar que minha mãe tinha primeiro ouvido às escondidas, depois entreaberto a porta do meu quarto para espiar; e havia a vergonha por ter sido visto fazendo minha brincadeira secreta – mas também havia algo bom. Em primeiro lugar, comovia-me o fato de ela, mesmo tão absorvida pelos cuidados com Gilda, ainda se preocupar comigo a ponto de realizar um gesto tão extremo; e me comovia o fato de ter se enganado – obviamente –, de ter se preocupado e falado com meu pai, levando-o a me dizer o que havia dito. Isso era amor, não havia nenhuma dúvida. E havia mais uma coisa que até me deixava todo ouriçado: diante daquela evidência, em nossa família era permitido espiar uns aos outros. Fiquei tranquilo, não reclamei nem dei sinais de impaciência porque, para mim, aquelas semanas em Vinci em vez de Fiumetto não haviam sido nenhuma tortura, mas a simples suspeita de que tivessem sido levara minha mãe a me espiar. Então espiar era permitido. Ouvir às escondidas, bisbilhotar as coisas alheias, olhar pelo buraco das fechaduras: era permitido. Tantas vezes eu havia sentido vontade de cometer violações semelhantes – ouvir o que minha mãe e meu pai conversavam no quarto, vasculhar as gavetas deles, ver minha mãe nua –, mas sempre me contive, quase me escandalizando só de tê-lo desejado; mas era permitido.

– Obrigado – respondi, desvencilhando-me do abraço do meu pai, que, do contrário, não teria fim.

As coisas preciosas são tuteladas pelo pudor e pelo comedimento: o pudor havia caído, o comedimento havia mudado, e isso teria seu peso nos acontecimentos dos meses seguintes.

6.

Chegamos a Fiumetto no sábado à noite. A prova de Gilda tinha terminado na tarde de sexta, mas meu pai teve de trabalhar também no sábado de manhã e, cansado como estava ao chegar em casa, às cinco da tarde, tive a impressão de que não nos levaria à praia nem mesmo naquele dia se não me tivesse prometido de modo tão solene poucas noites antes. Por outro lado, ele certamente não era do tipo de se lamentar quando se tratava de ir à praia e, de fato, cumpriu todas as tarefas necessárias para a mudança ostentando bom humor: carregou as bagagens no Tubarão (tinha um Citroën DS Pallas vinho, pelo qual também tinha uma verdadeira fixação, a julgar pelo nome como o chamava – justamente, "Tubarão"); dirigiu sem reclamar das filas na estrada e, como sempre, cantarolou nos túneis os versinhos que faziam Gilda rir. Assim que chegamos em casa, descarregou o Tubarão com a mesma vivacidade e, por fim, encharcado de suor, enquanto se enfiava debaixo do chuveiro, anunciou que jantaríamos fora. E não na pizzaria Maruzzella, à qual geralmente nos levava porque servia pizza fina com bordas crocantes, como ele gostava, e sim, com uma decisão realmente surpreendente, mas premeditada, uma vez que tinha reservado uma mesa, no Maitó do Forte dei Marmi. Era um restaurante elegante e muito caro, no qual ele havia jantado certa vez, anos antes, com clientes, e sobre o qual fizera um relato tão lendário que deixou bastante claro que nós, ou seja, a família Bellandi, não podíamos nos permitir frequentar um lugar como aquele. Mas naquela noite nos levou lá, e finalmente nós também pudemos comer aqueles pratos míticos dos quais tantas vezes nos falara: *mozzarella in carrozza* e *penne alla Maitó*. Também nessa ocasião sua paixão nos atingiu em cheio, sem nos deixar alternativa, e enquanto voltávamos para casa, nós três – Gilda, minha mãe e eu – declaramos que, sim, aquele tinha sido o melhor jantar de nossa vida. Mais tarde, porém, já na cama, antes de dormir e falando em voz baixa para não ser ouvida, Gilda fez questão de especificar que, bem, no fim das contas, a tal *mozzarella in carrozza* nada mais era que um sanduíche frito, e o *penne alla Maitó*, um macarrão com molho de tomate, em sua opinião, um tanto "carregado no queijo"; e era verdade, tinha razão, era exatamente o que eu também havia pensado, mesmo a respeito do excesso de queijo na massa – mas eu, longe de reconhecê-lo, senti-me na obrigação de proteger a bolha que nosso pai havia criado naquela noite para nos fazer felizes, e ainda por cima gastando uma fortuna: lembrei à minha irmã que ela mal havia saído dos cueiros e que, portanto, era melhor não se aventurar a falar de coisas sobre as quais não entendia nada, como a alta gastronomia, se não quisesse passar por tonta. Afinal, também isso era verdade, mas o desdém contido na minha reação demonstrava que, enquanto Gilda, aos sete anos, já estava começando a se emancipar da narrativa fútil e tranquilizadora que nosso pai fazia do mundo, eu, aos doze, ainda estava totalmente imerso nela. O que ele dizia para mim era lei, não havia muito que fazer, embora minha cabeça e até a da minha irmãzinha já tivessem começado a produzir pensamentos que seguiam por outra direção.

Na manhã seguinte, obviamente, ele me levou para passear de barco.

Saímos de casa bem cedo. Gilda ainda dormia, e minha mãe cobriu meu corpo de protetor solar ainda na cama, antes mesmo que eu abrisse os olhos. No Bagno Stella, o *Tivatù* já havia sido puxado para a margem por Gianfranco e só estava esperando ser armado, coisa que eu e meu pai fizemos com muito cuidado, pois era a primeira saída da temporada e era preciso verificar um por um os nós, os moitões, os mordedores roletados e os molinetes (que meu pai chamava de "guincho"). Pouco importava que Gianfranco já tivesse verificado tudo nos dias anteriores e que, de todo modo, durante todo o inverno até a Páscoa, antes que o tal superprocesso surgisse para virar sua vida do avesso, eu e ele tivéssemos passado horas, um domingo por mês, às vezes até dois, lubrificando, reforçando e ajustando o cordame e os equipamentos: para ele, aquele controle minucioso antes de partir para o mar era um ritual, uma espécie de oração propiciatória às divindades marinhas e, sobretudo, um modo de aprofundar-se lentamente, com todos os seus sentidos, na matéria adorada que, nas horas seguintes, faria dele um homem feliz.

Como eu disse, era cedo e ainda soprava a brisa de terra que levava para o meio do mar o odor do sol. Era meu primeiro dia de férias; eu estava emocionado. A água estava transparente como cristal, e, com um vento suave, deslizávamos que era uma beleza, paralelamente à praia ainda tão vazia que parecia nossa. Atrás dela, os Alpes Apuanos, azuis com os cumes brancos como mármore – também nossos. Sem dúvida, eu sentia o mesmo que meu pai: era o seu prazer que transbordava em mim, era a sua emoção, porque eu não ansiava por aqueles momentos como ele, todos os dias do ano, continuamente. Mas era bonito do mesmo modo.

Começamos a navegar de um lado a outro no trecho entre Fiumetto e Forte dei Marmi, cruzando com alguns raros velejadores matinais, com os quais trocávamos acenos, e meu pai me revelou que algumas vezes chegara a trocar essa saudação com o *Avvocato* Agnelli, que saía muito cedo para o mar, partindo do Bagno Piero, e navegava sozinho, pensando na vida, igualmente em um Classe A: um barco mítico, explicou-me, chamado *Allah Ben Hur*, cujo casco havia sido construído, antes da guerra, em pluma de mogno de Honduras. Explicou-me o que era a pluma de mogno de Honduras, disse-me que custava uma fortuna e começou a enumerar uma série interminável de qualidades superiores daquela madeira – e, confesso, parei de ouvir quase de imediato. Porque este era o lado ruim das paixões como a que acometia meu pai: não tinham limites, e a ânsia de compartilhá-las com os outros acabava produzindo o efeito oposto e as tornava cansativas. No entanto, havia outra razão que me fizera parar de ouvi-lo, e era uma fantasia minha, uma paixão que meu pai não compartilhava comigo: o *Avvocato* Agnelli era não apenas proprietário da Fiat, mas também da minha Juve, e a ideia de cumprimentá-lo enquanto eu passeava de barco com meu pai me entusiasmava. Naquela manhã, porém, não cruzamos com ele.

Para entrar na água, desfrutamos da calmaria, enquanto começava a soprar o vento mistral. O mar parecia de vidro. Mergulhamos de cabeça a partir da embarcação, depois meu pai desceu até o fundo e trouxe um punhado de areia. Convidou-me a fazer o mesmo. Não sei quão profunda era a água, imagino que não muito por ele ter pensado que eu também podia tocar o fundo – o fato é que não consegui: assim, sem máscara nem pé de pato, às cegas, comecei a sentir ansiedade mal os ouvidos começaram a zumbir, e subi imediatamente. De resto, era tão bonito na superfície que eu não sentia nenhuma necessidade de arranjar problema com proezas subaquáticas, uma vez que, além do mais, eu nem era do tipo que gostava de contar vantagens. Meu pai disse que, se eu não estivesse a fim, fazia bem em renunciar, mas repetiu que, em sua opinião, eu conseguiria – disse isso para me desafiar. Não mordi a isca, voltei para o veleiro e me deitei na madeira ardente da proa para me secar, lambendo o sal incrustado na coberta e pensando em como seria bom se meu pai se contentasse com o que havíamos feito até aquele momento e, depois do mergulho, voltássemos para a praia. Eu poderia rever Astel Raimondi e os amigos do Bagno Stella que não via desde o ano anterior, Carlo Cuomo, Filippo Muzzi e os dois irmãos de Monza cujos nomes eu nunca lembrava, e jogar bola, bolinha de gude, pingue-pongue ou brincar de esconde-esconde no Bagno Toscano, ou ainda ouvir alguns discos no *jukebox*, sempre no Bagno Toscano, ou conversar com os amigos sobre o que tínhamos feito no inverno, ou comer *schiacciatina*;[4] mas o vento tinha mudado, a água tinha se encrespado com o mistral, e eu sabia muito bem o que me esperava.

Com o vento de largo, meu pai dirigiu o veleiro ao longo da costa, rumo a Viareggio, sem dizer qual de seus amigos pretendia visitar – tinha um punhado deles em toda parte, e, em minha opinião, nem ele mesmo sabia quem seria o escolhido. Deixou passar Tonfano, Motrone, Le Focette, até que, na altura do Lido di Camaiore, cambou por davante e

---

[4] Pão semelhante à *focaccia*. (N. T.)

apontou a proa para a terra. Executei escrupulosamente todas as manobras que me eram ordenadas, mas estava desanimado, porque tinha entendido para onde estávamos indo: Lido di Camaiore queria dizer advogado Bartolini di Certaldo, um homem alto e muito magro, de movimentos desarticulados, já visitado nos verões anteriores e que, no entanto, tinha uma mulher muito baixa e gorducha, uma filha de dezoito anos, ainda mais baixa, e um filho muito alto como o pai, um ano mais velho que eu – Alberto –, gago, aficionado por bandeiras e torcedor da Fiorentina. De fato, foi para eles que aproamos, no Bagno Etruria, planando perigosamente entre os banhistas com o vento em popa e a quilha levantada, o que suscitou protestos por parte dos salva-vidas ao redor, protestos que meu pai, desculpando-se com aquele seu jeito irresistível de quando estava feliz, transformou em admiração pelo *Tivatù* e em braços bronzeados que o ajudaram a puxá-lo para a areia. E, enquanto ele se pavoneava pela beleza de seu barco reluzente de verniz, e contava, ouvia, ria, mergulhava e fumava cigarros com aquele estranho casal de amigos, passei duas horas com o tal Alberto Bartolini me derrotando no jogo "Reconheça as bandeiras" e ouvindo-o recitar de cor, na tortura da sua gagueira, os times completos com os quais a Fiorentina tinha vencido seus dois campeonatos, três anos antes e em 1956.

Quanto meu pai não deve ter gostado quando o advogado Bartolini nos convidou para ficar para o almoço (o balneário deles tinha restaurante) e ele respondeu: "Obrigado, mas eu e o Gigio temos de voltar para a base"! Como verdadeiros marinheiros que voltam para o mar, enquanto os burgueses se entregam aos luxos da terra firme! Um bom almoço àquela altura poderia dar algum sentido à nossa excursão, mas lá estávamos nós de novo na água, de volta para Fiumetto, com o *Tivatù* perigosamente inclinado porque, naquele meio-tempo, o vento se intensificara, e a rota de retorno, mesmo prevendo, como na ida, um único bordo, nos fez navegar de bolina folgada, e o casco tombou. E quanto meu pai não deve ter gostado de se debruçar com todo o corpo para fora do bordo para endireitá-lo, de ficar todo molhado pelos jatos d'água, o sorriso aflito, um clarão branco colidindo com o azul, os pés presos sob a cinta elástica, devidamente verificada antes de irmos para a água, e os braços agarrados à extensão do leme! Bastante, visto que, embora já fosse tarde, quando chegamos diante do Bagno Stella, seguiu em frente, gritando: "E agora, um pouco de esporte!". Manobrou a proa para o vento, esticou as velas e colocou sua velha embarcação em um bordo de bolina cerrada. O casco tombou mais do que antes, e ele, para compensar, debruçou-se ainda mais, e eu também tive de dar minha contribuição, em pé, agarrado à enxárcia, todo inclinado para fora, com as costas arqueadas como um junco, a cabeça virada para trás, olhando o mundo ao contrário e me perguntando quanto tempo ainda duraria aquele *esporte*. Não que não fosse divertido, era divertido; mas também estava muito tarde, e eu pensava na minha mãe, que devia estar preocupada, no almoço pulado, no perigo de que, apesar de nossa inspeção, algo cedesse e o barco perdesse o mastro. Já meu pai parecia empenhado em uma regata particular e imaginária: me dava ordens, apontava para onde tinha certeza de encontrar mais vento e gritava *yahoo*! quando, em sua mente, parecia ter ultrapassado alguém. Uma virada. Outra. E mais outra – até que realmente nos encontramos ao largo. A essa altura, cambou por davante – "cuidado com a cabeça, filho!" –; com o vento em popa, dispôs as velas de modo que a mestra abrisse para um lado e a genoa para o outro, e decidiu içar a *genoa balão*, como ele chamava o *spinnaker*. Nunca havia feito isso nos anos anteriores, quando me levava no barco com ele: eu lhe pedia, e ele dizia que não, porque era uma manobra perigosa. Naquele dia, não pedi nada e, com o vento forte que soprava, me vi realizando pela primeira vez todas as manobras complicadas que fizeram explodir no céu aquela bolha branca e azul com a inscrição A 159, sob a qual – eu não estava errado ao desejá-lo, pois era lindo – dava para se sentir realmente uma coisa só com o vento.

Quando tocamos a margem no Bagno Stella, era uma hora absurda – uma hora na qual eu nunca havia ido à praia na vida. Havia pouquíssima gente debaixo dos guarda-sóis, bem diferente da que eu conhecia: outro mundo. O guarda-sol dos Raimondi, perto do nosso, estava vazio, e não se viam nem mesmo as toalhas nas espreguiçadeiras, sinal de que não voltariam naquele dia. Fiquei perdido. Eu havia passado horas debaixo do sol, sem boné nem outro protetor solar além daquele que havia ido embora com o primeiro banho, muitas horas antes; não tinha comido nem bebido nada; sentia-me realmente exausto e estranho a mim mesmo – e culpado, pois tinha transgredido todas as regras que sempre me foram dadas. Só que não era eu o culpado, porque meu pai estava ao meu lado para me isentar, ou melhor, me liberar da montanha de obrigações, horários, proibições e imposições que sempre disciplinaram minhas férias: era ele, de novo, depois dos presentes que me dera de aniversário, que me tratava como ninguém nunca me havia tratado – como um menino já grande, muito maior do que eu me sentia. Era um novo estado de espírito para mim, um prêmio que eu havia conquistado com as horas passadas no barco contra a minha vontade, depois na companhia daquele Bartolini no Lido di Camaiore, em vez de desfrutá-las com meus amigos do Bagno Stella, e com o trabalho duro realizado, com o medo que havia sentido, com o jejum que havia suportado e com a sede que havia sofrido. Se eu tivesse de mencionar um momento exato em que me separei da infância, diria que foi esse.

Enquanto passávamos na frente do bar, perguntei a meu pai se, por acaso, ele não gostaria de um refrigerante, como se fosse eu a oferecê-lo a ele. Ótima ideia, respondeu. Sentamo-nos à mesinha debaixo da cobertura de caniços e pedimos as bebidas para a senhora Olga, a velha mãe de Gianfranco, que, como todos os anos, aparecia com a cabecinha encanecida atrás do balcão do bar. Ela nos serviu, também nos trouxe gelo e foi a primeira pessoa naquele verão a notar meus cachos e a me dizer que ficavam bem em mim.

Enquanto bebíamos o refrigerante, tive a impressão de que meu pai era um amigo meu, de tão despenteado, atordoado, sedento e vermelho de sol que estava como eu.

— Vamos levar uma bela bronca da mamãe — disse eu, assim, de igual para igual.

— Ah, mas vamos dizer a ela que tivemos um problema — respondeu e riu.

— Com o leme — inventei. — Uma avaria no leme. Nos atrasamos por causa disso.

— Exatamente. Não dava mais para dirigir o veleiro.

— Tivemos de ser rebocados por uma lancha.

— Não — protestou. — Isso, não.

Imagine! Nem pensar! O almirante Augusto Bellandi não precisava de ajuda para chegar à terra. Nem mesmo com o leme quebrado.

— Voltamos manobrando as velas — disse ele. — Como os antigos.

7.

A passagem daquele primeiro dia de praia para o segundo foi uma espécie de tapa ao contrário: o furor transgressivo do domingo com meu pai foi substituído pela temperança monacal da segunda-feira com minha mãe, e depois da terça, da quarta, da quinta e da sexta, em uma amostra do que se anunciava como o verão mais entediante da minha vida. Ter partido com a violação para desembarcar na disciplina fez essa última parecer uma penitência; se tivéssemos partido dela, a chegada do domingo teria sido um prêmio. Por isso digo tapa ao contrário.

    Minha vida começou a decorrer de uma maneira que me fazia ter saudade dos dias de junho passados em Vinci: de manhã cedo, logo depois do café da manhã, acompanhávamos minha mãe nas compras; voltávamos para casa para guardar os mantimentos; às nove íamos à praia, quando nela ainda não havia ninguém; seguia-se uma meticulosa aplicação dos protetores solares, à qual eu não podia me subtrair, ainda que todos os especialistas tivessem concordado em me excluir do risco de carência de melanina; depois eu tinha uma hora e meia de liberdade – dentro dos mesmos limites dos anos anteriores, ou seja, sem nunca ir além do Bagno Toscano, ao norte, e do Bagno Ermione, ao sul, e com as mesmas regras de comportamento que não vou elencar aqui; às dez e meia, soava a hora do banho de mar, quando meus amigos começavam a chegar à praia e não tinham nenhuma intenção de entrar na água ainda fria – nem suas mães, que não eram irlandesas, permitiriam que o fizessem; depois, chuveiro, meia *schiacciatina* salgada como merenda e, às onze, como prescrito pelo dermatologista de Florença, quando a praia começava a se encher de gente, voltava-se para casa. Em seguida, o tédio de antes e depois do almoço, o descanso obrigatório na cama, o passeio às vezes de bicicleta, às vezes a pé, às vezes o retorno à praia por volta das seis, quando meus amigos estavam indo embora, mas às vezes também nada, a tarde interminável e vazia, a etapa do Tour de France ouvida no radinho, o jantar cedo, *Senza rete*, *Il Cantagiro* e *Giochi senza frontiere*[5] na TV – o sonho de ver um filme no cinema ao ar livre quando houvesse um adequado na programação.

Nos anos anteriores havia sido diferente. Neles também íamos cedo à praia, mas ficávamos até a uma, e, enquanto eu esperava que meus amigos chegassem, todos os dias cumpria uma ou duas etapas do Giro d'Italia com meu saco de bolinhas ilustradas com a imagem de personalidades do ciclismo, lá em cima nas cabines, sozinho, em pistas que eu traçava puxando minha irmã pelas pernas na areia. Em muitas etapas, eu tentava dar a vitória a meu ídolo, Franco Bitossi – ídolo e quase parente, porque ele era de Montelupo Fiorentino e, pelo que meu pai dizia, os pais dele tinham primos em comum com meus avós. Era chamado de "coração louco" e não conseguia vencer uma corrida em etapas como o Giro d'Italia porque, cedo ou tarde,

---

[5] Os dois primeiros, programas de música ao vivo; o último, criado na França, era um programa que combinava jogos e brincadeiras e contava com a participação de diversas nações europeias. (N. T.)

sofria uma crise, seu coração disparava, e ele era obrigado a parar. Mas no meu Giro d'Italia seu coração funcionava muito bem, e ele lutava até o fim com Gimondi e Merckx – e, sobretudo, Merckx não vencia sempre, como acontecia na realidade, e tudo me parecia mais justo.

Isso foi nos anos anteriores: naquele, não. Chegar à praia tão cedo, sabendo que às onze teríamos de ir embora, em vez de aumentar, tirava-me o prazer de aproveitar o tempo que me era dado. Saber que minha brincadeira solitária seria a única coisa que eu faria na praia tornava-a algo insensato. Tanto valia entediar-se e pronto, perambular pelos estabelecimentos, ouvir as conversas dos velhos debaixo do toldo do bar, ler de cabo a rabo *La Gazzetta dello Sport* na banca dos sorvetes. Ou ficar debaixo do guarda-sol com minha irmã, entediando-me junto com ela, por solidariedade, porque, por mais que o problema dela também me sacrificasse, no fundo era ela quem corria o risco de ficar com a pele cor de ameixa. Era tão pequena! Vê-la aprisionada naquele hexágono de sombra ou ir para a água de camiseta me fazia derreter de ternura – e, por sorte, essa comoção não se somava a meu descontentamento, mas o aliviava. Além do mais, para ser sincero, a principal razão do meu descontentamento nada tinha a ver com a guerra ao rutilismo. Nos anos anteriores, no guarda-sol vizinho havia Astel Raimondi, mas naquele ano o guarda-sol estava sempre vazio, dia após dia, manifestamente inutilizado mesmo nas horas em que não estávamos na praia, o que fazia surgir em mim o medo de não a rever mais. Na prática, eu descobria, ao mesmo tempo, que Astel Raimondi era um elo para mim, mas que, como tal, era muito frágil, uma vez que o que nos unia nada mais era do que aquele guarda-sol vazio: bastava que seus pais se mudassem para outra localidade da costa ou mesmo que tivessem trocado de balneário, e eu não a veria mais. Eu mantinha os ouvidos aguçados, tentava captar notícias dos Raimondi nas conversas dos adultos, pois pensava que, se o elo tivesse se rompido, eu deveria ao menos sabê-lo – mas não consegui descobrir nada. Assim, certa manhã, decidi pedir informações a minha mãe. Eu o fiz após uma longa preparação mental, pois queria que minha voz e minha expressão não traíssem a apreensão que estava sentindo; queria que minha curiosidade soasse natural, vaga, inocente, mas quis o acaso que, quando me senti pronto, um instante antes de formular a pergunta à minha mãe, ela formulou outra a mim – essa, sim, vaga e inocente. O resultado foi algo mais ou menos assim:

– Que horas devem ser?
– Por que os Raimondi não vêm mais?

Imaginem a cena: ainda hoje tenho a impressão de que, nesse estranho bate-pronto, a apreensão que eu tinha me esforçado para dissimular acabou se revelando por inteiro e que, àquela altura, era o mesmo que dizer sem rodeios: "Mãe, estou com medo de que Astel Raimondi tenha ido embora para sempre, tenho medo de não a ver mais". Digo isso agora porque penso que se, paradoxalmente, eu tivesse me expressado dessa forma, talvez ela, quando chegasse o momento de tomar suas decisões, pudesse levar isso em conta.

Seja como for, a resposta não foi tão ruim como eu temia: Astel tinha ido para a Inglaterra a fim de estudar inglês, e sua mãe não ia sozinha à praia. Fim da apreensão. Em comparação com o precipício que aquele medo havia aberto, a ideia de que Astel ainda existia e de que eu não a veria naquele verão só porque teria ido – eu – embora da praia cedo demais ou voltaria – eu – tarde demais dos passeios de barco com meu pai tornava-se um consolo. Tentei descobrir mais: onde na Inglaterra? Em família ou em um *college*? Com amigas ou sozinha? E quando voltaria? Mas minha mãe não sabia mais nada.

Em compensação, sabia como estar conosco, seus filhos, e isso era tudo o que realmente importava para ela. Era comovente o exemplo que dava, renunciando a seus passeios, a ir nadar, renunciando a tudo para compartilhar com Gilda sua segregação, e se eu tivesse feito algum capricho ou birra teria me sentido um belo de um egoísta. Estar sob os cuidados dela significava não apenas sentir-se seguro, significava que qualquer momento do dia, realmente qualquer momento, mesmo no fundo do abismo do tédio mais tenebroso, poderia tornar-se empolgante de repente: quando ela ensinava Gilda a se pentear, ambas diante do espelho, os cabelos das duas na cor daquela alvorada, a pele das duas daquele branco leitoso, tão vulnerável; na sua gargalhada sonora, que lembrava uma cascata de moedinhas e parecia contagiar subitamente todo o universo – e sua risada era sempre das coisas, nunca das pessoas; era uma risada das coisas que se rebelavam com as coisas ou que permaneciam coladas umas às outras, ou que eram expulsas umas pelas outras; ou quando, do nada, ela começava a falar em inglês conosco, nossa língua particular, e era o fechamento do portão de um jardim secreto, nós dentro e todos os outros do lado de fora. Sentia-se – eu, pelo menos, sentia, sempre senti – que aqueles repentinos lampejos de felicidade que ela era capaz de produzir eram toda a felicidade possível, e reconhecê-los, vivê-los e aproveitá-los, em vez de reclamar do tédio ou dos desejos que permaneciam insatisfeitos, geravam em mim uma sensação de dever cumprido, que fazia com que eu me sentisse adulto. E, se alguém soubesse olhar no verde-esmeralda de seus olhos, naqueles momentos poderia ver os matizes amarelos que o atravessavam adensarem-se em um clarão intermitente: vocês podem até não acreditar, mas era de fato uma luz que pulsava, uma luz elétrica e quente. Havia muitos momentos como esse ao lado da minha mãe; por isso, nunca pensei que mesmo os dias mais entediantes daquele verão fossem uma tortura, como achava meu pai.

Além do mais, havia ele, justamente, meu pai, que de tempos em tempos apareceria para me arrancar da monotonia dos meus dias, atordoando-me com vento, extenuando-me com sol, encharcando-me de espuma, incrustando-me de sal e me entupindo de refrigerante. Não era meu ideal de férias, mas, naquele momento, era o único ressarcimento que eu poderia receber em troca do meu sacrifício. Nunca me vi esperando o sábado como naquela primeira semana, nunca me pareceu tão atraente a perspectiva de passar o domingo pulando de um lado a outro na madeira ardente do *Tivatù*. E nunca fiquei tão decepcionado com a notícia de que meu pai não viria, como ocorreu naquele primeiro sábado, porque teve de ficar em casa trabalhando.

8.

Minha mãe sabia que meu pai não viria naquele fim de semana, mas esperou até sábado para nos contar, depois que voltamos da praia, enquanto cozinhava o peito de frango, a fim de adiar o máximo possível o momento da nossa decepção. Não apenas isso: também sabia que, no lugar do meu pai, viria o tio Giotti – deu para perceber pela total ausência de espanto em seu rosto quando ela o viu diante do portão, com o chapéu de palha na cabeça, uma mala marrom entre as pernas e um maço de rosas vermelhas entre os braços. Os admirados éramos eu e Gilda.

O tio Giotti era um estranho parente nosso: parente naquele modo insondável em que se é parente no interior. Tio não se sabe de quem: do meu pai é que não era, menos ainda meu e de Gilda; mesmo assim, era chamado de tio por todos os membros da família e, de fato, era a pessoa mais estranha que já conheci. Em primeiro lugar, era estranho que se chamasse Giotti, e não talvez Giotto, nome que, naquela época, ainda sobrevivia na nossa região. Era estranho seu rosto, sempre alargado em um sorriso que, de tão fixo, não deixava nenhuma dúvida de que não se tratava de bom humor, e sim de uma timidez abissal, que também governava sua total ausência de expressão facial e o olhar de réptil, cuja única missão parecia ser a de evitar os olhares dos outros. Era como se vivesse perenemente em um elevador repleto de pessoas. Os dentes eram largos e curtos, de um branco violáceo como eu nunca vira, e a pele do rosto era tão atormentada por rugas que era difícil não olhar para ela o tempo todo. No entanto, de vez em quando seus olhos cinza moviam-se rapidamente, como peixinhos, o que logo conferia à sua expressão uma vivacidade que o rejuvenescia – fosse qual fosse sua idade, que, de resto, ninguém sabia qual era. Havia passado muito tempo na América e falava um inglês fluente, mas também muito estranho, estropiado, do qual, porém, tinha muito orgulho, tanto que, quando vinha nos visitar, utilizava-o com frequência para falar com minha mãe e conosco, excluindo meu pai. Mesmo sendo de estatura mediana, era lento nos movimentos, como os gigantes, e, como os gigantes, caminhava mantendo os braços firmes nas laterais do corpo, sem balançá-los. Entretanto, era um homem de ação: certa vez, quando eu era pequeno e Gilda nem tinha nascido, veio nos visitar e me pediu para acompanhá-lo até a loja da Loris, no centro, para comprar doces; e, na volta, como havia um bom trecho de caminhada, pegou-me no colo e me carregou assim, sem me deixar dar um passo sequer. Tinha entendido que eu estava cansado e não esperou que eu dissesse. Mas, como mencionei, também era estranho e, ao me pegar nos braços, colocou-me em cima da bandeja dos doces, sem se preocupar com o fato de que, daquele modo, eles ficariam todos amassados. Eu os sentia esmagados debaixo das minhas nádegas, mas não ousava dizer isso a ele, hipnotizado que estava por suas rugas e pelas histórias esquisitas que me contava enquanto caminhava – sem olhar para mim, com os olhos fixos à sua frente, com aquele sorriso colado na cara, como se estivesse repetindo uma lição. Quando chegamos em casa, não havia nem um doce inteiro.

Ele morava em Ginestra Fiorentina – "em cima de uma adega", fazia questão de especificar – e não tinha carro nem carteira de habilitação, razão pela qual os trinta quilômetros a serem percorridos para ir nos visitar em Vinci, no ônibus da viação Lazzi, em alguns domingos – sem regularidade, sem nenhum método, às vezes sem nem mesmo avisar –, representavam uma verdadeira viagem para ele. Era pobre, dava para ver muito bem, mas nunca chegava de mãos vazias: sempre trazia um presentinho para mim e para Gilda, e, como as crianças dão importância a essas coisas, acabou se tornando nosso parente preferido. Às vezes também trazia um frango que não parava de se debater – e tio Giotti puxava o pescoço dele ali, na nossa frente, com calma, sorrindo em silêncio, como se costuma fazer com obras de caridade – ou um maço de flores para minha mãe. Era um lobo solitário, nunca estava presente nas reuniões de família, no Natal, mas era lembrado mais que qualquer outro por uma característica que o tornava proverbial e que, junto com os presentes que trazia, representava a outra razão pela qual eu e minha irmã éramos loucos por ele. A característica era esta: independentemente do que houvesse para comer e da quantidade, o tio Giotti sempre deixava alguma coisa no prato. Dois espaguetes, três ervilhas, um *rigatone*, um pedacinho de carne, duas batatinhas fritas, um gomo de laranja, uma colherada de sopa: sempre deixava alguma coisa. Disso surgiu o modo de dizer que fazia furor em nosso léxico familiar quando alguém deixava alguma coisa no prato: "Ei! Está pensando que é o tio Giotti, é?". Obviamente, quando falo de família, refiro-me ao ramo paterno, o toscano, porque todos os parentes irlandeses tinham voltado à pátria; mas quem mais havia adotado o hábito de trazer o tio Giotti à baila quando alguém não limpava o prato era minha mãe – porque ela também, como eu e Gilda, ficava literalmente encantada com isso, achava graça e se emocionava. Mas embora o sotaque inglês da minha mãe tivesse ficado quase imperceptível com o passar dos anos, ele reaparecia em suas tentativas de reproduzir o toscano, de modo que, para imitar a pronúncia do nome Giotti que se ouvia em casa, ela acabava suavizando demais o "G", transformando-o em um "J" francês, que soava muito engraçado – tio *Jotti* – e a mandava de volta, repentinamente, ao trevo de três folhas de sua ilha.

Naquele sábado, ainda não tínhamos começado a digerir o peito de frango nem a notícia de que meu pai não viria quando o tio Giotti se apresentou junto ao portão, animando de repente o clima que tinha acabado de tornar-se melancólico. A primeira coisa que ele fez foi entregar as rosas para minha mãe, convidando-a a ler o cartão que as acompanhava: era o papai quem as enviava, para ser perdoado pelo fato de não ter vindo comemorar o dia 14 de julho, como todos os anos. Era o dia em que tinham ido morar juntos, em Florença, em 1958, quando ele tinha vinte e quatro anos e era estudante de Direito e ela tinha vinte e um e ainda se chamava Elizabeth O'Nety – comemoravam esse dia, e não o do casamento, quando o nome da minha mãe se tornou Betty Bellandi. O dia 14 tinha sido na véspera, e há que se dizer que Gilda logo se alarmara com a ausência do meu pai porque, nos anos anteriores, ele vinha especialmente de Vinci para celebrar a data, mesmo que caísse em um dia de semana: chegava na hora do jantar, levava-nos à pizzaria Maruzzella, ficava para dormir e, na manhã seguinte bem cedo, partia com o Tubarão para voltar ao trabalho. E tinha sido justamente eu a tranquilizá-la, dizendo que, naquele ano, por causa do superprocesso no qual estava trabalhando, evidentemente ele teria aberto uma exceção, e ninguém morreria se, em vez do dia 14, que era uma sexta-feira, comemorassem no dia 15. Mas ela estava certa ao se alarmar, pois ele não viera nem mesmo no sábado e mandara em seu lugar o tio Giotti, com aquelas rosas e aquele cartão – cartão esse que, no entanto, deveria conter palavras bem ardentes, pois, enquanto passava os olhos por ele, minha mãe enrubesceu e, apesar do pedido explícito de Gilda, recusou-se a lê-lo em voz alta. Limitou-se a nos explicar toda a situação e a escapar com as rosas na mão, à procura de um vaso.

 A segunda coisa que o tio Giotti fez foi entregar a Gilda seu presente – um par de *clackers* de plástico vermelho. Os *clackers* recebiam diversos nomes (nós os chamávamos de "bolinhas click-clack" ou "cerejinhas") e eram o brinquedo do ano – de meninas, principalmente, mas os meninos também brincavam com ele: duas bolinhas de plástico duro, ligadas por dois cordões com cerca de dez centímetros, que se uniam no topo em uma lingueta, igualmente de plástico duro, para ser segurada entre o polegar e o indicador. Movendo ligeiramente a mão, as bolinhas batiam uma na outra (click-click-click) e, acelerando o movimento, começavam a quicar embaixo e em cima (click-clack, click-clack), descrevendo semicírculos e transmitindo uma à outra, a cada choque, uma energia que parecia tornar essas batidas infinitas – até que o jogador perdia o controle e acabava machucando os ossos do pulso ou dos dedos. Esse foi o motivo pelo qual minha mãe não as havia comprado; mas Gilda era praticamente a única menina em toda Versilia que não brincava com elas, razão pela qual tudo o que eu disse a vocês a respeito daquele verão, da praia e dos estabelecimentos deve ser imaginado com o som de fundo constante desse click-clack, que estava por toda parte como o odor do sol: em primeiro plano, porque quem brincava com os *clackers* era a menina ao seu lado; e à distância porque muitas outras crianças, a dezenas de metros, também brincavam com eles, sem parar, sempre. Na maioria das vezes, eram poucas batidas consecutivas, porque era difícil quicar as bolinhas por muito tempo, mas elas se multiplicavam por centenas de jogadores; só que às vezes se tratava de uma sequência longa (click-clack-click-clack-click-clack-click-clack-click-clack-click-clack-click-clack...), e esses eram os momentos em que uma menina como Gilda, independentemente do que estivesse fazendo, parava e procurava descobrir quem era o campeão que conseguia bater as bolinhas por tanto tempo; e, quando o encontrava, começava a observá-lo e, ao fazê-lo, convencia-se de que chegar a fazer aquilo devia produzir uma satisfação realmente inigualável. Essa era a razão da proliferação, com características de infestação, que aquelas bolinhas produziam em todo o litoral, aumentando de número a cada dia e, com o aumento de número, aumentando também o click-clack de fundo, até gerar um tapete sonoro tão denso que ninguém nem notava mais. Se o tio Giotti queria conquistar definitivamente minha irmã, aquele era o presente certo; restava o obstáculo representado pela minha mãe, mas, já de posse das tão desejadas cerejinhas, uma garotinha esperta como Gilda encontraria o modo de superá-lo. Enquanto minha mãe estava na cozinha arrumando as flores no vaso, minha irmã desapareceu com as bolinhas.

Finalmente, chegou minha vez. Em primeiro lugar, o tio Giotti me entregou a *linus* de julho, que naquele meio-tempo tinha chegado a Vinci e que meu pai lhe dera para me trazer; em seguida, deu meu presente, que consistia em quatro 45 rotações para meu toca-discos – não novos, porque as capas estavam gastas, mas bem conservados. Os discos eram: *Una come te/Non so più che santo pregare*, de Sacha Distel; *Scarlet Ribbons/Matilda*, de Harry Belafonte; *Broken Hearted Melody/Passing Strangers*, de Sarah Vaughan e Billy Eckstine; e *Tu che m'hai preso il cuor/Prendi prendi*, de Gianni Morandi – o único que eu conhecia, embora não conhecesse aquelas duas canções. Estava muito curioso para ouvi-las e o teria feito naquele mesmo instante, porque realmente gostei muito do presente, uma vez que, somando-se a *The Cat*, aqueles quatro discos davam origem a uma verdadeira coleção: mas infelizmente tinha deixado o toca-discos em Vinci e, portanto, não tinha como ouvi-los. Para o tio Giotti, porém, isso pareceu um detalhe; seu sorriso não se desfez, nem lhe escapou uma única palavra sobre a infelicidade de ter presenteado um menino com discos que ele não poderia ouvir. Evidentemente, para ele, isso era irrelevante.

Em seguida, chegou o momento de vê-lo exibir-se em sua especialidade, pois minha mãe voltou da cozinha com um lanche preparado especialmente para ele. Eram duas fatias de pão e maionese, uma maçã e uma tigela de ricota com chocolate – que nós chamávamos de "a coisa mais gostosa do mundo". Não sei como descrever o olhar que correu entre ela e nós enquanto o fazia sentar-se à mesa diante dessa merenda: no fundo dele havia a excitação de quem sabia que, dali a pouco, assistiríamos a algo muito divertido – porque se excepcionalmente, por alguma insondável razão, dessa vez o tio Giotti comesse tudo até o último pedaço, vê-lo fazer isso talvez fosse ainda mais divertido. Trata-se de um daqueles momentos aos quais me referi, que minha mãe sabia valorizar com um olhar e que tornavam tão precioso estar em intimidade com ela.

O tio Giotti deixou no prato o último pedacinho de pão e metade de um quarto de maçã; na tigela, uma colherada de ricota. Nós, encantados. O que tornava a cena irresistível era a naturalidade com que ele o fazia – ou melhor, a inocência, sim, inocência é a palavra certa, porque ele nem desconfiava que aquele seu hábito fizesse dele um mito. Se o propósito de sua visita era nos consolar pela ausência do meu pai, o objetivo tinha sido alcançado. Mas havia algo mais: a surrada mala marrom que havia trazido significava que ficaria alguns dias conosco, e isso mudava tudo. Graças a ele, eu seria liberado das obrigações impostas pela guerra ao rutilismo e poderia ficar na praia com meus amigos até a hora do almoço, talvez até voltar depois.

Assim aconteceu a partir do dia seguinte, embora nada haja para contar a respeito daquela normalidade recuperada – talvez o tédio fosse mais emocionante. Naqueles dias, duas coisas deixaram suas marcas: a duradoura ausência de Astel Raimondi, pois a cada dia, inevitavelmente, eu chegava à praia com a esperança de encontrá-la e ia embora com a amargura de não a ter encontrado; e o próprio tio Giotti, que se revelou um amigo fantástico.

9.

Um amigo, sim: foi o que o tio Giotti representou para mim naqueles dias. Um amigo com o qual dividir minhas paixões, em primeiro lugar, porque ali, em Fiumetto, eu não tinha amigos assim – eu é que sempre tinha de dividir com eles suas paixões: Carlo Cuomo, louco por cinema; os dois irmãos de Monza, pelo Milan; Filippo Muzzi, até mesmo por baseball, porque seu pai, dono de uma fábrica de móveis, tinha um time em Florença que jogava na série A; depois, claro, meu pai, pela vela. Eu me interessava pelas paixões deles, gostava de assistir aos filmes e, como já disse várias vezes, era apaixonado por todos os esportes, mas o problema era que eles se interessavam apenas pela própria paixão e não queriam saber de todo o resto. O ciclismo, por exemplo: não interessava a ninguém. O mesmo acontecia com o automobilismo, os ralis, o motociclismo ou o atletismo: interessavam a mim, mas não a meus amigos do Bagno Stella – eu era obrigado a acompanhá-los sozinho. E o esqui? E as vitórias de Gustavo Thoeni na Copa do Mundo e nas Olimpíadas de Inverno de Sapporo? Tudo bem que não havia nenhuma competição durante o verão, mas se poderia conversar a respeito, fantasiar, mas nada: ali ninguém queria saber de esqui. Para não falar da *linus*, minha nova descoberta...

Já o tio Giotti se interessava por tudo o que interessava a mim. Na realidade, só entendia de ciclismo – ele também torcia para Bitossi e antes havia torcido para Bartali: quanto aos outros esportes, parecia não conhecer nem mesmo as regras, mas me ouvia quando eu falava a respeito e se deixava atrair. No dia da sua chegada, havia uma etapa de montanha do Tour de France, e assim que terminou seu lanche pôs-se a segui-la pelo rádio de plástico branco que havia trazido na bagagem, enrolado em uma toalha. Era exatamente o que eu também tinha a intenção de fazer: tratava-se da etapa na qual eu estava contando que Merckx fracassaria, porque teria pela frente uma subida terrível, que nunca havia enfrentado, a Izoard, famosa pelas façanhas de Fausto Coppi – e o tio Giotti sabia de todas essas coisas. Mas enquanto a rádio transmitia a narração da etapa, a TV transmitia o Grande Prêmio da Inglaterra de Fórmula 1, a partir de Brands Hatch, cujo circuito em forma de ponto de interrogação invertido eu conhecia de cor. Depois das decepções sofridas nas competições anteriores, a Ferrari de Jacky Ickx partia em *pole position*, e eu não podia deixar de assistir. Tio Giotti não sabia nada de Fórmula 1, mas não se incomodou em assistir ao Grande Prêmio enquanto acompanhávamos a etapa pelo rádio; ao contrário, até gostou. Não demorou para que ele também começasse a torcer pela Ferrari, um pouco por causa de tudo o que eu lhe dizia e um pouco pela beleza daquele Grande Prêmio, cheio de ultrapassagens e lideranças em mais de uma volta, mas, sobretudo – ele mesmo me disse isso –, porque não tinha televisão em casa e, portanto, só conseguia assistir a ela no clube, mas não se sentia à vontade em meio à barulheira e a toda aquela gente, ao passo que ali em casa, nós dois sentados no sofá, era bem diferente. Fitava a tela, e seu sorriso se harmonizava perfeitamente com a expressão absorta do rosto. Fez até uma reflexão a respeito:

"A diferença entre assistir à televisão e ouvir o rádio", disse, "é a mesma entre comer e falar de comer".

Quando já faltava pouco para o fim e estava claro que Fittipaldi e Stewart nunca conseguiriam ultrapassá-lo, Jacky Ickx quebrou o motor da Ferrari e teve de se retirar. Foi um duro golpe, mas ver o tio Giotti chateado como eu me confortou: era a primeira vez que eu dividia com alguém a decepção por uma derrota da Ferrari. Pouco depois, a decepção se repetiu, pois Merckx venceu de maneira triunfal aquela etapa que deveria derrubá-lo e impingiu mais um minuto e meio a Gimondi – embora, a certa altura, enquanto subia sozinho a Izoard, o locutor de rádio que o acompanhava de motocicleta tenha dito que Merckx chorava. Ele o disse com ênfase: "Eddy Merckx está chorando!". E pensei que não demoraria muito para Gimondi devorá-lo. No entanto, Merckx continuava a avançar, mais forte do que todos, e sua vantagem aumentava. Para mim parecia absurdo, mas para o tio Giotti, não: ele ouvia o relato do locutor fitando o nada diante de si, evidentemente imaginando muito bem o que eu não conseguia imaginar – Merckx chorando e vencendo –, e, quando ele passou pela linha de chegada com um minuto e meio de vantagem sobre Gimondi, seu comentário foi: "Ele sabe sofrer mais do que os outros". Para mim, foi uma iluminação: se o motivo de sua superioridade era esse, render-se a ele se tornava uma honra, fazia com que nos sentíssemos convidados para seu banquete.

Nos dias seguintes, tio Giotti e eu passamos muito tempo juntos. Na praia, ele ficava debaixo do guarda-sol, de regata e short, e brincava com Gilda até a hora de ela entrar na água; em seguida, quando ela e minha mãe iam para casa, ele ficava comigo até a uma. Como já disse, daquele verão que eu jamais poderia esquecer, a única coisa não memorável foi justamente o que ele me permitiu reencontrar, ou seja, aquelas duas horas de brincadeiras com meus amigos. Algo estava acontecendo comigo; brincar já não me agradava como antes, embora, ao mesmo tempo, ainda não tivesse deixado de me agradar. Em mim sobrevivia a famélica atração por todos os esportes, que me motivava a ler *La Gazzetta dello Sport* até a última página em busca dos resultados dos atletas que eu veria na TV durante as Olimpíadas de Munique: isso me segurava no passado, e eu ainda me impacientava na expectativa de que saísse nas bancas a nova série de figurinhas dos Campeões do Esporte, anunciada para aquele verão justamente pela proximidade das Olimpíadas. Mas depois havia a aflição de ver sempre vazio o guarda-sol dos Raimondi, e essa aflição era algo novo, assim como eram novos os relatos de Carlo Cuomo sobre os filmes que tinha visto naquele inverno: nos anos anteriores, havia falado de filmes que eu também poderia ter visto – *Perseguidor implacável, Shaft, Django, Drácula, Frankenstein* –, mas, naquele ano, falou apenas de filmes proibidos para menores de catorze anos ou até de dezoito, que ele pôde ver porque o cinema era do seu tio. *África ama*, um documentário sobre os ritos de iniciação sexual na África subsaariana; *O que vocês fizeram com Solange?*, no qual usavam um caco de vidro para fazer algo terrível na... da tal Solange (Carlo Cuomo não dizia a palavra, sibilava duas vezes entre os dentes, sss-sss, tornando o fato ainda mais terrível); *O supermacho*, no qual um mordomo era atacado por um bando de mulheres depois que se espalhou o boato de que ele era dotado de três... (de novo, aqui também sem dizer a palavra, Carlo repetia os mesmos sibilos duplos, que, obviamente, dessa vez significavam uma coisa diferente); *O melro macho*, no qual um músico sentia prazer mostrando a todos a esposa nua. Filmes assim. Esses relatos se somavam a certos pensamentos que já passavam pela minha cabeça (as revistas do Renzo-barbeiro, *Valentina intrepida*) e me perturbavam.

    Também em relação a essa duplicidade o tio Giotti se revelou precioso, porque ele também parecia estar dividido entre dois estados diferentes, como eu me sentia. Quando brincava com Gilda, parecia um menino da idade dela, mas, quando conseguia convencer minha mãe a deixar minha irmã brincar com as bolinhas click-clack, ostentava a autoridade de um chefe de família. Quando me ouvia tagarelar sobre esporte ou sobre *O Eternauta*, cujo segundo episódio, publicado na *linus* de julho, tinha me conquistado definitivamente, era dócil e inexperiente como um colega de escola; mas quando falava das suas coisas, mesmo lacônico como era, havia em suas palavras algo de adulto e de complexo, que muitas vezes se adentrava em mistério. Revelou-me aquele do seu nome de batismo: na realidade, chamava-se Ricciotti, como o filho de Garibaldi, mas durante os anos passados na América, em Pittsburgh, trabalhando em uma siderúrgica, tornou-se Giotti – ou melhor, Joatty, como estava escrito em sua carteira de identidade, que ele me mostrou: Joatty Birindelli. Também me revelou que esteve na prisão, na América, mas não me disse por que nem por quanto tempo: disse apenas que, enquanto esteve lá dentro, sempre fazia a barba, todas as manhãs, sem pular nem um dia sequer e, a julgar pelo orgulho que tinha disso, imaginei que aqueles dias não devem ter sido poucos. A propósito, seu ato de barbear-se era outra atração para mim e para Gilda: todas as manhãs nós o espiávamos pela porta entreaberta do banheiro, enquanto ele repetia aqueles gestos que não conhecíamos, uma vez que nosso pai usava barbeador elétrico: dissolver o sabão na tigela, ensaboar o rosto com o pincel, barbear-se meticulosamente uma primeira vez, ensaboar-se de novo, barbear-se de novo no sentido contrário aos pelos, enxugar o rosto com a toalha, bater nas faces com a loção – tudo isso cantando ou assobiando melodias desconhecidas. Isso também era hipnótico para nós, e para mim em particular, pois eu imaginava a mesma sequência de gestos repetida por não se sabe quantas manhãs na cela de uma penitenciária americana, e entendia por que o tio Giotti tinha orgulho disso.

Em troca de todos os esportes que lhe apresentei, ele me apresentou o xadrez e o culto a Bobby Fischer. Fazia pouco tempo que o desafio entre Fischer e Spassky para o campeonato mundial de xadrez – evento do qual eu tinha conhecimento, mas havia subestimado – tinha começado em Reykjavik. Como certamente não era um grande contador de histórias, tio Giotti deixou de lado tudo o que havia de lendário a ser narrado sobre Fischer, que em seguida eu descobriria por conta própria, e se deteve na delicada situação em curso: Fischer tivera um início complicado; havia perdido a primeira partida e, como forma de protesto, não se apresentara à segunda, mas depois vencera a terceira e, naquele dia, tinha a oportunidade de empatar. Eu não era bom em xadrez e jogava pouco, algumas vezes com meu pai, outras com meu colega de escola Luca Nocentini, mas nunca fui aficionado por essa modalidade como era por todos os outros esportes – talvez porque não fosse um esporte –; por isso, nada sabia daquela epopeia, e por certo tio Giotti não era a pessoa mais adequada para narrá-la, mas a transmitiu do mesmo modo, pois ele próprio foi épico em sua necessidade de seguir aquela partida.

Tinha descoberto uma estação de rádio de ondas longas chamada Rádio Andorra, que, com breves pausas para os noticiários, transmitia o relato direto de todas as partidas do campeonato, e passou aquela tarde sentado à mesa da cozinha, diante de um minúsculo tabuleiro portátil de xadrez, a coisa mais frugal que eu já vira, e de seu rádio branco, do qual saía sobretudo o silêncio que o público do Palácio do Esporte, em Reykjavik, reservava aos dois jogadores, maculado de tanto em tanto por alguma frase telegráfica em espanhol, só para tranquilizar os ouvintes de que a transmissão não tinha sido interrompida. Tio Giotti ouvia aquele silêncio com os olhos voltados para o mesmo vazio no qual, alguns dias antes, tinha visto Merckx, que, chorando, deixava todos para trás. E, ao ouvir algumas daquelas frases, movia uma das peças em seu microtabuleiro: eram os lances. Estudava-os um pouco, depois voltava a imaginar a cena, fitando o nada até o lance seguinte. Eu e Gilda ficávamos ali, olhando para ele, sentados à mesa perto dele, e minha mãe também passava minutos junto à porta, observando em silêncio, mas era realmente como se não estivéssemos presentes: para ter a prova de que estávamos, tínhamos de trocar continuamente olhares de cumplicidade. Assim foi, não sei, por duas ou três horas: levantamo-nos da mesa para esticar as pernas, lanchamos, voltamos ao nosso posto, e ele, nada. Depois, de repente, após o lance de uma peça preta, os olhos do tio Giotti se acenderam com uma luz festiva e, um minuto depois, do rádio saiu uma salva de palmas, enquanto a voz espanhola se reanimava, anunciando que – isso eu também entendi – Spassky tinha abandonado a partida. Fischer o alcançara na pontuação, e tio Giotti parecia feliz como eu teria ficado se a Ferrari tivesse vencido um Grande Prêmio.

Quis me mostrar por que o russo tinha desistido: repetiu o último movimento da peça preta, um bispo que comia um peão, e me demonstrou em seu pequeno tabuleiro que, a partir dali, a peça branca não teria saída, independentemente do lance que se decidisse fazer. O que admirei não foi a genialidade do lance de Fischer, que eu ainda não era capaz de compreender, mas a prova de bravura do tio, porque aquele lampejo em seus olhos, um minuto antes que no rádio ressoasse o aplauso, significava que ele tinha entendido de imediato que todas as variantes à disposição do russo eram desastrosas – e havia algumas que avançavam por cinco ou seis movimentos. O tio Giotti era um grande jogador de xadrez – essa foi a descoberta. E se me detenho nisso é porque aquele foi o momento em que nasceu minha paixão pelo xadrez, que em seguida se mostraria uma ancoragem bastante firme pelo resto da minha vida – uma das coisas capazes de me dar a estabilidade necessária para viver de maneira mais ou menos normal.

No dia seguinte, o tio Giotti iria embora, e, finalmente, naquela noite fomos ao cinema ao ar livre; estavam exibindo *Semeando a ilusão*, que não era exatamente um filme para crianças – mas era a última noite do tio Giotti, o calor tinha se atenuado, minha mãe era admiradora da Silvana Mangano e, por fim, acabou concordando em nos levar. Diga-se de passagem, gostei bastante do filme. Enquanto voltávamos para casa na noite cintilante, tomando o sorvete que o tio Giotti nos tinha oferecido, aproveitei um momento em que caminhávamos próximos, alguns passos à frente da minha mãe e de Gilda, para lhe confidenciar meu segredo sobre as palavras preferidas e sobre o que eu fazia com elas. Assumi o risco, porque, afinal de contas, ele não deixava de ser um adulto, mas pareceu entender muito bem o que eu estava dizendo e não se espantou nem se preocupou, tampouco me julgou pelo que eu havia contado. Ao contrário, fez uma pergunta que me surpreendeu, porque ele era assim, pegava a gente de surpresa: também funcionava com as palavras em inglês? Respondi que nunca tinha experimentado, nem tinha pensado nisso; portanto, não sabia – mas, enquanto dizia isso, dei-me conta de que o estranho não era sua pergunta, o estranho era minha resposta. Afinal, eu era bilíngue, seria perfeitamente normal se, além de "muflão" e "bocejo", tivesse incluído entre minhas palavras preferidas seu equivalente em inglês ou colocado aquelas palavras encantadas, provenientes dos contos de fada que minha mãe me contava quando eu era pequeno, do tipo *bumblebee* ou *belly button*: mas, na realidade, nunca me sentira bilíngue; para mim, o inglês era apenas um esconderijo onde eu podia me refugiar para ficar um pouco sozinho com minha mãe; nem na escola eu havia conquistado grandes vantagens, uma vez que o ensino do inglês, mais do que na conversação, concentrava-se no estudo das regras gramaticais, que minha mãe não nos tinha ensinado. Naquela noite, porém, a naturalidade da pergunta do tio Giotti fez com que eu me sentisse como nunca havia me sentido, nem com meus amigos, nem sozinho, nem em Vinci, nem em Fiumetto, nem na escola, nem nas férias, ou seja, um menino que podia começar a brincar com as palavras tanto em inglês quanto em italiano, e ninguém poderia se surpreender com isso. Tratava-se de uma consciência que eu nunca tinha tido.

Antes que o tio Giotti fosse embora, houve tempo para uma última emoção. O ônibus dele partiria à tarde, e pela manhã se disputaria a Viareggio-Bastia-Viareggio, uma competição de motonáutica, válida para o campeonato mundial *offshore* e que, para Versilia, representava o evento esportivo do verão. Por uma manhã, todos, em todos os estabelecimentos do litoral, tornavam-se entusiastas de motonáutica e se esforçavam para enxergar e seguir a partida da costa, sem conseguir ver nada além de uma nuvem cinza de jatos que se dissipava no horizonte, mas literalmente hipnotizados pelo ronco ensurdecedor que a acompanhava. Seguida da praia, a Viareggio-Bastia-Viareggio era aquele ronco, que perdurava por muito tempo depois que a grande nuvem desaparecia da vista e, ao se afastar, tornava-se cada vez mais sombrio e cavernoso. Era impossível não se interessar por essa competição; ela nos obrigava a pensar naqueles loucos que corriam a cem por hora na superfície da água, queimando centenas de litros de gasolina – e bastava pegar uma onda desfavorável pela frente para sair voando como um galho seco. Naquela manhã, porém, não havia nem sombra de onda, e o mar estava *um óleo*, como diria meu pai, o que significava que as lanchas podiam correr a toda velocidade e voltariam para Viareggio antes do horário normal; assim, mesmo depois que o ronco desapareceu, não consegui fazer coisa alguma, eu tinha de ficar sentado à beira-mar, com os ouvidos aguçados e os olhos apertados, esperando. Estar sentado ao meu lado naquele intervalo poderia apresentar algumas vantagens, caso a pessoa estivesse disposta a ouvir, como o tio Giotti, porque, à diferença da maioria das pessoas ao redor, eu sabia uma porção de coisas a respeito daquela corrida e dos adversários que a disputavam. Eu sabia, sobretudo, que entre eles estava Vincenzo Balestrieri, que era um fenômeno, como Merckx. Eu não fazia ideia de como era a cara dele; sua figurinha no álbum dos Campeões do Esporte retratava apenas sua lancha preta, a *Black Tornado*, com o número 4 estampado na lateral, perto da bandeira italiana; mas eu sabia que tinha sido o primeiro piloto não americano a conquistar o campeonato mundial, o primeiro a vencer quatro competições consecutivas, o primeiro a melhorar por cinco vezes o recorde absoluto de velocidade, e sabia que vencia a Viareggio-Bastia-Viareggio nos anos pares, mas perdia nos ímpares – e nós estávamos em 1972. Obviamente, aquela foi a primeira vez que pude falar de todas essas coisas com alguém enquanto esperava que as lanchas voltassem de sua cavalgada. Quando, das profundezas daquele outro lugar (Bastia fica na Córsega, *outro país*), começou a aflorar o rugido de uma lancha que se aproximava – um único, no máximo dois, dava para perceber muito bem, porque o ronco não era sombrio como na ida, quando se somava o rumor de todos os motores –, muito antes que o horizonte também nos desse apenas um pontinho escuro, o tio Giotti já era um verdadeiro torcedor de Vincenzo Balestrieri.

Tratava-se, então, de distinguir de quem era aquele ronco, assim que a lancha começasse a aparecer. Gianfranco, o salva-vidas, nos emprestou seu binóculo e permitiu que ficássemos em pé no assento de seu barquinho de salvamento, e permanecemos ali, suspensos por um tempo, à espera, até que o pontinho no horizonte surgiu – e era uma única lancha. Vinha do sul, com rota oblíqua; portanto, à medida que se aproximava, também era possível ver o casco. Comparada à confusão da partida, a vista era mais nítida, uma vez que havia apenas uma embarcação e a nuvem de jatos estava atrás dela. Tio Giotti e eu passávamos o binóculo um ao outro e, no final, coube a mim distinguir a bandeira italiana e o número 4 – ou talvez o tio Giotti tenha deixado que coubesse a mim. "É ele!", gritei. "É Balestrieri!" Em poucos segundos, o mesmo grito foi lançado em todos os outros estabelecimentos, e um mar de gente se juntou na praia, com crianças nos ombros para festejar, embora muitos não soubessem nem mesmo o que estavam festejando. Somente então, atrás da *Black Tornado* apareceram as lanchas americanas que Balestrieri tinha deixado para trás. A lei dos anos pares tinha sido respeitada. Pelo modo como eu vivia naquela época, foi uma grande satisfação, e o tio Giotti a dividiu comigo.

À tarde, nós o acompanhamos até o terminal da Lazzi. Não queríamos que ele fosse embora, e minha mãe repetiu até o último instante que ficaríamos felizes se ele permanecesse mais um pouco, pois, além do mais, meu pai chegaria no dia seguinte; mas não adiantou, ele não podia ficar, "tinha coisas a fazer". Sabe-se lá o quê. Antes de subir no ônibus, inclinou-se, pegou a cabeça de Gilda com as duas mãos e a beijou na testa. Depois, fez o mesmo comigo. "*So long*", tive vontade de lhe dizer – de longe, a expressão mais *cool* que eu conhecia em inglês. Achei que assim deviam ter se despedido dele quando saiu da prisão. "*Sure*",[6] respondeu, certamente como havia respondido a eles.

---

[6] *So long*: Até breve. *Sure*: Com certeza. (N. T.)

10.

E chegamos ao ponto em que a história gira o volante. Aliás, não, ainda não gira o volante, mas acelera: acelera bruscamente – o que tornará bastante desastrosa a saída da pista quando ocorrer a manobra. Se até aqui contei todas essas pequenas coisas, não é porque as considere importantes em si – sei muito bem que não são –, mas para que vocês se deem conta de quem eu era naquela época e do que era composta minha vida, no auge da minha infância, ou melhor, um pouco mais além, aos doze anos, no verão de 1972; e, assim procedendo, esforçando-me para recordá-las e narrá-las a vocês, também me dou conta disso. Sobretudo quando nos encontramos muito distantes do que fomos antes, como aconteceu comigo, recordar-se do passado é importante; e se se tratava de um passado feito de pequenas coisas, como foi para mim, também essas pequenas coisas se tornam importantes. De fato, a questão não é eu ter perdido essas coisas: eu as teria perdido de toda maneira. A questão é entender se, sendo o que eu era, eu poderia ou não opor resistência à força que fez com que eu as perdesse daquele modo. Essa é uma pergunta que me fiz muitas vezes, e cheguei à conclusão de que essas respostas não podem ser obtidas diretamente: assim que uma pergunta é respondida, logo surge outra, e as respostas são sempre apenas opiniões, e a verdade, em vez de se aproximar, acaba se afastando. Convenci-me de que, se há uma possibilidade de a resposta aparecer, verdadeira e perfeita, é preciso passar pelo relato: um relato meticuloso, detalhado e honesto de tudo o que foi atropelado – uma busca, um esforço. E é o que estou fazendo. Vocês não teriam acreditado que me lembrei espontaneamente de toda aquela loucura de detalhes – o nome do barco do *Avvocato* Agnelli, os minutos de diferença impostos por Merckx a Gimondi no Tour de France e até mesmo a trama de *O Eternauta*: trata-se de coisas que eu sabia na época e que depois esqueci, como costuma acontecer. Tive de dar duro para reencontrá-las, fazer pesquisas, e somente as exigências ditadas por um relato justificam esse esforço: um relato que pressuponha a presença de outros para entender ou não as coisas, acreditar nelas ou não. Algumas coisas não podem ser feitas em uma conversa consigo mesmo – tende-se sempre a deixá-las de lado, a considerá-las óbvias: elas precisam ser feitas para servir a alguém que não saiba de nada. Então, como sempre acontece quando se serve a alguém, acaba-se servindo a si mesmo – e, desse modo, no fim talvez eu também consiga ir além da parede que tenho à minha frente há mais de meio século. Que fique bem claro: não que, com essa parede à minha frente, eu não tenha conseguido viver uma vida decente; afinal, se não tivesse existido essa parede, teria existido outra. É que ela me entediou, digamos assim, me cansou, e eu queria ver meus limites enfrentando outro obstáculo. Eu queria mudar de parede. Por isso, pensei que me despir com um relato realmente sincero, honesto e escrupuloso pudesse servir para fazer com que eu finalmente fosse além da pergunta: eu tinha condições de mudar o curso dos acontecimentos? Tudo o que preciso é de uma sílaba: sim. Ou: não. E, finalmente, ver o que há por trás.

Por isso, sinto-me no dever de deter-me em um último particular aparentemente banal, mas que, para mim, na época, tinha grande importância. Uma coisa da qual eu me envergonhava muito e que, durante o verão, expunha-se à atenção com uma objetividade própria e implacável: em meu corpo ainda não havia aparecido um pelo sequer, nem nos braços, nem nas pernas, nem no púbis, nem nas axilas, como já havia acontecido com todos os meus amigos. Nada, eu ainda estava liso e imberbe como quando tinha vindo ao mundo. Especialmente na praia isso era um problema enorme para mim, pois eu tinha a impressão de que se tratava de uma espécie de segregação natural que tornava insaciável qualquer impulso ou desejo físico que eu viesse a experimentar – o que representava a verdadeira novidade daquele verão. Eu realmente tinha a impressão de que em mim as pessoas não notavam nada além disso, e, em certo sentido, embora achasse a ausência de Astel Raimondi muito dolorosa, ficava tentado a considerá-la um mal menor – quase um alívio em comparação com o pensamento de me ver jogando vôlei à beira-mar com ela e meus outros amigos, todos com pelos nas axilas, menos eu. Eu imaginava uma voz ressoando na minha cabeça, até já a ouvia: "Ei, você, Gigio Bellandi, o que está fazendo? Eles podem, mas você ainda não. Não vê a diferença? Vá brincar sozinho com suas bolinhas, vá!".

 Pronto. Agora que confessei qual era a minha vergonha, vocês já têm todos os elementos para entender quem eu era naquele verão – e eu com vocês. E, se de agora em diante a história sofrer uma aceleração, saibam que ainda vou me esforçar para desacelerá-la, para insistir nos detalhes, para recuperar e incluir toda recordação possível, pelas razões que tentei explicar pouco antes. Para melhor esclarecer quais, agora, antes de recomeçar com minha história, quero contar a vocês um acontecimento trágico que se deu muito tempo depois, durante outro verão, em outra praia, em outro país, que não ocorreu comigo e que não cheguei a testemunhar diretamente. Mesmo com todas essas distâncias ou, melhor dizendo, *graças* a elas, trata-se do símbolo perfeito do que estou tentando fazer com meu relato e que tento fazer também com minha vida.

11.

É o verão de 1999 e não estamos mais em Versilia, mas na costa ocidental da Irlanda, a poucos quilômetros de uma cidade chamada Roundstone, no condado de Galway, em uma praia chamada Gurteen Beach. Mudam as cores: azul intenso no lugar do celeste, verde vivo em vez de pálido, praia de areia branca em vez de amarelada. Minha esposa, Emma, e eu alugamos uma das primeiras casinhas atrás das dunas, no istmo que separa duas baías, a Gurteen Bay e a Dog's Bay. Um lugar encantador, onde estamos passando as últimas duas semanas de agosto com nossos filhos – Jimmy, de sete anos, e Marta, de quatro. Emma está grávida de cinco meses – Liam nascerá no dia 1º de janeiro de 2000. A praia está lotada, mas, dada a sua extensão, há espaço para todos sem promiscuidade. A uma hora, as crianças e eu voltamos para casa porque o rutilismo que me poupou acabou se manifestando na minha prole, sobretudo em Marta, que, como sua avó e sua tia, traz na cabeça aquela famosa alvorada da Cornualha e, por isso, tem de evitar a exposição aos raios do sol a pino. O dia está lindo, quente, iluminado e com vento. Emma fica sozinha na praia enquanto nós três, em casa, tomamos banho, preparamos o almoço, deixamos o dela quentinho no forno, consumimos o nosso e depois nos deitamos na cama do meu quarto, no andar de cima, para tirar um cochilo. A casa inclui uma gata cinza, que se aninha entre nós. O sopro fresco do vento chega pela janela aberta. As cortinas azuis dançam. Ouve-se o canto das andorinhas-do-mar brancas que vivem na baía. Ouvem-se gritos à distância...

Adormeço.

Acordo de repente. Por que aqueles gritos? Percebo que dormi quase duas horas, as crianças ainda estão dormindo, a gata desapareceu, e Emma não está. Por que, *duas horas atrás*, aqueles gritos? As cortinas continuam a dançar, o vento continua a sussurrar. Levanto-me e vou à procura de Emma. Normalmente ela fica na praia por mais uma horinha, nada, seguindo as recomendações da ginecologista, enxuga-se ao sol e depois volta para casa: dessa vez, não, porque não está em lugar nenhum, e seu almoço ainda está no forno, intacto. Estou para subir correndo até o quarto, para acordar as crianças e ir procurá-la quando ela aparece à porta. Está chorando. Vou até ela; embora esteja chorando, sinto-me aliviado, minha angústia diminui, porque ela está ali comigo. Ela se joga em meus braços e começa a soluçar. Seus cabelos têm o perfume do oceano. Idiotas!, murmura entre os soluços, idiotas! Emma, o que foi? Emma, responda. O que aconteceu? Ela balança a cabeça e continua a soluçar e a repetir "idiotas, idiotas, idiotas"...

Dez minutos depois, acalma-se. Dei-lhe um copo de leite com menta e ajudei-a a bebê-lo em pequenos goles, enquanto parava de chorar e de repetir "idiotas". Não lhe perguntei mais nada, apenas esperei que se acalmasse, e agora está calma, mas em seus olhos ainda há o vidro quebrado do desespero. E o soluço continua.

Um menino morreu, diz. Soterrado na areia, diz. Tem dificuldade para falar, está com a voz embargada.

Eram dois, diz, queriam escavar um túnel, diz, não se sabe para quê, e um morreu. Idiotas, repete, idiotas...

    Chegam as crianças. Minha angústia passou. Eu havia temido que tivesse acontecido alguma coisa com ela, que lhe tivessem feito mal. Emma chama as crianças a si e as abraça. Abraça-as, mas não olha para elas, olha para a parede. De vez em quando estremece, por causa do soluço. Jimmy percebe que há alguma coisa errada, pois pergunta "mãe, o que você tem?", e então Emma para de olhar para a parede, olha para ele e sorri, dizendo "nada, meu amor", despenteando os cabelos dele. Depois, faz o mesmo com Marta. Enquanto aperta as cabeças das crianças contra o peito, lança para mim um olhar que eles não podem ver, compassivo e radiante, mas, sobretudo, peremptório, cujo significado é muito claro: não vai me contar na frente deles o que aconteceu.

    Passamos a tarde em casa. As crianças querem voltar para a praia, mas invento que estou com dor de cabeça. Do jardim, elas veem as luzes piscantes da polícia na praia, e Jimmy pede informações. Emma diz que um senhor se afogou quando ela estava na praia e que essa é a razão pela qual, ao voltar, estava comovida. Jimmy pergunta se ela conhecia o senhor, e Emma lhe responde que não. Jantamos cedo. Vamos para a cama cedo. Marta me pergunta se ainda estou com dor de cabeça, e respondo que não. Então me pergunta se posso continuar a ler *Harry Potter e o prisioneiro de Azkaban* até os dois adormecerem. Leio por meia hora, porque Marta adormece de imediato, mas Jimmy, não. Paro de ler quando me parece que ele também está dormindo profundamente e volto para o quarto, para junto de Emma, que me espera. De camisola azul-celeste e cabelos despenteados, tem um ar espectral, mas também está linda. Fecho a porta, digo que o terceiro livro de Harry Potter é ainda melhor que os dois primeiros, digo que J. K. Rowling é genial. Sem fazer barulho, volto até a porta e, levando o dedo à boca, faço sinal para Emma ficar em silêncio: ouvi tanto a conversa dos meus pais atrás da porta do quarto deles que, para mim, seria totalmente normal se Jimmy estivesse ali atrás. Abro a porta de repente, não há ninguém. Vou verificar no quarto das crianças, que dormem na mesma posição em que as deixei. Volto para Emma. Finalmente posso abraçá-la e acariciar seus cabelos e seu rosto. Está muito pálida. Está muito bonita. O que aconteceu, Emma? Quer contar?

Emma respira fundo, uma respiração longa, sem um suspiro de alívio, inclina a cabeça como sempre faz e começa a contar.

Depois que eu e as crianças fomos embora da praia, diz, ela entrou na água para nadar. Emma tem um jeito estranho de nadar: de costas, mas não com os braços alternados, e sim unidos; o direito entra na água pouco antes do esquerdo, com uma diferença mínima, mas suficiente para tornar seu nado inconfundível mesmo à distância. Por isso, enquanto conta que começou a nadar ao longo da margem, eu a *vejo*, é como se estivesse dentro do seu relato, à beira-mar, observando-a. Nadando desse modo, sua cabeça sempre permanece fora da água; assim, ela pode ver a praia, o horizonte, as gaivotas, o céu – poderia até me ver, se eu realmente estivesse ali. Nada assim por quinze minutos, diz, até que vê um grupo de pessoas na praia, no trecho mais largo. Percebe que estão gritando, mas não ouve nada porque estão contra o vento. Então volta para a margem e ali se dá conta do que está acontecendo: da areia desponta a cabeça de um menino soterrado até a boca, gritando por socorro, "rápido, ele não está mais se mexendo", e as pessoas ao redor gritam para ele ficar calmo, mas estão paradas, não fazem nada. Emma conta que estão ao redor do menino, à distância, *de quatro*, diz, parecem felinos à espreita, e não fazem nada. Diz que então faz menção de correr até o menino, sem entender por que nenhum daqueles que a circundam não faz o mesmo – e os despreza por isso. Os gritos do menino soterrado até a boca são angustiantes, "rápido, o Kevin não está se mexendo", e Emma dispara na direção dele, diz, mas logo dois braços robustos a agarram por trás e a detêm. Não, senhora. É um homem que a segura, um homem jovem e forte, que continua a detê-la, enquanto o menino soterrado até a boca continua a gritar, desesperado, "rápido, rápido, rápido". Ela diz que tentou se desvencilhar, talvez até morder aquelas mãos que a seguravam, não se lembra, enquanto o homem repetia com voz firme "não, senhora, se acalme, não pode". E, nesse momento, Emma recomeça a chorar e a repetir "idiotas, idiotas"...

Para de chorar. Fica em silêncio por algum tempo. Volta a narrar.

Enquanto o homem continua a segurá-la, chegam duas mulheres que lhe explicam o que está acontecendo. Dois meninos, explicam, o que está soterrado até a boca e seu amigo, decidiram escavar um túnel: não um buraco, mas um verdadeiro túnel, para passar sob as dunas e sair do outro lado. Estavam equipados, dizem, tinham pás e picaretas. Não tinham escavado um buraco na vertical, mas uma espécie de cratera, partindo de dois pontos bastante distantes um do outro e descendo gradualmente em profundidade, à medida que iam ao encontro um do outro, e, quando se encontraram no centro da cratera, já tinham descido alguns metros. As duas mulheres dizem que os meninos continuaram a escavar no centro da cratera e que, em certo ponto, ocorreu o desabamento.

Até ali, dizem, ninguém tinha se preocupado com os dois meninos. Eles eram os mais próximos, dizem, e ela subentende as duas mulheres e seus maridos; ao ouvirem os gritos, saem correndo na direção do menino soterrado até a boca. Só que, naquele momento, o menino soterrado até a boca ainda não está soterrado até a boca, está soterrado até os ombros: então uma voz ordena que parem, pelo amor de Deus, gritando mais forte do que o menino que continua a dizer "rápido, rápido, o Kevin está aqui embaixo"; naquele momento, todos param para obedecer àquela voz, dizem, pois percebem que o nível da areia que soterra o menino se elevou e, dos ombros, subiu até a boca. Era como se o menino estivesse cercado por areia movediça, dizem, e, se aquela ordem tão peremptória não os tivesse detido, por causa deles o menino teria sido engolido.

Dizem que o homem que gritou a ordem de "pare" chega correndo com outras pessoas. Dizem que o menino soterrado até a boca continua a gritar "rápido, o Kevin está aqui". Dizem que o homem grita "sou o pai, sou arqueólogo, vocês precisam fazer o que estou dizendo". Dizem que uma das mulheres que estão com ele desmaia e que as outras cuidam dela enquanto o arqueólogo dá instruções a todos: ninguém deve se aproximar do menino, é preciso que sentinelas detenham quem quiser pisar na areia da cratera. Os maridos das duas mulheres, dizem, oferecem-se para atuar como sentinelas, e, de fato, o homem que continuava a segurá-la era um deles.

Emma interrompe seu relato. Não sei, diz, talvez tenham me dito isso depois. Talvez ali, naquele momento, só tenham me dito que eu não podia me aproximar do menino porque, se me aproximasse, ele morreria sufocado. Estou com a garganta seca, diz. Dou-lhe a jarra com água, e ela se serve de um copo. Bebe. Serve-se de outro e bebe. Volta a narrar.

Dizem a ela que o arqueólogo se pôs de quatro e ordenou a seus amigos que fizessem o mesmo e avançassem até o menino como ele estava avançando, ou seja, muito lentamente, tirando com as mãos a areia que tinham à frente, como ele estava fazendo, e jogando-a para trás. Naquele momento, dizem, ela chegou, e o marido de uma delas teve de detê-la.

Emma para. Olha para mim. Entende?, diz, os que estavam de quatro e que, para mim, pareciam estar parados, não estavam: aproximavam-se do menino da única maneira que podiam fazer, ou seja, muito lentamente, porque, do contrário, o matariam. Levaram *meia hora*, diz, para percorrer dez metros, meia hora, durante a qual o menino soterrado até a boca continuou a gritar desesperadamente, dizendo que Kevin não se mexia mais, e o arqueólogo lhe repetia para ficar calmo, não se mexer, e avançava até ele tão devagar que parecia estar parado, sendo imitado por seus amigos, enquanto as sentinelas continuavam a segurar as pessoas que chegavam e tentavam alcançar o menino, para evitar que o matassem.

Emma diz que, durante aquela meia hora, o homem parou de segurá-la, e as mulheres lhe contaram o resto. E o resto, diz, era que o menino soterrado até a boca era um amigo de Kevin e hóspede da família de Kevin em uma casa pouco distante, e que a mulher que desmaiou era a mãe de Kevin, e que o arqueólogo era – mas não termina a frase porque desata de novo a chorar, de novo desenfreadamente, de novo soluçando, como quando chegou em casa, de novo lançando-se em meus braços. De novo sinto o odor do oceano em seus cabelos. Sinto suas lágrimas no pescoço, sua saliva no ombro. Sinto sua boca se mover e sua voz vibrar contra a minha pele.

O arqueólogo, diz Emma entre os soluços, era o pai de Kevin. Não era o pai do menino que salvou, era o pai do que morreu.

No dia seguinte, fomos embora: ainda faltavam quatro dias para o fim das nossas férias, mas Emma nem conseguia mais pronunciar a palavra "praia". E, como tinha visto o que tinha visto, como tinha vivido aquela angústia até a chegada das ambulâncias e da polícia, ficou abalada e nunca mais tocou nesse assunto. Fomos embora na manhã seguinte e nunca mais falamos a respeito. Mas eu penso com frequência nisso. Para mim não foi tão traumático quanto para ela, pois não aconteceu comigo: não vi, não vivi, fui protegido pelo filtro de dois testemunhos diferentes que tornaram suportável para mim o que não era suportável para Emma. Por isso, volto a pensar com frequência naquele pai que se aproxima muito lentamente do menino vivo para salvá-lo, e o menino vivo não é seu filho, mas o homem se comporta como se ele fosse, e o faz sabendo que, debaixo do menino vivo há um menino morto, e que o menino morto é seu filho. Volto a pensar naquele homem e faço dele meu herói, não tanto por ele ser um herói – isso, todo mundo entende, uma vez que, no relato, todos nós somos o menino soterrado na areia até a boca, e ele nos salva –, mas por sua inteligência. Pelo modo como ela sempre antecede o sentimento, quer se trate de ansiedade, de medo, de esperança ou de desespero, e pelo modo como ela sempre sobrevive ao sentimento, mesmo quando o universo inteiro deixa de ter sentido para ele. Pelo modo como ela lhe permite guiar todos os outros a fazer a coisa certa, mesmo sabendo que isso não o poupará da perda do que ele tem de mais precioso no mundo. Pelo modo como consegue fazer com que ele domine o instinto e produza a lentidão necessária, quando todos teriam agido com a máxima velocidade, matando, assim, também o segundo menino, sem nenhuma possibilidade de salvar o primeiro. Pois bem, depois desse episódio, muitas vezes tomei essa lentidão como exemplo – essa lentidão tão carregada de dor, de ansiedade e de desespero, tão difícil de conceber, tão contraintuitiva e, no entanto, tão desprovida de alternativas, e a tomei como exemplo também para esta minha história. Eu gostaria de dizer logo a vocês o que me aconteceu no verão dos meus doze anos, mas sei que, se o fizesse, além do que se perdeu naquela ocasião, também se perderia a possibilidade de responder à pergunta pela qual decidi narrá-la. Minha esperança é me libertar desse prego enferrujado que cravei na cabeça – inverter completamente aqueles dois versos de Auden que citei no início e dos quais gosto tanto, e um dia conseguir dizer que, embora seja impossível esquecer-se de ter sido infeliz, isso não significa que se deva sempre recordar o porquê.

Segunda parte

12.

"Todo homem volta a nascer." Essa foi a última mensagem do tio Giotti, recebida quando ele já tinha partido: um pedaço de papel branco que despontava das páginas da *linus* de julho e, uma vez aberto o fascículo na página marcada, um contorno em vermelho ao redor dessa frase. Era uma legenda que aparecia no início de uma página de *O Eternauta*, no ponto em que o narrador é obrigado a deixar sua esposa e sua filha para unir-se aos guerrilheiros que combatem a invasão alienígena. "Todo homem volta a nascer." Não que eu entendesse o que estava me dizendo, mas entendia que era importante e imediatamente copiei a frase no meu caderno de palavras preferidas, embora não fosse apenas uma palavra.

Tive de esperar só uma noite até acreditar ter entendido. Porque no dia seguinte, na praia, para minha surpresa – uma vez que era sábado, e minhas expectativas se concentravam mais no domingo ou na segunda-feira –, Astel Raimondi reapareceu. Ela e a mãe se apresentaram ao guarda-sol às dez da manhã, sorridentes, falantes e bonitas como nem eu mesmo me lembrava. Mas, se a beleza da mãe permanecia distante como sempre fora, algo de objetivo que não me dizia respeito, como a aurora boreal, a de Astel me interpelava em voz alta. Ali estava quem eu havia esperado por todos aqueles dias. Eis por que eu tinha medo de não a ver mais.

Ela tinha crescido, sem dúvida, e parecia até mudada – seria o caso de dizer "completa". Estava diferente em comparação com os anos anteriores, e isso não podia deixar de saltar aos olhos: mesmo assim, ao vê-la, a surpresa logo cedeu lugar a uma misteriosa familiaridade – era como se eu esperasse encontrar todas aquelas mudanças, exatamente aquelas; como se todos aqueles dias eu não me lembrasse de como ela era, mas a tivesse imaginado como seria.

Em primeiro lugar, os cabelos: até o verão anterior, ela sempre os usava como um arbusto desgrenhado, com orgulhoso e infantil desleixo – no estilo que na época eu ignorava chamar-se "afro": volumosos, opacos e tão crespos que pareciam nunca ser lavados. Agora, usava trancinhas como a mãe, aliás, bem mais elaboradas, compridas, brilhantes, com uma chuva de fitas coloridas que as mantinham separadas, mas também com alguns bordados feitos sabe-se lá como no couro cabeludo, uns arabescos em relevo que pareciam runas de uma antiga civilização. Depois, os seios: eu nem me lembrava se no ano anterior ela usava ou não a parte superior do biquíni, mas agora ela era necessária tanto quanto a inferior, e se inflava com ousadia. E os pelos nas axilas – que, como eu disse, eram um tema que me deixava bastante sensível –, e as orelhas furadas, e os brincos de ouro, e o esmalte vermelho nas unhas das mãos e dos pés: tudo nela parecia ornado e decorado como naquelas esposas adolescentes que Carlo Cuomo tinha visto no filme sobre a África, sobre o qual me falara com tanto entusiasmo. Mas, como eu disse, aquela beleza também mantinha algo de familiar, era surpreendente, mas não desconcertante. O que desconcertava era outra coisa. O que desconcertava era o fato de que, enquanto eu me esforçava para esconder minha atração por ela, Astel Raimondi manifestava abertamente a sua por mim. Com aqueles cabelos maravilhosos, ela era atraída pelos meus cachos: quis tocá-los, insistiu para que eu dissesse o que tinha feito para deixá-los daquele jeito, não queria acreditar que tivessem surgido do nada. "Veja isso", disse, dirigindo-se à mãe, quando se conformou, "cachos naturais!" – e sua mãe também tocou meus cabelos, fazendo o que eu tinha desejado um milhão de vezes fazer com os seus. Por razões que no momento me escapam, as duas, mãe e filha, portadoras dos cabelos mais bonitos da praia, idealizavam os cachos naturais. Como se os japoneses idealizassem os olhos amendoados.

"São lindos", disse a mãe de Astel Raimondi, dirigindo-se à minha mãe, que anuiu, também acariciou meus cabelos e contou a batalha que eu havia travado durante o inverno *contra* aqueles cachos – o que me pareceu uma traição, como se eu tivesse começado a contar que a tinha surpreendido atacando doze marrons-glacés na confeitaria da Loris. "Você enlouqueceu?", perguntou Astel Raimondi. "Todo mundo vai ao cabeleireiro *para ter* cabelos assim!" Talvez para me compensar da traição que tinha acabado de cometer, minha mãe desviou os elogios para as trancinhas de Astel e recebeu em troca mais elogios a seus cabelos ruivos e aos de Gilda, de modo que a conversa se transformou em um congestionamento de elogios recíprocos, todos, porém, muito menos espontâneos do que os inicialmente endereçados a mim. Depois disso, enquanto o discurso escorregava para o relato da guerra ao rutilismo, Astel me puxou de lado e me fez uma pergunta que, mais uma vez, me deixou perplexo: "Diga uma coisa, você lê a revista *Peanuts*?". Entusiasmado, respondi que sim, como se fosse um especialista nessas tirinhas, mas logo me vi em dificuldade: "Você é como a Frieda", disse Astel. "Quem?", perguntei. "A Frieda", repetiu Astel Raimondi, "a colega de classe do Linus que atormenta o Snoopy para que ele vá caçar coelhos. Ela não fica sempre se gabando de ter cachos naturais?" "Mas eu não estou me gabando de nada", respondi para me livrar, pois não conhecia aquela personagem. "Tem razão", disse Astel Raimondi, passando diretamente ao segundo motivo pelo qual era atraída por mim: o fato de eu falar inglês. Nos anos anteriores, isso parecia não lhe interessar nem um pouco, e, quando eu e minha mãe trocávamos algumas frases em inglês e ela, do guarda-sol ao lado, nos ouvia, não demonstrava curiosidade. Simplesmente, dois dos seus vizinhos de guarda-sol eram meio irlandeses, como dois dos meus eram negros: era assim desde sempre e não havia por que sentir curiosidade. Mas, naquele momento, meu bilinguismo tinha se tornado uma atração.

Contou-me que, para ela, o tema do inverno anterior tinha sido o estudo aprofundado do inglês: tinha frequentado a British School, em Lucca, três tardes por semana e, assim que concluiu as provas do último ano do ensino fundamental (com nota 10), foi passar três semanas em Cambridge para aperfeiçoar o idioma. Tinha acabado de voltar de lá com um FCE, disse, ou seja, um First Certificate in English. Ou seja – especificou, intuindo que eu não fizesse ideia do que ela estivesse falando –, um certificado de nível B2 First for Schools. Ou seja – insistiu, pois viu que eu ainda não estava entendendo –, um atestado de conhecimento do inglês de nível intermediário. "Caramba", balbuciei, "fantástico." Mas Astel Raimondi me corrigiu: "Bom, não fantástico. Fantástico seria se eu tivesse conseguido o C1 Advanced". Fez uma pausa. "Mas quando me vi ali", retomou, "não tive coragem de me inscrever no C1 e me inscrevi no intermediário.

Sou uma cagona." Continuei sem saber do que ela estava falando, mas quieto eu não podia ficar. "Intermediário é um nível superior", disse eu, sem me dar conta da contradição dos termos. De novo, ela me corrigiu. "Não. Superior é o C1." Um lampejo de verdadeira amargura atravessou o preto brilhante dos seus olhos. Esse C1 ainda vai estragar minhas férias, pensei: para consolá-la, vou ter de me informar, entender do que se trata, quão difícil é obter esse certificado – tudo isso era um problema. Por sorte, foi ela própria a encerrar o assunto: "Mas não tem problema, vou conseguir no ano que vem". Era uma menina equilibrada. "No fim, aos treze anos, o intermediário também não é ruim", disse, e era o que eu deveria ter dito se soubesse do que ela estava falando. Chegou o momento de deixar a praia. Astel Raimondi se aproximou; de repente, pude sentir sua respiração na minha boca. "Vai me ajudar, não vai? Vai conversar um pouco em inglês comigo, não vai?" Eu mal podia acreditar: tudo o que eu desejava era estar o máximo possível perto dela, vê-la o máximo possível, conversar com ela, e era o que ela estava me pedindo. "Claro", respondi, calçando os chinelos. Ela tocou de novo meus cabelos. "Não ouse alisá-los!", exclamou.

À tarde, mais cedo do que o previsto, meu pai chegou trazendo uma de suas urgências: era preciso ir a Viareggio, à loja de um tal de Bertacca, a fim de comprar uma âncora para manter a bordo do *Tivatù*. Pensei que fosse uma boa ideia, porque talvez voltássemos a tempo de arrumá-la a bordo, e talvez Astel Raimondi ainda estivesse na praia – tinha dito que sentira saudade da praia e queria compensar o tempo perdido. Mas a compra se revelou muito laboriosa, uma vez que meu pai em uma loja de equipamentos náuticos era como Pinóquio no País dos Brinquedos, e pegar uma âncora era suficiente para desencadear nele sonhos de cruzeiros e travessias atlânticas, sextantes e lemes de vento. E, como também quis levar minha mãe e Gilda, bastante inúteis em uma loja como aquela, o que ele fez passar por um capricho repentino quando finalmente saímos – ou seja, ficar para jantar em Viareggio, na Zi' Rosa, sua segunda pizzaria preferida, porque também fazia a pizza crocante como ele gostava – muito provavelmente era uma ação premeditada, uma das suas. Como ainda era cedo, também dava tempo de fazer um passeio na marina para olhar os iates (os *barcões*, como ele costumava dizer), para continuar a sonhar mais um pouco: ele, com seus cruzeiros; minha mãe e Gilda, nunca saberemos com o quê; e eu, com Astel Raimondi. Porque o que havia acontecido naquela manhã era muito importante: inexplicável – uma vez que, em comparação com ela, eu era uma criatura sem nenhum atrativo, com minhas regatas amarrotadas, minhas roupas de criança, meus bonés, os joelhos ralados, o corpo sem um pelo sequer –, mas muito importante. Evidentemente, eu não era o que sentia ser: produzia interesse em uma garota como Astel Raimondi; tinha sentido sua respiração na minha boca; poderia ter tocado suas trancinhas se tivesse ousado fazê-lo. Era inexplicável, mas era assim. Por isso, a partir daquele momento, poderia haver todos os impedimentos imagináveis, todos os horários imprevisíveis e as saídas de barco que se quisesse, mas restava o fato de que ela gostava dos meus cachos e queria falar em inglês comigo. Julho ainda não tinha terminado, ainda havia tempo de sobra para ficarmos juntos, e essa perspectiva me exaltava.

Foi à mercê dessa exaltação que acreditei compreender a mensagem que o tio Giotti havia deixado para mim, uma vez que eu me sentia literalmente renascido. Perguntei-me como ele tinha feito para prever aquilo. Por acaso sabia que Astel Raimondi voltaria? Teria sido por isso que quis ir embora a todo custo, porque sabia que, a partir do dia seguinte, ela estaria ali? Teria sido minha mãe a dizer a ele? Mas, mesmo que ele soubesse que Astel Raimondi me interessava tanto, como podia saber que ela estava interessada em mim? Era um mistério. No entanto, aquela frase de *O Eternauta* descrevia perfeitamente como eu me sentia. Mas claro. Todo homem volta a nascer. E todo menino também.

Naturalmente, não era essa a mensagem.

13.

Passei praticamente aquele domingo inteiro no mar. Com a desculpa de experimentar a âncora nova, além da visita a seu amigo Brunelli, em Focette, que tomou muitas horas – dessa vez também nos concedemos um sanduíche no bar –, foi um tal de parar e deitar âncora em diferentes pontos, em diferentes horas, em diferentes profundidades e com diferentes condições de vento, para verificar se ela não se arrastava em vez de se prender. Não se arrastava, o barco permanecia plantado até com o mistral intenso do início da tarde, só que era preciso sempre baixar a vela mestra e enrolar a genoa, e era uma trabalheira. A cada vez, os mergulhos e a batalha de jatos com meu pai deveriam ser a recompensa, mas depois de duas ou três vezes aquilo também entediava, pois era sempre a mesma coisa. Entediava a mim, não a ele, que em cada ponto via diferenças em relação aos outros pontos e nunca se cansava de estar no mar. Voltamos à costa quando a tarde já tinha terminado e as sombras se alongavam. No horizonte, o sol estava para descer no mar, e na praia não havia quase ninguém. Certamente Astel Raimondi não estaria mais ali: tinha se passado apenas um dia, e de novo eu não a via.

Além dela, aquele dia interminável no barco me fez perder a dobradinha da Ferrari em Nürburgring, com Ickx em primeiro e Regazzoni em segundo lugar, realizada no meio da tarde, enquanto eu, de máscara e snorkel, estudava a fixação das patas da âncora no fundo arenoso. Depois de ter perdido, pela mesma razão (no barco com meu pai), a dobradinha de agosto de dois anos antes na Áustria, ver Ickx e Regazzoni chegar em primeiro e segundo lugares em um Grande Prêmio tinha se tornado um dos meus sonhos mais ardentes. Desde aquela ocasião, eu fazia o possível e o impossível para assistir a todos os Grandes Prêmios transmitidos pela Rai, e eis que o sonho tinha se tornado realidade justo no primeiro que não consegui ver. Mas não levei a mal: afinal de contas, aquela dobradinha me deixava feliz da mesma forma, e eu reconhecia algo muito promissor no fato de que meus sonhos começavam a se realizar precisamente quando Astel Raimondi reapareceu.

Também perdi a chegada triunfal de Eddy Merckx, com a camisa amarela, nos Champs-Élysées, e o abraço com Gimondi no pódio, segundo lugar na classificação final com mais de dez minutos de diferença. Eu gostaria muito de tê-lo visto chorar de novo, durante aquele abraço, pois eu só o havia imaginado na Izoard, mas na imagem transmitida pelo telejornal ele só sorria; portanto, eu não tinha perdido nada.

Eu poderia até dizer que, naquela tarde no barco, também perdi "a mais bela partida de xadrez do século", como foi chamada a sexta disputa em Reykjavik, na qual Bobby Fischer derrotou Spassky e conquistou a liderança por três a dois; mas não seria honesto, porque, embora em meu radinho Micro-Boy Andorra estivesse assinalada na escala das frequências junto com Budapeste, o Vaticano, Monte Carlo e Paris, eu nunca poderia seguir a partida como fazia o tio Giotti: ainda não sabia o suficiente de xadrez, ainda não gostava o suficiente de Bobby Fischer nem dispunha de um tabuleiro para tanto. Se eu tivesse liberdade para fazer o que quisesse, não teria pensado em Fischer. No entanto, quando ouvi a notícia, ainda no telejornal, no qual disseram que, depois de ter perdido, Spassky tinha até aplaudido Fischer, notei que esse triunfo também ocorrera no primeiro dia do meu renascimento, e pensei que, se não tinha me deixado feliz como a vitória da Ferrari, certamente tinha feito a alegria do tio Giotti.

No dia seguinte, meu pai voltou a Vinci, e meus dias começaram a se desenvolver de acordo com um esquema muito mais emocionante do que antes. Eu ia cedo à praia, com minha mãe e Gilda, e passava uma horinha por minha conta, como nas semanas anteriores, mas depois chegava Astel e, a partir desse momento, eu não desgrudava dela até minha mãe me levar de volta para casa. De novo, era desconcertante eu não ter de fazer nada para estar sempre com ela, pois era ela que estava sempre comigo. Nem sempre vinha acompanhada da mãe, que em alguns dias não aparecia; nesses dias, quem a acompanhava até a praia era a cozinheira, chamada Primetta, esposa do caseiro, Aldo – o casal cuidava da casa da família Raimondi. Eu disse que eram ricos. Independentemente de quem a acompanhasse, Astel chegava à praia o mais cedo que podia para começar a falar em inglês comigo. Aqui também: falar em inglês era um desejo dela, mas, além disso, entre todas as coisas, era a única atividade que me dava alguma vantagem em relação a ela. Tão superior a mim em tudo – também era um ano mais velha que eu –, ela se tornava vulnerável, insegura, enquanto eu, sem nenhum mérito, me transformava em seu guia. Ela sabia uma porção de coisas que eu não sabia, mas como tinha metido na cabeça que queria sabê-las em inglês, eu parecia saber mais. De fato, mais do que conversar com ela, eu acabava tendo de traduzir frases ou palavras que ela não tinha entendido direito em inglês – poemas, trechos de romances, letras de canções – e, assim, eu dava a impressão de que também sabia todas essas coisas. Talvez por discrição ou para não ver rebaixada a figura do seu mentor, Astel nunca me perguntava se eu conhecia ou não o texto que me pedia para traduzir, e eu evitava dizer que era a primeira vez que ouvia tudo aquilo; assim, eu realmente parecia estar em pé de igualdade com ela, para não dizer até acima dela. E tudo isso acontecia com nossos corpos sempre muito próximos, porque outra novidade em relação aos anos anteriores era que Astel Raimondi reduzia em um bom meio metro a distância que normalmente é deixada livre entre um corpo e outro quando entre eles não há intimidade. Talvez até o tivesse feito nos anos anteriores sem que eu percebesse, mas o fato é que eu tinha a impressão de tê-la sempre colada em mim, o que, bonita e perfumada como era, não é difícil imaginar o efeito que me causava.

 Para uma garota de treze anos que passava o ano inteiro em Fiumetto, seu inglês até que era bastante bom. Quando muito (eis uma expressão que ela usava sempre, *quando muito*), a pronúncia deixava um pouco a desejar, porque era cortada pelo forte sotaque de Versilia, que também imperava em seu italiano: mas ela não estava nem um pouco interessada na pronúncia, só queria *entender* o inglês. Por exemplo, certa manhã, apresentou-se com um poema de Kipling que tinha estudado em Cambridge, confessando não ter certeza de tê-lo entendido direito e pedindo-me explicações. O texto falava de seis servos honestos que o poeta sempre mandara em viagens pelo mundo para que lhe ensinassem as coisas. Os nomes deles eram O Quê, Por Quê,

Quando, Como, Onde e Quem – e, até aí, ela tinha entendido perfeitamente. Depois, dizia que ele, o poeta, deixava esses seis servos honestos descansar das nove às cinco, pois nesse intervalo tinha suas ocupações, e os liberava também nas horas das refeições porque, segundo dizia, tinham muita fome. E aqui começavam as dúvidas de Astel, sobretudo porque ela não entendia o significado da expressão *nine till five*, o que, para ela, deixava tudo confuso. Naquela época, nem eu conhecia o significado dessa expressão idiomática, mas, evidentemente, quando se fala em língua materna, entende-se algo que uma pessoa tem dentro de si desde o nascimento; por isso, amparada pelo arpejo dos milhares de palavras em inglês que minha mãe me havia sussurrado ainda antes que eu pudesse compreender seu significado, a tradução "horário de trabalho" escorregou da minha boca com uma naturalidade muito convincente – e surpreendente para mim. Eu ensinava uma coisa no mesmo instante em que a aprendia, como na catequese diziam que Jesus fez quando foi expulso de Nazaré: justamente ele, que sempre surpreendia todos, surpreendeu-se com a incredulidade de seus conterrâneos – mas, um instante depois de ter se surpreendido, transformou essa surpresa em um ensinamento e disse a seus discípulos a famosa frase: "Ninguém é profeta na própria pátria".

Astel me agradeceu com um beijo na testa. Disse que finalmente entendia o significado também da segunda estrofe: ele, Kipling, liberava sua curiosidade apenas no tempo livre, pois era ocupado pelo trabalho e não queria abusar daqueles seis servos, mas ("*Folks* quer dizer *pessoas*, certo?", "Sim") pessoas diferentes viam as coisas de maneira diferente, e o poeta conhecia ("Posso traduzir *person small* por 'pessoinha'?", "Pode") uma pessoinha que tinha dez milhões de servos honestos e não lhes concedia nenhum descanso. Em seguida, Astel ficou em dúvida quanto à interpretação da última estrofe, que por si só não era difícil de traduzir, e, de fato, ela a traduziu corretamente: tão logo abria os olhos pela manhã, a pessoinha mandava todos os servos mundo afora para cuidarem dos negócios dela: um milhão de Comos, dois milhões de Ondes e sete milhões de Por Quês. E o poema terminava aqui. O que ela não entendia e me perguntava era se nessa última estrofe Kipling queria elogiar ou criticar a pessoinha, ou seja, se era preciso ter uma curiosidade contida ou desmesurada. De novo, era surpreendente descobrir como Astel confiava em mim; ela, que certamente era mais preparada – e, de novo, era desconcertante descobrir que eu, Luigi Bellandi, da cidade de Vinci, com doze anos e quatro meses, que acabara de passar "com distinção" para o último ano do ensino fundamental, torcedor da Juventus, de Bitossi e da Ferrari, bem como apaixonado por todos os outros esportes, mesmo sem nunca ter praticado nenhum, tranquilo, passivo, geralmente pouco empreendedor, uma vez que, tendo iniciado a vida escolar com um ano de antecedência, sempre tive colegas mais fortes, mais altos, mais desenvolvidos intelectualmente e, havia algum tempo, também mais peludos, como eu estava dizendo, era desconcertante descobrir que não apenas eu não recuava diante de sua pergunta, mas também tinha uma resposta para dar: não havia nenhum julgamento no poema; o poeta simplesmente observava que pessoas diferentes faziam um uso diferente dos seis servos honestos – que, porém, continuavam sendo aqueles seis, Como, Onde, Quando etc. Além do mais – e digo isso com o coração partido pela ternura –, lido ali, debaixo da cobertura de caniços do bar do Bagno Stella, esse poema, do qual eu nunca tinha ouvido falar e cujo autor, Kipling, eu conhecia muito pouco, por causa de *O livro da selva*, pareceu-me a coisa mais elucidativa que eu já lera na vida e, portanto, fiquei impressionado também com isso. Igualmente nesse caso, enquanto eu entendia o poema e me surpreendia com ele, ensinava-o à minha aluna, e minha aluna era Astel Raimondi.

O que havia acontecido com o poema de Kipling acontecia com as canções em inglês, pois ela era uma das poucas pessoas na época que se interessava em saber o que diziam, e com algumas páginas dos livros que em Cambridge lhe deram para ler em casa: ela, insegura, e eu, que a tranquilizava – embora nunca tivesse ouvido falar naquelas canções nem naqueles livros. Mas eu me sentia inspirado, sua confiança em mim me tornava capaz de refletir sobre coisas desconhecidas, assimilá-las e discernir.

Também falávamos um pouco de nós, mas em italiano. Nessas ocasiões, eu me comportava com bastante reserva, pois não tinha muito que dizer, e ela também, ao contar suas coisas, não parecia tão à vontade como quando elogiou meus cachos ou me pediu ajuda para entender melhor o inglês. Tinha se matriculado no liceu linguístico em Viareggio. Não se dera muito bem nas escolas de ensino fundamental, mas não estava a fim de falar a respeito. Tinha ganhado um filhote de labrador de presente de aniversário, que triplicou de tamanho em quatro meses. Deram-lhe o nome de Bowie, como David Bowie. Era seu cantor preferido. Seu filme preferido era *O mensageiro*, que tinha visto três vezes seguidas no cinema Eden, em Viareggio, no inverno anterior. Coisas do tipo. E não era a mesma coisa. Quando falava de si mesma em italiano, quero dizer. Pelo menos comigo. Era mais distante, mais desinteressada, e eu começava a me sentir irrelevante como sempre. Ela de fato parecia estar mais distante fisicamente, parecia não invadir mais meu espaço como fazia quando falava em inglês: eu já não sentia sua respiração no rosto nem o calor do seu corpo, mas talvez essa fosse apenas uma impressão minha. Era como se o inglês encurtasse a distância entre nós dois, e, sem essa vantagem, cada questão da sua vida parecia remota.

Tudo isso ocorria de manhã, até as onze horas, e à tarde, quando ela voltava à praia, acompanhada pela cozinheira. De fato, sua mãe nunca ia à praia à tarde. Era pouco, mas o problema não era esse: para mim, mesmo esse pouco era muito – algo com o qual eu nunca sequer ousara sonhar. O problema era que, quando eu voltava para casa, Astel ficava na praia e começava a fazer com os outros o que eu queria fazer com ela: jogar pingue-pongue, ir para o mar com o barquinho, ouvir discos no *jukebox* do Bagno Toscano. Eu ia embora e a deixava, bonita como era, para Carlo Cuomo, os dois irmãos de Monza e Filippo Muzzi, sem contar alguns garotos mais velhos que tinham começado a rodeá-la.

Eu nunca tinha sentido ciúme antes. Nunca tivera nada do que sentir ciúme.

Esse era o problema.

14.

A bomba explodiu no final de julho: meu pai não teria férias. Era uma bomba porque nunca meu pai tinha sequer concebido renunciar às férias em agosto, e nenhum de nós esperaria uma coisa dessas. Dessa vez, nem mesmo minha mãe esperava, pois foi quem ficou mais surpresa. Aliás, tentou até objetar: como assim? Afinal, se os tribunais e os outros escritórios... Nada, meu pai foi peremptório. Se não podia era porque não podia. Foi até brusco, justo ele, que nunca era assim. E minha mãe, tão orgulhosa, tão melindrosa e sensível às grosserias, logo parou de objetar e permaneceu em silêncio. Pena, porém, que eu tenha percebido um olhar de entendimento entre eles, um lampejo apenas, que significava algo muito claro: "Não na frente das crianças".

Mas agora, antes de prosseguir e dizer o que descobri sobre sua renúncia às férias e, acima de tudo, como descobri, tenho de contar outro incidente ocorrido em uma daquelas manhãs. Ele representa um ponto crucial desta história e, por isso, merece atenção. Como sempre, tínhamos chegado à praia muito cedo: Astel ainda não estava lá nem meus outros amigos. Mas saber que dali a pouco ela chegaria acabava com todo o tédio de estar sozinho; aliás, eu podia aproveitar a solidão para desafogar os impulsos que ainda me eram familiares e não pareciam compatíveis com ela. Por exemplo, avaliando por alto, eu tinha a impressão de que rastejar no vão debaixo das cabines em busca das bugigangas que as pessoas haviam perdido não seria uma ocupação capaz de entusiasmá-la. Mas continuava a me entusiasmar. Nos anos anteriores, eu tinha realizado muitas expedições naquele espaço inóspito, sempre saindo dele com algum butim: moedas italianas e estrangeiras, entre as quais a minha preferida era uma de vinte copeques russos; um cartão-postal ilustrado, novo e velho ao mesmo tempo, no sentido de que não havia sido escrito nem enviado e, portanto, era novo, mas também estava coberto de mofo, e na fotografia desbotada de uma praia estava escrito "Versilia 1957" – portanto, era velho; uma bolinha com a foto de Tommy Simpson, que, pelo que eu sabia, tinha morrido quando eu era pequeno, durante uma etapa do Tour de France, por culpa do *doping*; muitos grampos, presilhas, elásticos e tiaras; um bispo preto de xadrez, feito em madeira; um sabonete ainda na embalagem. Todos eles objetos que não haviam sido jogados fora, mas que alguém havia perdido – por isso, dignos de toda a honra que se deve reservar às coisas perdidas. E se não havia dúvida de que as coisas pequenas e finas tinham ido parar ali embaixo passando pela fenda entre as tábuas do chão, para aquelas mais espessas e volumosas, como o bispo, a bolinha ou o sabonete, parecia não haver buracos suficientemente grandes pelos quais pudessem passar – portanto, além da emoção, também havia o mistério. Eram um mistério e uma emoção infantis, mas que ainda me atraíam, como as figurinhas e as pistas para bolinhas – enfim, aconteceu que em uma daquelas manhãs tive vontade de me enfiar de novo lá embaixo.

  Defini aquele espaço como inóspito, mas era um verdadeiro campo de desafios: ou você resistia ou não resistia. Tratava-se de um vão de cerca de trinta centímetros que separava a superfície da areia e o chão elevado da cabine.

Era fechado de todos os lados por tábuas de madeira pregadas em todo o perímetro. Para entrar nele, era preciso escavar sob essas tábuas, como os cães quando passam por debaixo das cercas. Só que os cães fazem isso para fugir do cativeiro e correr livremente em área aberta, enquanto ali era o contrário: o mundo que se deixava para trás era tão agradável, colorido, morno e amplo quanto era escuro, apertado, frio e repelente aquele em que eu me enfiava. Era um espaço no qual, sabe-se lá havia quantos anos, não penetrava um único raio de sol. A areia era cheia de bitucas de cigarros, pregos enferrujados e sujeira de todo tipo, e era preciso avançar rastejando de bruços, como soldados na guerra, oferecendo o rosto ao rasgo gélido das teias de aranha. Além disso, como eu disse, a altura que se tinha à disposição não passava de trinta centímetros, razão pela qual o espaço era realmente claustrofóbico, praticável apenas por crianças — o que tornaria bem complicada qualquer operação de socorro, por assim dizer, caso houvesse necessidade. Em resumo, era um lugar horrível, mas que eu sempre frequentara, ano após ano, sempre vencendo o medo para obter em troca aquele respeito dos meus amigos que eu nunca conquistaria jogando futebol ou pingue-pongue. Eu era o único no Bagno Stella que se enfiava embaixo das cabines.

Portanto, naquela manhã, senti vontade de ir até lá — mas assim, sozinho, sem me vangloriar com ninguém, uma vez que ainda não havia ninguém. Um desafio comigo mesmo — e uma ocasião para verificar se no inverno eu tinha crescido demais, a ponto de não poder mais me permitir essa aventura. Como nos outros anos, fui para os fundos, onde ficavam os chuveiros, que naquele horário ninguém usava — ah, claro que se enfiar debaixo das cabines era proibido, eu não podia ser visto —, e escavei a abertura necessária para escorregar debaixo das tábuas perimetrais. Com dificuldade, passei pelo buraco e, assim que entrei no cubículo, pensei que dessa vez não conseguiria ir até o fim, porque o odor de podridão e a sensação de opressão cortaram meu fôlego. Fiquei paralisado, não conseguia nem mesmo recuar para voltar ao ar livre. Tive de respirar fundo para não ser tomado pelo pânico e, enquanto respirava, me acalmava; e, enquanto me acalmava, pensava que, se não conseguia mais rastejar debaixo das cabines, era porque minha infância realmente tinha acabado, e me resignava e ficava feliz ao mesmo tempo. Este era o preço de ter renascido, pensei: não poderia mais fazer algumas coisas.

Já mais calmo, tratava-se apenas de me virar para rastejar até o buraco pelo qual eu tinha entrado, mas minha atenção foi atraída por um objeto volumoso na areia, a poucos metros de mim, no qual por alguns segundos pousou uma lâmina de luz que passou por entre as tábuas do chão. Em seguida, a lâmina de luz desapareceu, mas o objeto que ela havia focalizado continuava ali e parecia um par de óculos. Em vez de virar e sair, rastejei um pouco mais para a frente. *Era* um par de óculos. Um par de óculos brancos. Criei coragem e continuei a rastejar: depois de ter passado anos recolhendo bugigangas, aquele lugar estava me oferecendo um presente realmente precioso, ao qual eu não podia renunciar. Minhas costas roçavam as traves que sustentavam o pavimento, o odor de coisa podre e mofo aumentava, mas avancei. Aqueles óculos pareciam bem estranhos, mas as lentes eram escuras e, portanto, eram óculos de sol – eu não tinha óculos de sol e queria muito ter uns.

Quando consegui alcançá-los, mal tive tempo de constatar que as lentes eram até mesmo espelhadas e levei um enorme susto com uma voz acima de mim. Uma voz inconfundível – a voz da minha mãe. Sem me dar conta, eu tinha rastejado até debaixo da nossa cabine, e minha mãe estava exatamente acima de mim. Sua voz me assustou porque era a última coisa que eu esperava ouvir naquele momento, mas, sobretudo, assustou-me o que ela disse.

"Seu filho da puta", disse, "enfie esse binóculo no cu."

Na verdade, disse isso em inglês, ou melhor, em irlandês, quer dizer, em uma gíria de Kilbarrack que custei a entender: *Why don't you stuff that binocular right up yer arse, you dirty bastard?* E o disse com voz normal, não a meia-voz, no sentido de que, se eu, que estava embaixo dela, consegui ouvi-la, qualquer um que se encontrasse em uma das cabines vizinhas também conseguiria. E o disse com voz firme, como se estivesse habituada a proferir coisas desse tipo para resolver seus problemas. Enfie esse binóculo no cu. Minha mãe. Depois: a quem tinha dito isso? Quem estava ali com ela, na cabine?

Por um instante, pensei até que tivesse dito a mim – sabem aqueles pesadelos que temos de vez em quando, nos quais as mães, os pais ou as irmãs mais novas na realidade são monstros? Que tivesse me descoberto através das fendas do chão, que tivesse confundido com um binóculo os óculos estranhos que eu tinha apanhado e me recriminado daquele modo obsceno. Vou ser sincero: pensei isso não tanto porque o considerasse possível, mas porque, se ela o tivesse dito a mim, teria parecido *menos grave*: a possibilidade de haver outra pessoa com ela ali, na cabine, e de ela ter se dirigido a essa outra pessoa daquele modo me parecia muito pior – parecia algo irremediável. Mas ela não tinha como me ver através das fendas, era impossível: eu estava no escuro, e ela, na luz – e, com efeito, era eu quem a via através das fendas. Via suas pernas lisas se revelando mais e mais, via o deslumbre de suas nádegas esplêndidas. Estava trocando de roupa. Ali? Diante do *dirty bastard*? Fiquei em silêncio, imóvel, sem nem sequer respirar, apertando os óculos.

Ou seria um binóculo?

Claro que não, não era um binóculo. Eram óculos.

Minha mãe não disse mais nada, nem sua invectiva recebeu nenhuma réplica. Apenas emitiu uma espécie de gemido que não parecia significar nada; depois, a porta da cabine se abriu, e eu fui atingido pelas lâminas de luz empoeirada que haviam atingido os óculos pouco antes. A porta voltou a se fechar, as lâminas de luz desapareceram, e eu permaneci imóvel. Na cabine, trinta centímetros acima do meu nariz, não havia mais ninguém. Rastejei por alguns metros: nem mesmo nas cabines vizinhas havia alguém. Cheguei às tábuas perimetrais, olhei através da fenda. Minha mãe caminhava em direção à beira-mar, com os cabelos flamejantes sob os raios do sol, as nádegas de novo cobertas pelo maiô. Não havia mais ninguém nos arredores que pudesse ter saído com ela. Tinha falado sozinha.

Naturalmente, esse fato me abalou, mas a certeza de que não havia ninguém na cabine com ela lhe tirou o veneno mortal. Tinha falado sozinha, como fazem tantas pessoas: talvez na praia algum sujeito a tivesse olhado com o binóculo, tirando-a do sério, e ela desabafou, não havia nada de mal – enfim, removi tudo o que pude da cena à qual havia assistido, moralizei-a, por assim dizer, e o fiz de imediato, com intenção, drasticamente, chegando a realizar uma ação da qual nunca acreditaria que seria capaz: falei a respeito com Astel. Naturalmente, não mencionei a expressão usada pela minha mãe e a transformei em: "Engula esse binóculo, seu desgraçado" – e essa substituição foi o fixador que completou a moralização, uma vez que Astel também quis saber a expressão exata usada pela minha mãe em inglês. Eu a inventei ali, na hora (*Why don't you shove that binocular down yer throat, you bastard?*), e, a partir daquele momento, a frase que minha mãe tinha efetivamente pronunciado se tornou um segredo. Não um segredo entre nós dois, pois ela não sabia que eu a tinha ouvido, mas um segredo comigo mesmo, que revelei apenas hoje, a vocês, após tê-lo guardado por mais de cinquenta anos.

Mesmo edulcorado da maneira como contei, o desabafo da minha mãe suscitou a admiração de Astel. "Caramba! Durona, a sua mãe!", comentou, concordando com minha hipótese sobre a provável presença de um assediador dotado de binóculo na praia. Começamos a procurá-lo, esquadrinhando entre as barracas e os guarda-sóis, no Bagno Stella e nos estabelecimentos vizinhos, mas não o encontramos. "Vou perguntar para a minha mãe", concluiu Astel, "se houver algum sujeito por aí espiando as mulheres, a primeira vítima será ela." De fato. Essa era a impressão que eu sempre tivera, de que sua mãe fosse espiada impiedosamente. Mas pedi a Astel que não lhe dissesse nada, porque ela poderia contar à minha mãe: expliquei que eu tinha sido proibido de me enfiar debaixo das cabines, e se minha mãe ouvisse falar do maníaco de binóculo, do qual se queixara falando sozinha dentro da cabine, poderia se dar conta de que eu lhe havia desobedecido, e, nesse caso, eu estaria encrencado. Na realidade, essa explicação soava um tanto confusa, mas Astel a aceitou e não insistiu. "Ok, ok", disse, "não vou contar." De resto, embora a história do *voyeur* tivesse despertado sua imaginação, havia outro fruto da minha aventura debaixo das cabines que a despertava ainda mais: os óculos que eu tinha encontrado. Quando os mostrei, ela deu um pulo de emoção: "Não acredito! São da Cébé Expedition!". Descobri que se tratava de um famoso modelo de uma famosa marca de óculos de montanha e que eram estranhos porque eram *para ser usados na neve*: por isso, além das lentes espelhadas, tinham anteparos de couro branco presos nas hastes, a fim de bloquear os reflexos laterais, e uma proteção fixa na ponte, igualmente de couro branco, para evitar que o nariz sofresse queimaduras. A armação era bem leve, também branca, de metal, e nas extremidades as hastes se curvavam em semicírculo para abraçar as orelhas. Astel esquiava todos os anos e parecia bem-informada sobre os trajes e acessórios: aqueles óculos, garantiu, eram um sonho, todos os escaladores e alpinistas mais famosos o tinham. Suas lentes espelhadas eram tão escuras que permitiam olhar diretamente para o sol. De repente, lembrei-me da figurinha de Lino Lacedelli nos Campeões do Esporte: todo paramentado, no topo do K2, tinha óculos brancos como aqueles, talvez exatamente os mesmos. Astel disse que tinha pedido um par para seus pais, mas eles não o compraram, oficialmente porque, para esquiar, eram perigosos, mas, na realidade, porque custavam muito caro e eles eram mãos de vaca. De novo, fiquei estarrecido com minha sorte: "Te dou de presente", disse eu. O amor era fácil...

Ah, imagine, não posso aceitar, use você; veja só, ficaram ótimos no seu rosto – mas insisti, e Astel Raimondi teve os óculos que sempre desejara, e eles não lhe foram dados por seus pais ricos e mãos de vaca, mas pelo generosíssimo Gigio Bellandi, cujo patrimônio montava a catorze mil liras, guardadas em seu cofrinho de brinquedo azul, cuja combinação era 313, como a placa do carro do Pato Donald. Além do mais, caíram muito bem nela.

Aliás – quando antes eu disse que também havia o mistério: como óculos de neve tinham ido parar ali embaixo? Pois bem, se eu estivesse sozinho, essa interrogação teria me absorvido por dias –, foi exatamente desse modo, aprofundando-me em mistérios que entusiasmavam apenas a mim, que ao longo dos anos cultivei minha solidão, minha irrelevância. E não, como acreditava na época, porque eu era de Vinci e, portanto, vivia em uma cidade pequena do interior. Astel também morava em uma cidade pequena, mas sabia viver, e o fato de morar em Fiumetto não a impedia de conhecer as coisas do mundo, cultivar interesses, satisfazer curiosidades e ser uma daquelas pessoas cuja ausência é sempre notada; e isso, claro, porque era bonita, porque era inteligente, porque era rica, mas, sobretudo, porque fazia a si mesma as perguntas certas. Quando cheguei a Fiumetto naquele verão, minha cabeça estava cheia de perguntas que faziam de mim a pessoa pouco interessante que sempre tinha sido: quantas medalhas de ouro a Itália ganharia nas Olimpíadas? Quantos gols Bettega faria no ano seguinte? Era possível que os pelos do corpo nunca aparecessem em um indivíduo? Não fosse por ela, eu teria me consumido com a pergunta errada também em relação àqueles óculos – mas ela estava ali, e, quando fiz essa pergunta, sua resposta foi uma lição para mim: que importa como eles foram parar ali embaixo? E, de novo, como no caso da tradução de *nine till five* e da interpretação a ser dada ao poema de Kipling, no mesmo momento em que eu aprendia uma coisa também começava a ensiná-la. De fato, ocorreu-me justamente o poema de Kipling, e eu disse que ela estava certa, que aquela pergunta não servia para nada, porque não era obrigatório usar sempre os seis servos honestos ao mesmo tempo: nesse caso, o O Quê, o Onde, o Como e o Por Quê podiam descansar; os servos que tinham de ser enviados ao mundo eram o Quando e o Quem. Ou seja: aqueles óculos tinham sido perdidos recentemente?

Quem os havia perdido estaria por ali, procurando por eles? Podíamos nos apropriar deles sem subtraí-los, de fato, do legítimo proprietário? Essas eram as perguntas certas – e, mais uma vez, fui eu quem as formulou. A resposta que elaboramos, examinando os óculos com atenção – a camada compacta de poeira nas lentes, os indícios de mofo nas proteções de couro, o *odor de abandono* que exalavam –, disse-nos que sim, aqueles óculos não tinham mais dono, portanto podíamos pegá-los: eu, para dá-los de presente a Astel, e Astel, para usá-los quando fosse esquiar.

Como essas questões não tinham ocorrido a ela, a menção aos seis servos honestos me fez ganhar mais alguns pontos, e, de fato, essa foi uma das inspirações mais brilhantes que tive na vida; por isso, vou repetir mais uma vez que, com Astel por perto, eu não apenas era feliz, mas também era melhor: mais esperto, mais inspirado, mais digno de atenção. O que me fazia dar um passo decisivo também em direção à resposta a ser dada à pergunta das perguntas: por que uma garota como Astel Raimondi sentia interesse por alguém como eu? Para responder, era necessário dispor de algo cuja existência, até então, eu havia ignorado: autoestima. Até então, naqueles dias que me pareciam desconcertantes, o máximo que eu tinha conseguido dizer a mim mesmo era que uma garota incrível como Astel não podia se enganar, e se ela simpatizava tanto assim comigo era porque eu tinha algum valor. Mas essa ainda não era uma resposta, era apenas um primeiro passo. A resposta se encontrava além de uma fronteira que, para mim, sempre fora intransponível – tão intransponível que eu nem sequer a enxergava. Naquele dia, *o dia dos óculos*, eu a enxerguei e, quando desejei ultrapassá-la, encontrei a ousadia para fazê-lo: qualquer pessoa sentiria interesse por mim – respondi a mim mesmo – se eu fosse sempre como era com Astel.

15.

Faço bem em recordar, em reconstruir. Quanto mais o faço, mais consigo ver o menino que eu era, e vê-lo vale muito mais do que sabê-lo, para mim, que estou tentando dizê-lo. Claro, há expressões particularmente felizes, que em uma única linha dizem e fazem ver tudo – por exemplo, a que Thomas Hardy utiliza no início de *Tess dos d'Urbervilles* para definir a protagonista: "Naquele momento da sua vida", diz, "era apenas um vaso cheio de emoções, ainda não colorido pela experiência". E que verbo formidável ele utiliza, *untinctured*, que significa "não colorido", mas também "não afetado", sem que se deva necessariamente escolher entre um e outro, como acontece quando se deve traduzi-lo em outro idioma. Porque é verdade, é assim, e não existe um modo melhor de dizê-lo: quando a experiência cai nesse vaso, ela o colore, mas também o afeta, trincando-o; e é verdade, eu também era assim, eu era como Tess Durbeyfield.

No meu céu da época, havia apenas uma nuvem escura. Tratava-se de um nome, que levava consigo uma mensagem assustadora. Esse nome era Ermanno Lavorini. A mensagem dizia que o mundo era um lugar sórdido e violento, no qual todas as crianças se encontram em perigo. Ermanno Lavorini era um menino de doze anos que, quando eu tinha nove, foi sequestrado e morto ali em Viareggio, no inverno. Tenho certeza de que não há uma única pessoa que estivesse na Itália naqueles anos que não se lembre da foto em preto e branco, tirada por ocasião de sua primeira comunhão, com o paletó cinza e o laço branco amarrado no antebraço. Foi uma tragédia que deixou todo mundo arrasado, absoluta como a beleza que o rosto retratado naquela foto prometia alcançar nos anos ainda por vir. Por isso, imaginem a minha surpresa quando descobri que a razão pela qual meu pai não teria férias estava ligada a essa tragédia.

Descobri acidentalmente, enquanto, à procura de outras informações, punha em prática a intenção que havia começado a se formar na minha cabeça algumas semanas antes – já contei a vocês em qual ocasião – de espiar minha mãe. Depois do que eu tinha ouvido por acaso debaixo das cabines, não consegui mais me impedir de fazê-lo, pois aquele *voyeur* de binóculo podia ser um perigo para ela, e eu me sentia no dever de protegê-la. Mas eu teria de saber mais coisas, e para tanto eram necessários todos os servos honestos: quem era? Onde estava? Desde quando a observava? Por que o fazia? Limitava-se a olhá-la ou a importunava? Por isso, comecei a espiá-la, a escutá-la às escondidas – mesmo quando estava sozinha, uma vez que falava sozinha, e, sobretudo, quando meu pai estava presente. Assim, naquele sábado, quando meu pai começou a explicar para a minha mãe a razão pela qual não teria férias, à noite, na cama, logo depois de verificar se eu e Gilda estávamos dormindo (e eu tinha fingido que dormia), eu estava ali ouvindo, colado atrás da porta semiaberta.

Preciso avisar a vocês que agora sei muitas coisas sobre o caso Lavorini – culpados, motivo, acobertamentos, pistas falsas –, uma vez que hoje qualquer um pode sabê-las fazendo buscas na internet, mas no meu relato vou me ater ao que sabia na época, que, de todo modo, era muito mais do que um garoto de doze anos deveria saber e que era completamente falso. Eu sabia que Ermanno tinha sido sequestrado em Viareggio, no pinhal, por um bando de maníacos, e que seu cadáver havia sido encontrado mais de um mês depois em uma praia perto de Pisa; eu sabia que o chefe desse bando era um homem chamado Meciani; sabia que um dos membros do bando era um coveiro chamado Della Latta; sabia que quem matara Ermanno havia sido Meciani; e sabia que esse Meciani tinha se matado na prisão por remorso. Isso era o que eu sabia – e o sabia porque essas informações tinham literalmente caído no meu colo, e não porque eu as tivesse procurado. Tinham até inventado uma espécie de piada macabra, que alguém, não lembro quem, me contara. Dizia o seguinte: "Não é verdade que Meciani se matou na prisão: morreu de tétano, porque se cortou com Della Latta". O que meu pai disse naquela noite fez com que eu sentisse vergonha só por tê-la ouvido.

Em primeiro lugar, Meciani era inocente. Tinha sido envolvido por Baldisseri, jovem de dezesseis anos que, junto com Della Latta, certamente participara do sequestro e que colaborava com a polícia, mas – disse meu pai – sempre mudava sua versão. Antes de conseguir provar que nada tinha com o caso, transtornado com as acusações e com o escândalo, com a vergonha e com a desonra, Meciani se enforcou com um lençol na penitenciária de Pisa. Mas Meciani era apenas a ponta do iceberg, disse meu pai, pois as declarações daquele rapaz jogavam lama em uma quantidade de pessoas que nada tinham a ver com aquele crime – e era uma questão política, disse. Segundo ele, o crime, que tinha origens totalmente diferentes, havia servido de pretexto para se levar a cabo uma violenta campanha cujo objetivo era destruir a reputação de uma cidade inteira. E aqui suponho que chegasse a parte que meu pai não queria que eu e Gilda ouvíssemos: a intenção, disse, era pintá-la como uma cidade de pedófilos, de maníacos, de pervertidos, de assassinos, onde ocorriam práticas "contra a natureza", acobertadas pelas autoridades – e, infelizmente, esse objetivo tinha sido alcançado. Meu pai disse que aquela maré de lama tinha afetado até mesmo o prefeito da cidade – uma cidade "vermelha", sempre administrada por partidos de esquerda. Bastava que Baldisseri mencionasse um nome para logo esse nome aparecer nos jornais e a tal pessoa ver a própria reputação ser queimada. Aquele crime havia sido horrível, disse meu pai, mas envolver deliberadamente pessoas que nada tinham a ver com ele era ainda mais horrível.

Ele contou todas essas coisas à minha mãe, que permaneceu em silêncio. Pelo modo como ele se pronunciou, entendi que minha mãe sabia do caso Lavorini tanto quanto eu, mas que estava a par de uma coisa que me soou completamente nova: meu pai estava envolvido em política. Descobri que era socialista quando explicou a razão pela qual não tirava férias. Havia sido solicitado por um peixe grande de Roma, não sei mais se deputado ou senador do Partido Socialista Italiano, para que prestasse assistência jurídica a todas as pessoas afetadas pela calúnia e que não tinham recursos nem força moral para se defenderem sozinhas. Assim, disse, tinham lhe pedido para constituir um grupo de advogados criminalistas voluntários, ali na Toscana, que cuidassem dos interesses dessas pessoas e preparassem seu ressarcimento jurídico ao longo de um processo justo, quando a maquinação política fosse frustrada. No entanto, passados mais de três anos do crime, esse processo justo ainda não havia sido realizado em razão de um conflito de competências, disse meu pai, igualmente de natureza política, entre a procuradoria de Pisa e a de Lucca. Disse também que, por ter passado os meses anteriores ocupado com o superprocesso em Roma, acabou negligenciando o compromisso assumido com o partido e, para honrá-lo, teria de sacrificar as férias.

    Minha mãe, que tinha ficado em silêncio até aquele momento, manifestou-se com as mesmas perguntas que havia feito à tarde: Mas como você pode trabalhar se todos estão de férias? Com os tribunais fechados? Com os outros escritórios de advocacia fechados? E meu pai respondeu que ainda não se tratava de um trabalho jurídico de fato; tratava-se, acima de tudo, de um dever de natureza humana. Ainda havia muitos indivíduos envolvidos no caso por aquele demônio, honestos trabalhadores e pais de família cuja inocência havia sido reconhecida, mas que já estavam comprometidos e nem sequer haviam respondido à proposta de assistência jurídica feita pelo partido. Alguns tinham deixado Viareggio, homens feridos e humilhados, que tinham perdido a família por causa do escândalo, ou o trabalho, ou ambas as coisas: ele deveria descobrir o paradeiro deles e encontrá-los onde haviam se refugiado, conversar com eles, conquistar sua confiança e convencê-los a lutar para serem ressarcidos pelo dano e recuperar a própria dignidade. Disse que só teria como fazer isso em agosto e que, por essa razão, não poderia dedicar-se a nós como nos outros anos. Disse, porém, que voltaria com frequência para dormir em Fiumetto ou talvez também para o jantar, se estivesse na região, e que passaria todos os domingos conosco. Disse que, infelizmente, na vida, não havia apenas famílias felizes como a nossa e que todos nós deveríamos estar dispostos a sacrificar alguma coisa para defender as pessoas mais fracas e desventuradas.

Então minha mãe fez as perguntas que também tinham se formado na minha cabeça: Mas se essas pessoas nada tinham a ver com o caso e isso tinha sido até reconhecido, por que sua reputação estava comprometida? Por que fugiam? E não sei nela, mas em mim a resposta do meu pai produziu certa perturbação, uma vez que, dali em diante, já não ficou tão fácil lhe dar razão: Porque – disse, baixando a voz, como se de repente temesse que eu estivesse ouvindo, mas entendi mesmo assim – talvez alguns tivessem hábitos sexuais irregulares que mantinham em segredo, talvez frequentassem os garotos que se prostituíam no pinhal ou talvez fossem apenas homossexuais, mas não tinham coragem de assumi-lo e levavam uma vida dupla, algo que – acrescentou tornando a elevar a voz – acontecia em Viareggio como em qualquer cidade, mas nunca tinham feito mal a uma mosca. E, se ninguém os defendesse, poderiam se matar, como havia feito Meciani.

O silêncio que se seguiu traía o embaraço da minha mãe, o mesmo que eu estava experimentando. Imaginei-a sentada na cama, olhando para baixo, desconcertada.

Que belos pais de família, sussurrou.

Meu pai rebateu imediatamente, como se estivesse esperando esse comentário: não estou dizendo que fazem bem, Betty. Não estou dizendo que são santos. Estou dizendo que é profundamente injusto ter os próprios vícios expostos nos jornais enquanto esses se ocupam de um crime hediondo que ensanguentou uma cidade inteira. As pessoas pressupõem que esses vícios e esse crime estejam interligados, mas não é verdade! Pinta-se uma cidade inteira com o lado obscuro desses vícios e com o vermelho desse sangue, e isso é uma canalhice!

Tinha se inflamado, elevado demais a voz, e minha mãe chamou sua atenção com um *Sssst!*. Então voltou a falar quase a meia-voz. Aqueles garotos, Betty – Baldisseri e Della Latta, sem dúvida, tomaram parte no sequestro e talvez materialmente também no crime –, são membros de uma célula monárquica! São ligados aos neofascistas! Há coisas que não posso lhe contar, mas foi pedido um resgate no dia seguinte ao sequestro. Entende? Que pedófilo pede resgate? Estão tentando despistar, Betty, incitar a opinião pública contra aqueles infelizes para esconder a verdadeira causa do sequestro, que não é sexual, mas política. Mas não posso ficar falando sobre essas coisas...

Minha mãe se calou de novo. Ele também se calou. O silêncio se fez presente. Foi ela que, após um tempo, o rompeu. É perigoso?, perguntou. Meu pai não respondeu de imediato, e ela especificou: Isso que você precisa fazer é perigoso? Perigoso, não, respondeu meu pai. É delicado.

Minha mãe não lhe disse nada a respeito do *voyeur*, nem naquela noite, nem nunca.

16.

Mais uma semana, e chega o domingo, 6 de agosto, data que, apesar de tudo o que aconteceu depois, nunca pude esquecer. Naquela semana, já adaptado ao ritmo menino-adolescente desenvolvido nas semanas anteriores (adolescente quando eu podia estar com Astel e menino quando não podia) e conseguindo estender cada vez mais os horários da guerra ao rutilismo – afinal de contas, minha mãe era irlandesa, não alemã, e eu e Gilda a atormentávamos todo santo dia para ficar um pouco mais na praia –, aconteceram duas coisas interessantes, uma ordinária e outra extraordinária. A ordinária aconteceu ao menino: finalmente saiu a série das figurinhas dos Campeões do Esporte dedicada às Olimpíadas de Munique, e comecei a comprar dez pacotinhos por dia, utilizando a reserva de dinheiro guardada para esse propósito. Completar o álbum antes do início dos jogos era uma bela meta a ser estipulada, mas claramente irrealizável, e, de fato, eu comprava as figurinhas apenas para aumentar o máximo possível meu conhecimento dos atletas que veria nas competições – que logo se tornavam familiares, uma vez que aos nomes eu podia associar os rostos. Igor Ter-Ovanesyan, Mark Spitz, Roland Matthes, Shane Gould, Rodney Pattisson – todos esses eu conhecia, sabia em quais competições eram favoritos para a vitória, os resultados que haviam obtido naquele ano; sabia de cor a data e o local de nascimento deles, indicados na ficha biográfica. Por exemplo, sabia que Rodney Pattisson, campeão de vela que já havia ganhado a medalha de ouro nas Olimpíadas da Cidade do México, na classe Flying Dutchman, com um barco chamado *Supercalifragilisticexpialidocious*, tinha nascido em Campbeltown, na Escócia, em 15 de agosto de 1943, ou seja, no mesmo dia do meu pai, e meu pai venerava Pattisson, literalmente, era seu ídolo perfeito, mais do que Capio e Straulino, mas ele ignorava essa coincidência tão substanciosa, e fui eu quem o fez saber dela, de modo que, a partir daquele momento, quando festejava seu aniversário no Dia da Assunção, no bar do Bagno Stella, pedia uma felicitação especial e um "viva!" também a Pattisson — e pouco importa que muitos anos depois, quando o conheci pessoalmente como convidado de honra na premiação de uma regata de vela juvenil, em Belfast, na qual meu filho tinha se classificado em segundo lugar, e eu disse a Pattisson, enquanto ele colocava a medalha no pescoço de Jimmy: "Sabe, meu pai também nasceu em 15 de agosto, como o senhor", ele tenha se surpreendido e, com o constrangimento dos lobos do mar, tenha me respondido que nascera no dia 5 de agosto, e não no dia 15. Mas ver surgir do envelope recém-aberto o bigode caído de Frank Shorter, ou os cabelos loiros, cortados ao estilo cuia, de Shane Gould, ou as costeletas de Don Quarrie gerava certa intimidade, justamente, e, por fim, até certa ligação, que valiam muito mais que os meros conhecimentos superficiais enviados à memória.

Já a coisa extraordinária dizia respeito ao adolescente. Deve ser bem contada, pois explica o estado de graça no qual eu me encontrava e do qual começava a me dar conta. Já mencionei que em Cambridge deram a Astel uns livros em inglês para serem lidos durante o verão. Eram: *A Study in Scarlet*, de Arthur Conan Doyle, e *Donovan's Brain*, de Curt Siodmak. Para mim, eram apenas dois entre os milhares de livros que eu não tinha lido, mas, ao entrar no mérito para resolver as dúvidas de Astel, percebi que se tratava de leituras envolventes. Sobretudo o segundo era emocionante, assustador e se parecia com algumas histórias em quadrinhos que eu havia começado a ler na revista *linus*. A própria Astel me contou a trama: um avião particular, com um miliardário canalha a bordo, chamado Donovan, cai no deserto perto da casa onde vive um estranho cientista que, com seu assistente, realiza misteriosas experiências com o cérebro humano. Incapaz de salvar a vida do miliardário, o cientista se esforça para salvar pelo menos seu cérebro e consegue, extraindo-o do crânio e colocando-o em uma solução química eletrificada, dentro de um recipiente de vidro. Só que, ao tentar estabelecer um contato com ele, é telepaticamente subjugado e começa a obedecer às ordens desse Donovan, ou seja, do morto, a levar adiante seus negócios suspeitos e até mesmo a escrever com a caligrafia dele. O assistente do cientista percebe e, quando descobre que o cérebro de Donovan ordenou ao cientista que matasse uma moça, tenta eliminá-lo, aproveitando-se de um momento de inatividade do outro, mas também tem de lutar contra a extraordinária força mental que dominou seu chefe. E aqui, quando ocorre essa batalha telepática, chegamos ao ponto em que Astel precisou de mim: o assistente percebe que só consegue resistir ao poder hipnótico do cérebro de Donovan se repetir um trava-língua que aprendera na infância, e Astel cismou de querer entender o significado desse trava-língua. No entanto, como a tradução que conseguiu fazer não tinha nenhum sentido para ela, pediu ajuda a mim. Só que, antes de me dizer qual era o trava-língua ("que talvez você conheça", acrescentou, idealizando meu bilinguismo), confessou-me que tinha feito o que em Cambridge lhe haviam proibido expressamente de fazer, ou seja, comprar a tradução italiana do romance: não para lê-la, jurou; não tinha nenhuma intenção de trapacear, mas apenas para ver como havia sido traduzido o tal trava-língua. E me passou essa edição italiana, aberta em uma das últimas páginas, na qual encontrei, circulada a lápis, a seguinte frase: *Senza creanza danzava una danza azzannando una lenza senza decenza e sguazzando d'avanzo di dopopranzo.*[7] Fiquei perplexo. Astel percebeu e disse que também estava perplexa, pois, na sua opinião, aquele trava-língua não estava certo. Por mais dificuldade que tenha tido para traduzir o original, certamente a frase em inglês não falava de nenhuma dança nem de primeiras horas da tarde.

Pedi que me deixasse lê-lo, porque ainda não o tinha feito. Então me passou a edição inglesa, cheia de orelhas. Um lápis marcava a página e, quando abri o livro, o lápis caiu no chão: estávamos junto às cabines, apoiados na balaustrada, e o lápis ficou preso entre uma tábua e outra do chão. Era grande demais para passar entre elas e acabar onde apenas eu poderia recuperá-lo. Astel se inclinou e o pegou, e o fez com um movimento adulto, mantendo as pernas fechadas, como se estivesse de saia – mas estava de biquíni.

Era uma manhã abafada, suava-se. Não soprava nem uma brisa, e o céu estava embaçado pela bruma. Li o trava-língua em inglês: *Amidst the mists and coldest frosts, with barest wrists and stoutest boasts, he thrusts his fists against the*

---

[7] Sem educação, dançava uma dança abocanhando uma linha de pesca sem decência e regalando-se com as primeiras horas da tarde. (N. T.)

posts and still insists he sees the ghosts. Astel me deu tempo de relê-lo, depois me perguntou se eu o conhecia. Obviamente, não. Mas o que significa?, insistiu, não consigo entendê-lo.

Nem eu conseguia, mas não podia dizer isso a ela, não podia decepcioná-la desse modo. Por isso, concentrei-me no que entendia: entendia, por exemplo, que Astel tinha razão, o trava-língua da dança que haviam colocado na edição italiana não estava certo: que raio de defesa poderia fornecer contra um cérebro malvado? Mas eu entendia que aquele em inglês estava certo porque, embora sem sentido, causava certo frio na espinha. Eu o entendia de um modo novo, instantâneo, como quando um talento se manifesta de repente – e, de fato, era justamente disso que se tratava, mas eu ainda não sabia. Era fundamental que tivesse tempo para organizar meu veredito. Erguendo os olhos do livro, vi que minha mãe e Gilda estavam saindo do guarda-sol com toalha e tudo, sinal de que estava na hora de ir embora. Perguntei a Astel se podia levar o livro para casa, assim pediria ajuda à minha mãe, e ela disse que sim. Foi uma ótima jogada: teria metade do dia para pensar a respeito, e ia mesmo pedir ajuda à minha mãe.

Foi o que fiz logo depois de almoçar. Disse a verdade, que era para Astel, que estava lendo aquele livro em inglês, embora tivesse medo de que minha mãe me perguntasse alguma coisa sobre ela, uma vez que estávamos sempre grudados um no outro, mas ela não perguntou nada. Ela também nunca tinha ouvido aquele trava-língua, mas logo se lembrou de outro, de repente, que nada tinha a ver, mas que nunca esquecera porque a protagonista da parlenda tinha o mesmo nome que ela: *Betty Botter had some butter, "But," she said, "this butter's bitter". So she bought a bit of butter, better than her bitter butter, and she baked it in her batter, and the batter was not bitter. So 'twas better Betty Botter bought a bit of better butter.*[8] Era tão longo que, atraída por todo aquele *bit-bet-bat*, Gilda teve tempo de vir até nós e ouvir a metade. Depois, perguntou à minha mãe o que era aquilo, mas ela não respondeu, absorta que estava na recordação – e devia ser uma recordação doce, pois, depois de terminar de falar, permaneceu em silêncio, olhando para o nada, com ar sonhador, como o tio Giotti, e percebi que havia o risco de ela começar a falar da sua lembrança, e não do trava-língua que interessava a Astel. Então pedi que escrevesse em uma folha o trava-língua da manteiga, que era muito bonito; assim, nós também poderíamos aprendê-lo – mas logo em seguida a reconduzi ao de Astel, pedindo que ela o traduzisse ao pé da letra. Por fim, fiquei com duas folhas na mão, uma com o trava-língua da manteiga e outra com a tradução daquele do livro. Obviamente, não tenho mais aquelas folhas, mas a tradução da minha mãe não era muito diferente da que faço agora: "Em meio às névoas e à geada mais feroz, com os pulsos nus e o orgulho mais audaz, agita os punhos contra os postes e ainda insiste que vê fantasmas". Mesmo assim, não fazia muito sentido, mas o que eu havia percebido se confirmou: havia a geada, havia os pulsos nus, os punhos que se agitavam, os fantasmas: não fazia sentido como parlenda, mas fazia sentido que alguém usasse essas palavras para defender-se do mal.

Foi o que eu disse a Astel naquela tarde. Mostrei a tradução da minha mãe e lhe ensinei – eu, aquele pingo

---

[8] Betty Botter tinha um pouco de manteiga, "mas", disse ela, "essa manteiga está amarga". Então ela comprou um pouco de manteiga, melhor que sua manteiga amarga, e a assou em sua massa, e a massa não estava amarga. Então foi bom Betty Botter ter comprado uma manteiga melhor. (N. T.)

de gente que eu era, que não sabia nada de nada e estava apaixonado por ela como um imbecil –, *lhe ensinei* a regra de ouro do tradutor: perca as rimas e até o sentido de uma frase, se necessário, mas nunca perca sua função. Toda frase, até a mais obscura, é concebida para um fim, ou seja, justamente para desempenhar certa função: a primeira tarefa do tradutor é não trair essa função. Todo o resto vem depois.

Eu não disse isso assim, é claro, digo assim agora, nos cursos que dou, mas a essência era essa, e causei uma ótima impressão. Em primeiro lugar, disse que não era para ela desanimar por não ter conseguido traduzir o trava-língua, pois nem mesmo a tradução feita pela minha mãe tinha um sentido perfeito; mas mesmo que tivesse, disse-lhe, não poderia ser usada porque deixaria de ser um trava-língua. Se era um trava-língua em inglês, deveria ser outro em italiano. Mas não poderia ser um trava-língua qualquer, não poderia ser o do *Arcivescovo di Costantinopoli* nem o do *Sotto la panca la capra campa*,[9] muito menos o daquela dança das primeiras horas da tarde que haviam colocado, e a razão era exatamente a mesma pela qual, em inglês, não poderia ter sido usado o trava-língua da Betty e da manteiga – *que recitei de um só fôlego,* pois o tinha decorado sem esforço. Astel ficou perplexa: se em seus olhos houvesse um medidor que calculasse a estima que tinha por mim, depois que terminei meu discurso, o aparelho teria pifado. Em seguida, tudo ficou fácil: embora parecesse conter certo poder

---

[9] O primeiro se refere ao trava-língua: *Se l'arcivescovo di Costantinopoli si disarcivescoviscostantinopolizzasse, vi disarcivescoviscostantinopolizzereste voi?*, que em português tem um similar: "O bispo de Constantinopla é um bom desconstantinopolitanizador. Quem o desconstantinopolitanizar, um bom desconstantinopolitanizador será". O segundo pode ser traduzido literalmente por "debaixo do banco vive a cabra". (N. T.)

de proteção, a tradução da minha mãe não era adequada porque não era um trava-língua; e o da dança não era bom porque não tinha nenhum poder de proteção. Portanto, a solução correta deveria ser um trava-língua em italiano que falasse de gelo, de névoas ou de fantasmas, se é que existia algum assim e, se não existisse – vejam só o que ousei dizer –, deveria ser *inventado*.

Eis que tinha acontecido de novo – e, dessa vez, a respeito de um tema desagradável e específico, do qual eu achava que nada sabia. De novo, não tive tempo de entender uma coisa que estava ensinando a ela. De novo, tinha acontecido para satisfazer uma necessidade de Astel. De novo, tinha acontecido enquanto eu me perdia na contemplação de sua beleza e no desejo de acariciar suas trancinhas. E se sou tão enfático em contar isso é porque, quase vinte anos depois, quando as palavras que saíram da minha boca naquela manhã já haviam sido esquecidas, comecei a ler *It*, no qual Stephen King, para homenagear justamente *Donovan's Brain*, usa o mesmo trava-língua de forma abreviada, mas com a mesma função, ou seja, para permitir que Bill Denbrough derrote It, repetindo-o em voz alta como sua mãe o fazia repetir quando menino para derrotar a gagueira: *He thrusts his fists against the posts and still insists he sees the ghosts, he thrusts his fists against the posts and still insists he sees the ghosts, he thrusts his fists against the posts and still insists he sees the ghosts...*

Quando li esse livro, por volta dos trinta anos, e cheguei a esse trecho, a recordação daquela manhã literalmente saltou no meu colo, e, como eu vivia na Irlanda e tinha lido a edição americana, senti a necessidade de saber como havia sido traduzido para o italiano; e como não consegui encontrar uma edição italiana de *It* em toda Dublin, telefonei para uma amiga que vivia em Genzano e a fiz ir até Roma para me comprar um exemplar e enviá-lo para mim na Irlanda, como correspondência expressa. Seis dias depois recebi o livro, e o trava-língua tinha mudado, tinha se tornado o seguinte: *Stanno stretti sotto i letti sette spettri a denti stretti*.[10]

Hah!

Não que eu tenha o hábito de me vangloriar e, de fato, não estou me vangloriando, estou apenas tentando reconstruir quem eu era e como era naquele verão, como estava me tornando e por quê: e é fato que, aos doze anos, para não decepcionar Astel Raimondi, fiz observações sobre como deveria ou não deveria ser traduzido aquele trava-língua – as mesmas que, evidentemente, também foram feitas pelo tradutor de Stephen King. Nada mais do que isso.

Por fim, há que se explicar por que aquela data, 6 de agosto de 1972, tornou-se inesquecível para mim. Ainda hoje, só de mencioná-la, fico com o coração partido. Bitossi. Bitossi na cidade francesa de Gap, no campeonato mundial. Bitossi que se afasta do grupo a poucos quilômetros da linha de chegada, com um de seus *sprints* irresistíveis, em Gap, no campeonato mundial de ciclismo em estrada. Bitossi que se apresenta sozinho na interminável reta final, com o grupo cem metros atrás, agitando-se e dispersando-se, ferido e furioso como se fosse um único monstro de cem cabeças. Bitossi que insiste. O grupo que se recupera. Bitossi que resiste. A reta final não acaba mais, as forças de Bitossi acabam antes, e lá está Merckx, à frente do grupo, quer vencer também o mundial, não lhe

---

[10] Estão apertados debaixo da cama sete espectros com os dentes cerrados. (N. T.)

basta ter vencido o Giro d'Italia e o Tour de France. Bitossi olha para trás – nunca mais eu quis ver essa chegada, mas não há o que fazer, nunca me esquecerei dela, está esculpida na minha memória –, sabe que não deveria fazê-lo, mas o faz, olha para trás, vê o grupo lançando-se em sua direção e para – mas a linha de chegada está ali, a duas pedaladas, a uma pedalada –, e enquanto o grupo o devora, ele e o grupo tombam juntos na linha branca. Diante de todos, ergue o braço um corredor de camisa azul, que vemos em cinza porque ainda não há televisão em cores na Itália – no mundo inteiro já existe, mas na Itália não, e não se sabe por quê. Portanto, Bitossi venceu, e Merckx não conseguiu alcançá-lo. Bitossi venceu o mundial, por um triz, que alegria. Bitossi, nosso Bitossi, nosso primo Franco Bitossi, nascido em Carmignano no dia 1º de setembro de 1940, residente em Montelupo Fiorentino, com o coração que, de vez em quando, começa a bater como louco, e ele precisa parar, mas, dessa vez, não precisou parar e chegou antes de Merckx, chegou antes de todos, venceu o mundial, que alegria, que felicidade, quantos pulos no sofá. Mas, um momento: quem está comemorando não é Bitossi. Quem venceu o mundial usa a camisa cinza-escura, agita a bandeira italiana, é italiano – mas não é Bitossi. É Marino Basso. O campeão do mundo é Marino Basso; Bitossi chegou em segundo. Merckx, em quarto. Bitossi tinha conseguido bater Merckx. Tinha conseguido bater todos, mas quem chegou em primeiro lugar foi Basso, seu colega de equipe, e justamente na linha de chegada o superou por um pneu de distância. Eis a imagem do *photo finish*: um pneu de distância. Eis a imagem de Bitossi: está chorando. Sim, claro, que dor, que dor imensa. Uma dor imensa, sim, derrama-se em silêncio sobre todos nós, sobre seus parentes, sobre seus torcedores, sobre nossas regiões, sobre Versilia, sobre a Toscana e sobre a Itália inteira, porque todo mundo amava Bitossi. Se ele tivesse vencido, a vitória seria de todos.

Para mim, não é mais uma questão de menino ou de adolescente: no dia 6 de agosto, a dor abateu os dois, como abateu meu pai, Gilda, minha mãe, todos os meus amigos do Bagno Stella e todos os meus amigos de Vinci, os colegas de escola, os professores, o diretor, o padre. Como abateu o tio Giotti, lá no círculo de Ginestra Fiorentina, aonde com certeza foi assistir à competição, e deve ter comido um croissant do dia anterior, bebido dois cafés com licor Sambuca, deixado no pratinho uma ponta de croissant e em cada uma das xícaras um dedinho de café e um hálito de anis-estrelado.

17.

Só fomos rever meu pai no sábado seguinte, quando ele veio e ficou três dias – até 15 de agosto, ou seja, até o dia do seu aniversário. Passei a semana espionando minha mãe, mas ela não falou mais sozinha, e mesmo quando meu pai chegou, nunca era ela quem falava. Como eu disse, minha mãe nunca lhe contou do *voyeur*, supondo que se tratasse de um *voyeur*: quem tinha o que contar era ele. Minha mãe ouvia, no máximo fazia algumas perguntas, mas era ele quem comandava a conversa. Contou como havia sido a semana. Passara-a junto a uma das vítimas do escândalo, um sujeito de Viareggio, que tinha família e um trabalho respeitável, mas também tinha o hábito de ir até o pinhal e pagar garotos para fazer sexo. Tinha sido mencionado pelo tal Baldisseri, em uma de suas muitas confissões, como membro do grupo de sequestradores de Ermanno; havia sido detido e mantido preso por três semanas, depois liberado sem um pedido de desculpas quando Baldisseri mudara a versão – mas, nesse meio-tempo, os jornais haviam divulgado seu nome, publicado sua foto e revelado seus hábitos secretos. Seu casamento tinha ido por água abaixo, e no trabalho (era funcionário em um sindicato) também não conseguira suportar a pressão e pedira demissão. Havia deixado Viareggio e se mudado para Garfagnana, onde viviam seus velhos pais – entre os lobos, disse meu pai. Disse também que o homem estava tão desconfiado que foi preciso gastar duas horas de conversa com ele – meu pai, do lado de fora do portão, e o sujeito, dentro de casa, junto à janela, portanto, praticamente gritando – para convencê-lo de que não era um jornalista. Porque tinha trauma de jornalistas, e, de resto, disse meu pai, *tinha bem por onde* (costumava usar essa expressão que nunca ouvi ser usada por mais ninguém). A certa altura, disse, vendo que meu pai não desistia, o homem mostrou o cano de uma carabina pela janela, mas meu pai não se assustou porque dava para ver muito bem que era uma carabina de brinquedo; apenas gritou para ele do outro lado do portão que era a única esperança dele e que uma pessoa inteligente não dispara em sua única esperança. Então o sujeito o fez entrar, ouviu-o, mas, no final, não quis assinar nada. Meu pai disse que teve de voltar por três dias àquele lugar no meio do nada para que o sujeito confiasse nele e assinasse o termo de compromisso para a ação coletiva. Eram pessoas feridas, disse, desesperadas, que não tinham agido como Meciani só porque não tiveram a mesma coragem. Na segunda quinzena de agosto, ele teria uma missão ainda mais difícil, pois deveria procurar um ex-contador do município de Viareggio que, depois de ter sido afetado pelo escândalo, tinha ido parar em Lucca, onde vivia pelas ruas praticamente como um mendigo. Sua história, disse, era ainda mais triste, mas não teve tempo de contá-la porque minha mãe o interrompeu para lhe fazer uma pergunta seca: Mas por que justo você tem de ir? E meu pai respondeu com um autoelogio – algo que, em sua boca, nem chegava a soar tão mal: porque ele era bom em convencer as pessoas e conquistar a confiança delas. E minha mãe: Ah, é?, e ele insistiu em tecer elogios a si mesmo: Sim, senhora, disse, sou simpático, transmito confiança, sou inteligente, persistente..., e prosseguiu dizendo uma porção de coisas boas de si mesmo, enquanto minha mãe continuava a repetir: Ah, é?

Contando isso agora, não consigo acreditar que não entendi o que estava acontecendo, mas o fato é que não entendi e levei muito a sério as coisas que meu pai disse sobre si mesmo – tanto que carreguei uma delas comigo durante anos e cheguei a repeti-la várias vezes em público (mas não para falar de mim nem dele), até que descobri que havia sido copiada literalmente de uma frase de Mahatma Gandhi: foi quando ele disse ser um daqueles que eram rejeitados, expulsos, insultados, talvez até espancados, mas que no fim venciam. A essa altura, minha mãe lhe fez uma pergunta estranha: perguntou se, para convencer o sujeito que havia se refugiado em Garfagnana de que não era um jornalista, ele por acaso havia jurado pela vida de seus filhos. Meu pai respondeu que não, que certamente não era do tipo que jurava pela vida dos filhos, mas minha mãe rebateu, dizendo que era justamente desse tipo. Meu pai negou de novo, sustentando que, para convencer o sujeito, havia lançado dentro da casa dele sua carteirinha da Ordem dos Advogados, mas minha mãe disse que essa história de que era simpático e transmitia confiança era balela; ela própria já o tinha ouvido jurar por seus filhos muitas vezes. Mas o que você está dizendo; estou dizendo o que sei; mas não é verdade; é verdade, sim; como você ousa dizer uma coisa dessas; ouso, sim, e como – e eu, sem entender o que estava acontecendo, pensei que estivessem brigando. De resto, o problema de ouvir conversas atrás da porta é justamente este: você ouve o que as pessoas dizem, mas não as vê enquanto o dizem e pode fazer uma ideia errada.

Meu pai não disse mais nada. Minha mãe não disse mais nada. Não sei se tinham começado a brigar, mas não falavam mais. Fez-se um silêncio estranho, cheio de estalos e farfalhares. Depois, minha mãe emitiu dois gemidos, um após o outro, na realidade, muito contidos, mas que me escandalizaram tanto quanto as palavras que eu a ouvira pronunciar dentro da cabine, pois, como elas, atingiram-me com uma verdade obscena – e essa verdade era sempre a mesma: eu não deveria ter ouvido aquelas coisas.

Se é para descrever o que me lembro daquele momento, mesmo hoje, depois de tanto tempo, digo "calor": uma onda incandescente que inundou minha cabeça. Saí correndo para o meu quarto, de novo oprimido por aquela sensação de irremediabilidade que havia experimentado quando achei que havia outra pessoa com minha mãe na cabine. E, de novo, como depois de ter apurado que, na verdade, não havia ninguém, também naquela noite, na cama, mortificado, cheio de vergonha e desperto como um grilo, um minuto depois me vi minimizando o choque que tinha acabado de me abalar, pois, mesmo com o ouvido colado à parede que separava o quarto dos meus pais do meu, eu não ouvia mais nenhum ruído, razão pela qual o que eu tinha escutado poderia muito bem ter sido algum bocejo, sim, muito provavelmente eram bocejos, ou melhor, eram bocejos.

Apesar daquela perturbação, ou talvez justamente por causa dela, na noite seguinte lá estava eu de novo atrás da porta. Dessa vez, porém, o tema do monólogo do meu pai havia sido estabelecido por mim durante o jantar, após outro interminável dia de navegação, insolação e jejum a bordo do *Tivatù*: contei que o tio Giotti me havia revelado que estivera na prisão, "lá longe, nas Américas", como ele dizia, e com a maior inocência perguntei por quê. A julgar pela surpresa que percebi no rosto da minha mãe, entendi que ela não sabia dessa história, e pelo tom evasivo com o qual meu pai respondeu "uma porção de impostos não pagos", entendi que aquele também, evidentemente, era um assunto que ele não queria tratar na presença dos filhos. E, de fato, depois de verificar pela porta, acreditando que estávamos dormindo, ele começou a contar à minha mãe o que, estava claro, nunca tinha contado: só que, dessa vez, atrás da porta ao meu lado também estava Gilda, pois ela também havia fingido que estava dormindo, mas estava acordada e ávida por informações. Com gestos e até ameaçando-a, tentei mandá-la de volta para a cama, mas ela não se moveu, e pensei: "Dane-se! Se contarem alguma história assustadora ou se a conversa acabar em um silêncio cheio de ruídos ambíguos como ontem à noite, azar dela". No entanto, sempre com gestos, ordenei que não fizesse nenhum barulho, porque eu não queria perder por nada neste mundo o que meu pai tinha começado a contar.

Veio à tona que, antes de emigrar para a América, o tio Giotti já estava encrencado também na Itália, porque era anarquista. Um sujeito cabeça quente, definiu-o meu pai, que o fascismo perseguiu com repetidas detenções e condenações ao exílio local. Mas ele conseguiu fugir desse exílio e ir para os Estados Unidos, onde encontrou trabalho em uma fábrica. Só que continuou a desenvolver uma atividade política que também os americanos definiram como subversiva, razão pela qual foi parar atrás das grades naquele país. Na prisão, organizou várias revoltas e greves de fome junto com outros anarquistas, acumulando condenações cada vez mais pesadas, que o manteriam encarcerado pelo resto dos seus dias se logo depois da guerra ele não tivesse sido expulso e repatriado para a Itália, com a obrigação de residir em sua cidade de origem, Ginestra Fiorentina.

Meu pai explicou que, durante a guerra, houve um acordo entre o governo americano e a Cosa Nostra, com base no qual a máfia ítalo-americana se empenhava em facilitar o desembarque das tropas aliadas na Sicília em troca da expulsão e do repatriamento para a Itália de muitos mafiosos reclusos com condenações pesadas; era um acordo secreto, disse, mas era um segredo que todo mundo conhecia, tanto que tinha até um nome, chamava-se "Lei Luciano", do nome do chefão Lucky Luciano, que de fato havia sido libertado e mandado de volta à Itália. Junto com ele foram mandados para casa todos os outros gângsteres que haviam sido definidos como "indesejáveis"; mas, aproveitando-se dessa lei, os americanos também se livraram de muitos outros detentos italianos que não tinham cometido crimes violentos e tinham a fama de pentelhos. Disse assim mesmo, *pentelhos*, e Gilda levou a mão à boca, porque nem meu pai nem minha mãe falavam palavrão – exceto ela, quando falava sozinha, obviamente, mas isso só eu sabia. O tio Giotti era um daqueles pentelhos.

    Minha mãe estava em silêncio. Não podia estar muito surpresa por descobrir tanta dureza atrás de um semblante sereno e educado, uma vez que ela também era assim, mas evidentemente não sabia o que dizer, pois, das cem perguntas que passaram pela minha cabeça, ela não fez nem uma sequer ao meu pai, e aquele silêncio prolongado me fez temer que a rumba da noite anterior estivesse para recomeçar. Por sorte, foi meu pai quem rompeu o silêncio, exprimindo uma preocupação: o que exatamente o tio Giotti teria dito a mim? Até que ponto tinha me colocado a par do seu passado? Mas depois respondeu sozinho que, independentemente do que tivesse dito, não poderia me fazer mal, pois o tio Giotti era um homem íntegro e bom.

E, de repente, sem que minha mãe lhe tivesse perguntado, revelou por que ele sempre deixava alguma coisa no prato. Era uma demonstração de força, concebida contra os carcereiros americanos, disse, quando o puniam mantendo-o por dias com a metade da ração de comida: quanto mais o faziam sofrer de fome, mais ele deixava algo no prato, para que entendessem quanto aquela crueldade era inútil com ele. E acabou pegando esse hábito.

Por fim, com todas as perguntas que poderia ter feito, minha mãe fez apenas uma, neutra, quase insignificante: "Mas quantos anos ele tem?". "Ninguém sabe ao certo", respondeu meu pai, "mas, na minha opinião, não chega a sessenta." Depois, por alguns instantes, ninguém falou mais, e, considerando que Gilda também estava ouvindo às escondidas, decidi voltar para o quarto antes que ficasse difícil explicar certas coisas. Na cama, Gilda me perguntou o que era um anarquista, e eu lhe respondi: "Um revolucionário" – inventei, porque eu também não sabia direito. Ela queria falar do tio Giotti revolucionário, que deixava comida no prato para afrontar seus carcereiros, e eu também queria – mas estava muito tarde e, com toda a autoridade que consegui ostentar, ordenei que dormisse. Só que nós dois levamos muito tempo para adormecer, então conversar não fazia diferença.

Assim, chegou o dia 15 de agosto, aniversário do meu pai – e, pelo que eu sabia na época, também de Rodney Pattisson. Foi outro daqueles dias que fizeram esta história avançar bruscamente para seu ponto crucial. Começou com meu pai querendo sair com o *Tivatù*, mesmo com o vento tendo mudado para o áfrico e com a bandeira vermelha içada por causa do mar, que estava subindo. "Primeiro dia de áfrico", disse, "último dia para navegar, o dia mais bonito para navegar." Na minha opinião, ele só quis sair para honrar esse ditado, proveniente sabe-se lá de qual compartimento remoto da sua memória, porque desde o início não pareceu muito convencido. Obrigou-me a vestir o colete salva-vidas, algo que nunca fazia, e foi tirado das ondas pelos braços de Gianfranco, com o *Tivatù* puxado pela proa e balançando assustadoramente, com as velas fora da ação do vento. Tendo saído da zona perigosa, ganhamos uma velocidade confortável, com o vento de través, e aquele ditado começou a me parecer apropriado: o céu era atravessado por nuvens muito brancas, enquanto na superfície do mar, de um verde elétrico fulgurante, cintilava o brilho dos raios do sol. Havia um pouco de onda longa, mas, no fim das contas, a situação parecia segura e tranquila; só que, pelo visto, essa não era a realidade, pois meu pai continuava a olhar ao redor como um mangusto e quase no mesmo instante decidiu voltar. Sabia o que eu não sabia, ou seja, que voltar à praia com aquele mar e o vento de través, sem virar, era uma tarefa um tanto difícil – e virar à beira-mar, junto com o filho, na frente de toda a praia, no dia do seu quadragésimo aniversário, comportaria um duplo trauma: psicológico para seu amor-próprio e mecânico para o mastro, o casco, as cruzetas e tudo o mais. Depois que ele apontou a proa para a terra, vi muito bem a adrenalina explodir em seus olhos, e suas instruções sobre como era preciso fazer aquele retorno (levantar a quilha, subir em uma onda, manter-se na sua crista o máximo possível, calcular a deriva, estar pronto para soltar as escotas se o barco se inclinasse) eram, mais do que qualquer outra coisa, uma revisão que ele fazia para si mesmo, a fim de não cometer erros de manobra. Estava muito concentrado, e em seu olhar aguçado pela atenção talvez também houvesse algum arrependimento por ter se metido naquela situação.

Já vou logo dizendo que a manobra deu certo, aliás, certíssimo. Da praia, viram o casco afunilado do *Tivatù* chegar à margem, reto e veloz como uma prancha de surfe, em cima da crista de uma única onda, acompanhado por dois bigodes altos de espuma branca – e imagino que isso, por si só, deva ter sido um belo espetáculo. Mas de dentro do barco foi fantástico: meu pai, que acertou ao planar na primeira onda; o veleiro, que se acelerou de repente, de maneira extraordinária; as velas que batiam; as enxárcias que assobiavam; a sensação de estar literalmente voando e as palavras gritadas pelo meu pai, "Segure firme!", que só podiam querer dizer uma coisa: que *realmente* íamos direto para a areia, na linha de rebentação das ondas, como tantas vezes eu lhe pedira para fazer e ele sempre me respondera que não podia porque era proibido pela capitania dos portos e porque essa era a melhor maneira de destruir o tabuado do barco. Mas, dessa vez, com as ondas que rebentavam e as velas infladas de áfrico, avançamos em linha reta até a colisão, e, segurando-me na enxárcia com toda a força, não fui lançado para a frente, nem ele, que firmava os pés contra a alça de amarração; e o velho *Tivatù* deslizou na linha de rebentação como uma piroga havaiana, não se desmantelou, e Gianfranco se aproximou correndo para girar a proa contra o vento, ali, na areia, já que eu não o fazia porque estava paralisado de perplexidade, e meu pai não percebeu que ele estava furioso, mas eu, sim – e não me importei nem um pouco, porque tínhamos acabado de fazer algo fabuloso e proibido, tínhamos arriscado o barco e a vida por nada, assim, por esporte, e nos saímos bem, as lágrimas de crocodilo foram adiadas para o próximo desatino. Que certamente ocorreria, pois, a esta altura, vocês já devem ter percebido que tipo de pessoa era meu pai, enquanto eu, na época, ainda não tinha entendido isso.

A irritação de Gianfranco também terminou logo depois, no brinde alegre com o qual meu pai festejou seus quarenta anos no bar do estabelecimento balneário, do qual também participou Lucido Raimondi, excepcionalmente presente na praia em companhia da esposa e da filha, e ainda mais excepcionalmente em calção de banho. Era a primeira vez que eu o via de torso nu e fiquei chocado: não havia um único centímetro quadrado de seu peito que não fosse coberto por pelos pretos, que realmente o faziam parecer um urso, mais do que um industrial do mármore. Logo entendi por que ele ia tão pouco à praia e permanecia sempre vestido, e pensei que meu problema, o de não ter pelos, não era nada em comparação com o seu. Mesmo com todo o temor que ainda me incutia, comecei a sentir certa ternura por ele, imaginando-o com a minha idade ou um pouco mais velho, quando aquela floresta começou a surgir de sua carne, e depois passar toda a juventude em uma cidadezinha litorânea com o problema de vestir o calção de banho – as dores de cabeça de mentira, os banhos de mar de camiseta, os apelidos, as gozações. Tudo isso girava em turbilhão dentro da minha cabeça enquanto ele se aventurava a fazer outra coisa que nunca tinha feito, ou seja, interessar-se por mim. Como não sabia de nada, começou a me perguntar as coisas desde o princípio, quantos anos eu tinha, em que série estava, e foi necessária a intervenção de Astel para levá-lo ao único aspecto da minha vida em relação ao qual ele poderia dar alguma contribuição. Imagine, disse ao pai, a irmã dele não pode ficar na praia nas horas de calor, e neste ano o pai deles não pode tirar férias, então ele tem de voltar para casa todas as manhãs às onze. Ela nem precisou contar que eu a estava ajudando com o inglês, e ele tampouco parecia saber que, quando eu estava na praia, ficávamos sempre juntos – mas talvez sua esposa já lhe tivesse dito essas coisas: Desculpe, disse, por que não fica conosco? Convocou a esposa, convocou meu pai e minha mãe e *ordenou* – porque era o que ele estava habituado a fazer, a ordenar, e as pessoas, a lhe obedecer –, mesmo com toda a gentileza do mundo, ordenou que, dali em diante, quando meu pai não estivesse, eu ficaria na praia com Astel e a mãe dela, depois almoçaria na casa deles e voltaria à praia à tarde, junto com eles, para ser entregue à minha mãe quando ela também viesse, junto com Gilda, no horário permitido pelas prescrições do dermatologista.

Bendito homem.

Bendito, bendito homem.

18.

A rajada de áfrico foi forte e durou três dias, e nesses três dias não fomos para o mar. Hoje parece inconcebível, hoje não aconteceria nem mesmo com crianças de seis anos, mas foi o suficiente para que Astel e eu não pudéssemos nos ver nem nos comunicar, uma vez que não dispúnhamos de informações básicas (endereço e número de telefone) e que nossas mães não se preocuparam em servir de intermediárias. Depois o tempo bom voltou, e começaram os dias mais felizes da minha vida.

 O aguaceiro tinha limpado o céu: a luz do sol se tornara mais ofuscante, o que era celeste se tornara azul, e o que era azul se tornara turquesa, mas também todas as outras cores pareciam reforçadas pela potente beleza da natureza; os odores e os perfumes tinham explodido como se fosse novamente primavera; a água do mar tinha se tornado mais límpida e luminosa; a sombra nas cabines, mais fresca; o mármore no topo dos Alpes Apuanos, mais branco. Eu estava vivendo um sonho, passava mais tempo com Astel que com minha família. Despedia-me da minha mãe e de Gilda às onze da manhã e só as revia no fim da tarde, e durante as horas que não estava com elas eu me tornava outro Gigio Bellandi: nos almoços na casa de Astel, preparados pela cozinheira, às vezes só para nós dois; nas tardes transcorridas com ela, lendo, ouvindo música e dançando, em casa, no jardim, brincando com seu cachorro, conversando e conhecendo seu mundo – sem acreditar que eu também fazia parte dele. Meus pés não tocavam o chão – eu voava.

Empenhava-me além das minhas possibilidades, isso sim: a todo momento, temia errar alguma coisa e revelar minha pequenez; no entanto, não errava nada, e o nada que eu sempre me sentira estava se tornando alguma coisa. Eu ia para a cama cedo com o coração cheio de emoção e não via a hora de adormecer para poder acordar no dia seguinte. Minha mãe não me perguntava o que eu fazia com Astel, era a primeira vez que eu passava todo aquele tempo longe dela, mas ela não se mostrava curiosa nem preocupada – evidentemente, entendia que eu não poderia lhe dizer nada. Quem não entendia era Gilda, que à noite, antes de adormecer, sempre me atormentava com as mesmas perguntas: "Vocês são namorados?". Eu respondia que não. "Então o que vocês são?", e eu lhe respondia que ela era muito pequena para entender o que éramos, e era verdade, mas, na realidade, nem eu entendia. A verdade era que eu simplesmente não tinha palavras para descrevê-lo. Um dia, muitos anos depois, ouvi uma coisa na televisão que me fez entender de repente como eram as coisas naquela época. Tinham clonado uma ovelha na Escócia e a chamaram de Dolly. Fizeram isso e, alguns meses depois, deram a notícia, sem antes submeter a questão a um debate – por isso, o debate foi feito depois, e por algum tempo os especialistas discutiram a respeito em todos os meios de informação. Um desses especialistas disse que clonar um ser vivo tinha se mostrado mais simples que entender as consequências de clonar um ser vivo – e, para mim, ouvir essas palavras foi como ser arrebatado pela lembrança de Astel Raimondi. Havia acontecido o mesmo comigo:

a coisa feita tinha precedido toda compreensão possível a seu respeito; ou melhor, mais que precedê-la, ela a havia queimado – porque era tão bela, a coisa feita, e tão preciosa que não existiam palavras para descrevê-la. No entanto, se vocês pensam que passei aqueles dias embasbacado, desnorteado ou atordoado, estão enganados. Houve um momento em que fiquei embasbacado, sim, mas durou apenas um dia, o primeiro, no impacto com a imponente beleza da casa de Astel.

A entrada enorme. O salão majestoso, não uniforme, romântico. O piano de cauda. Os sofás – não um, mas dois, três, quatro. O televisor *a cores*, com controle remoto *por ultrassom*, que captava os programas da Tele Capodistria.[11] O chão de mármore xadrez. Os cinzeiros de prata nas mesinhas. Os quadros incompreensíveis nas paredes. As janelas imensas, as cortinas solenes, as plantas brilhantes nos cantos, as flores nos vasos. A grande escada helicoidal. O jardim nos fundos, com aquela exuberância de pinheiros, magnólias, oleandros e um cedro secular com uma casinha de madeira entre os galhos. A adega, lúgubre e fria, onde imaginávamos que estivesse instalado o cérebro de Donovan para nos dominar. Os banheiros, cheios de mármore e luzes invisíveis. O botão em todos os cômodos, que fazia soar uma campainha na cozinha, com um número que se acendia para indicar de que canto da casa estavam chamando. A cozinha, onde sempre havia o aroma de algo sendo preparado; ora o tomate para temperar a massa, ora o rosbife, ora um creme para rechear o doce do nosso lanche. Um telefone em cada cômodo: na sala era preto, de baquelite;

---

[11] Canal de televisão esloveno com sede em Koper (Capodistria em italiano). (N. T.)

na cozinha, vermelho e preso à parede; no quarto de Astel, um que se dobrava em dois como um livro, com tirinhas dos *Peanuts* estampadas em cima. O quarto de Astel. O som estéreo de Astel. A coleção de discos de Astel...

    O fato é que eu nunca havia sequer suspeitado que pudesse existir uma casa assim, até porque, com efeito, a casa de Astel era uma espécie de paraíso escondido, que externamente não ostentava a própria magnificência; ao contrário, ocultava-a atrás de uma fachada bastante comum e de muros altíssimos de tijolos ao redor do jardim. No primeiro dia, Astel me mostrou tudo durante o passeio que me obrigou a fazer pela casa e que, sim, me deixou embasbacado, mas realmente era para deixar embasbacado um garoto que sempre acreditara que a prosperidade da sua família fosse a máxima possível no mundo. No entanto, o que mais me emocionou no primeiro dia não foi uma questão de beleza ou de prosperidade, e sim o fato de que, da casinha de madeira construída no cedro, dava para ver o terraço da minha casa. Astel me disse para segui-la pela escadinha de corda – aliás, ensinou-me a fazê-lo, já que era preciso pisar em um degrau com a ponta de um pé e em outro com o calcanhar, do contrário a escadinha entortava; e, assim que chegamos à plataforma, ordenou que eu fechasse os olhos; depois, com as mãos, girou meu corpo para orientá-lo e, por fim, disse-me para abri-los – e nosso terraço estava ali, um pouco oblíquo, como se tentasse fugir da casa, coberto pela modesta telha ondulada e translúcida, apoiada em três postes de ferro, orlado com sua balaustrada abaulada e vigiado pelo pinheiro que alguns anos antes eu quase incendiara na tentativa de queimar algumas de suas agulhas. Fiquei perplexo. Não tinha me dado conta de que nossas casas fossem tão próximas: o acesso a elas se dava por duas ruas diferentes, uma perpendicular à outra, e isso, na minha cabeça, mantinha-as distantes, mas naquele momento eu descobria que davam uma para a outra, uma vez que entre elas havia apenas jardins. Bastava ganhar altitude para superar a proteção produzida pelo muro, e o terraço estava ali, as paredes da minha casa estavam ali, a janela do banheiro estava ali.

Era a primeira vez que eu via de fora algo que estava habituado a ver exclusivamente de dentro, e essa foi outra lição: eu me dava conta, por exemplo, de quanto era pequeno aquele terraço onde meu pai grelhava o peixe e, nas noites de calor, até jantávamos, deslocando para lá a mesa e as cadeiras da copa; onde eu e Gilda tínhamos brincado de tudo, durante anos, sem nunca termos a impressão de que era um espaço tão apertado. Foi como perceber de repente a escala na qual, até então, tinha se desenvolvido minha existência: o mundo no qual eu sempre vivera era minúsculo; meu pai e minha mãe, que eram os soberanos desse mundo, fora dele eram figuras que quase não ocupavam nenhum espaço; Gilda, tão vistosa, tão esperta e desafiadora, era um nada. E, como se Astel tivesse combinado com elas, minha mãe e minha irmã até apareceram de repente, ocupadas com algo que não deu para entender o que era, mas que as fazia sair para o terraço, depois entrar em casa, e sair e entrar de novo várias vezes. Fiquei comovido ao vê-las, porém, mais ainda ao ouvir Astel dizer que tinha me visto muitas vezes assim nos anos anteriores. Também tinha me visto nos três dias anteriores, quando eu não a vira por conta do áfrico que nos impediu de ir à praia.

Temo que essa tenha sido a primeira das muitas ocasiões nas quais Astel esperou que eu a beijasse, pois, de fato, lá em cima, na casinha no cedro, assim que eu soube ter sido observado tantas vezes como naquele momento estava observando minha mãe e minha irmã, ela, como sempre tão próxima que eu podia sentir sua respiração em meu rosto, o coração em disparada martelando no meu peito, realmente havia tudo para que eu a beijasse – tudo menos eu, que nem sequer fui capaz de conceber essa opção, de tão preocupado que estava por não saber como fazê-lo. Afinal de contas, será que eu deveria mesmo enfiar a língua na sua boca? E se Carlo Cuomo tivesse me dito uma bobagem? E se ela sentisse nojo? Eu não estava pronto. Não estava pronto.

    Nesse primeiro dia, ficamos por um bom tempo lá em cima, na casinha no cedro, olhando para o meu terraço, para os outros jardins, para o céu estriado de nuvens, uma faixa de mar arranhada pela brisa da tarde, mas, sobretudo, olhando um para a outra, cada um esperando que o outro tomasse a iniciativa sem que nenhum dos dois o fizesse. E não foi doloroso – ao contrário: constatar que ela também não estava pronta foi um alívio e me permitiu desfrutar ainda mais profundamente da sua beleza, imprimi-la na memória de um modo tão indelével que ainda hoje a revejo por inteiro: as trancinhas brilhantes com as fitas coloridas, os veios dourados no fundo preto dos olhos, a boca semicerrada, benévola, os dentes muito brancos, imaculados, perfeitos. Se me pedissem para dizer qual foi o único momento do início da minha vida em que fui mais feliz, eu diria que foi esse. No cedro. Olhando Astel de perto. Sem beijá-la.

    Gilda me perguntava o que éramos. Eu não saberia lhe responder hoje, imaginem naquela época. *O que éramos*. Estávamos apaixonados. Não estávamos prontos para nos beijar, mas estávamos para experimentar toda aquela felicidade. E nos apaixonamos separadamente, cada um por conta própria, quase sem perceber. Vale lembrar como havia acontecido comigo: eu tinha me apaixonado por Astel ali, em Fiumetto, quando ela não estava presente. Quando eu estava em Vinci, em junho, nos dias transcorridos no jardim ou no meu quarto, ouvindo repetidas vezes *The Cat*, ou lendo a *linus*, ou brincando com as palavras preferidas, não estava apaixonado por ela. Astel simplesmente fazia parte de uma paisagem amena e familiar à qual, como em todo verão, eu desejava me unir; era a paisagem de Fiumetto, das férias, da praia, do mar, e dela não havia nada que eu desejasse além do desejo daquele cenário. Mas quando nos revimos – ela de volta de suas férias de estudo na Inglaterra, e eu retornando das primeiras semanas insossas das minhas férias –, já estava caidinho por ela. Dia após dia, diante do doloroso espetáculo do seu guarda-sol deserto, lutando com o temor de ter de conceber o mundo sem ela – portanto, antes de revê-la tão mudada, crescida e bonita e antes de descobri-la tão surpreendentemente interessada em mim: ali me apaixonei. Ou talvez seja mais correto dizer que, naquele intervalo, percebi que estava apaixonado por ela, pois, sem dúvida, o sentimento já crescia dentro de mim havia algum tempo e só se manifestou quando me dei conta de quanto me afligia a ideia de ter de renunciar a ela. Isso é importante. Não me apaixonei por sua ausência, não posso me consolar dizendo isso; ao contrário, sua ausência foi o abismo que me permitiu medir a profundidade do meu amor, fazendo-o aflorar de repente e conferindo esplendor à sua presença. Um amor que ainda hoje levo muito a sério, e não apenas porque o amor nessa idade deve ser sempre levado a sério, mas porque o senti pulsar em cada fibra do meu corpo e sei que foi uma verdadeira revolução: embora eu tivesse entendido que aquela frase do tio Giotti se referia a ele próprio, eu continuava a me sentir renascido.

Eu disse muitas vezes que antes daquele verão eu não era nada, e é verdade, assim como é verdade que, depois dele, tornei-me o garoto ao qual aconteceu o que estou para contar a vocês; mas, naqueles dias de agosto passados com Astel, tive tempo de experimentar uma felicidade que nunca pude esquecer e graças à qual não me tornei insensível demais nos anos de resignação. Tive tempo de amar de verdade, para dizer do modo mais simples de todos – e somente por isso fui capaz de amar de novo.

19.

Eu disse que, para não decepcionar Astel, sempre me empenhava nos limites das minhas forças: é verdade, e devo repeti-lo. Disse igualmente que, naqueles dias, não fiquei ali parado, embasbacado, mas fiz minha parte para torná-los tão bonitos: isso também é verdade e deve ser repetido. Com o pouco de que eu dispunha, consegui acompanhá-la em seus inúmeros interesses, em sua vitalidade, em seu fervor, e sempre encontrei um modo de não causar má impressão. E, de fato, nunca a senti escapar à procura dos garotos mais velhos, dos quais eu sentia ciúme; e nunca senti que eu mesmo escapava daquela terra encantada, sugado pela minha pequenez. Há mais uma razão que tornou aqueles dias inesquecíveis: ainda que eu fosse pouca coisa, conseguia me colocar por inteiro em cada instante que passava com ela. Nunca mais me aconteceu de não desperdiçar nem uma gota sequer de mim mesmo, e estou convencido de que um privilégio como esse ocorreu muito raramente também a vocês.

Claro, alguns acertos se deram por pura sorte, mas o fato de eu me encontrar ali, ao sabor dos acontecimentos, em condições de aproveitar aquela sorte, foi um ato de coragem. Digo isso a mim mesmo, mas é verdade: eu ouvia a vozinha me intimar a fugir, a brincar sozinho com minhas bolinhas, a me empanturrar de figurinhas, a repetir as palavras olhando para a parede do meu quarto sem me expor a uma desilusão que poderia ser atroz – eu a ouvia, mas não lhe dava crédito.

Astel era apaixonada por música. Tinha uma coleção de não sei quantos 45 rotações e um toca-discos mais bonito que o meu, mas também tinha uma boa quantidade de LPs e um som estéreo incrível para ouvi-los, um cubo branco que se abria e tinha de tudo: vitrola, toca-fitas, rádio, rádio a cabo e caixas acústicas. Todos os seus discos eram de música inglesa ou americana, e naturalmente ela queria entender o que diziam as letras. Naquela época, eu tinha apenas *The Cat*, que, no entanto, era uma música instrumental, mais quatro discos que o tio Giotti tinha me dado de presente, dos quais dois eram italianos: os outros dois eram americanos, mas eu ainda não os tinha ouvido porque meu toca-discos tinha ficado em Vinci. Essa – ou seja, zero – era minha bagagem em termos de música inglesa e americana. Mas era sempre a mesma história: eu sabia inglês, e ela achava que eu poderia explicar o sentido de todas as canções. Não era bem assim, algumas realmente eram incompreensíveis, não era uma questão de saber ou não inglês. Por exemplo, o primeiro 45 rotações que ela pôs para eu ouvir e que tinha acabado de receber da Inglaterra, enviado por uma menina de Cambridge que ela havia conhecido durante as férias: *Virginia Plain*, da banda Roxy Music. Não entendi nada e disse a ela, fui sincero, mesmo temendo que, por causa disso, Astel pudesse perder o interesse por mim. Entretanto, ela revelou que a amiga inglesa que o enviara também não tinha entendido nada – até escrevera isso no bilhete que acompanhava o disco, *Incomprehensible lyrics, irresistible groove*.[12]

---

[12] Letra incompreensível, ritmo irresistível. (N. T.)

Mas Astel não sabia se acreditava nisso e quis confirmar comigo: ou seja, eu estava *acima* da sua amiga inglesa, e, quando lhe confirmei que também não tinha entendido, toda a sua dúvida se dissipou.

Graças a esse golpe de sorte, pude viver com certa fleuma até mesmo o fracasso, dizendo o mesmo de todas as canções que não conseguia entender: "A Whiter Shade of Pale", da banda Procol Harum, ou "American Pie", de Don McLean, ou ainda "Cygnet Committee", do seu ídolo David Bowie: ILIG, dizia eu, ou seja, justamente *incomprehensible lyrics, irresistible groove*. Astel ria e confiava. De resto, como eu poderia entender aquelas canções? Nos anos seguintes, cheguei a ler algumas declarações dos compositores, e eles próprios diziam que não lembravam por que tinham escrito aqueles textos, a que estavam se referindo e com quais intenções – no final das contas, algo bastante normal, considerando o regime de liberdade criativa e de alteração mental que os havia gerado. Ou então revelavam que tinham sido inspiradas em personagens e situações históricas que eu não podia conhecer, como a morte de Buddy Holly, o fracasso dos ideais do movimento hippie ou as citações de Andy Warhol: como eu poderia saber dessas coisas aos doze anos? Portanto, descobri que aquela prova aparentemente atroz não o era nem um pouco: se eu não entendia uma canção, ela era tachada de ILIG e ouvida apenas pela música, sem nenhuma pretensão de compreensão da letra. E dançada, sobretudo, porque a maior paixão de Astel era dançar.

Tinha um quarto muito grande no primeiro andar, com uma espécie de bolha de vidro que dava para o jardim e o inundava de luz e de reflexos coloridos, e que na ocasião aprendi que se chamava *bow window*. Reunindo todo o necessário naquele espaço – toca-discos, discos, caixas etc. –, tínhamos espaço de sobra no centro do quarto: da primeira vez me pareceu até demais, mas era perfeito justamente para dançar. E se pensar nela ali dentro, nas tardes de inverno, dançando sozinha na luz sarapintada pelas gotas de chuva que escorriam pelos vidros da *bow window* podia até dar certa tristeza, as tardes de agosto que passei ali com ela eram exatamente o contrário: eram a quintessência da alegria de viver – uma alegria contagiante, uma vez que eu dançava com ela. Também nessa ocasião, quando ela pegou minhas mãos pela primeira vez e me puxou para o meio do quarto, ouvi a vozinha dizer "não, você não", acompanhada pela tentação de me enrijecer e me tornar pelo resto da vida um daqueles que, nas festas, não dançam e ficam afastados, observando os outros: mas não fui atrás dessa voz. Ao contrário, fui atrás de Astel, abandonando-me ao seu chamado e deixando que um novo eu viesse ao mundo – um Gigio Bellandi que dançava, sim, livre e sem peso como ela parecia ser. Lembro-me de tudo como se fosse hoje: ela pegando o disco, e o disco é *Cocker Happy*, de Joe Cocker; ela me dizendo que aquele disco não existe na Itália, sem me revelar como o conseguiu; ela colocando o disco em seu som estéreo de ficção científica, a agulha que começa a farfalhar, o piano que inicia "Hitchcock Railway", seus braços que se apoderam dos meus, a força doce e esmagadora com a qual me puxam para o centro do quarto e começam a me fazer rodopiar com força cada vez maior; depois, minha cabeça que gira mais do que eu, seu rosto desfocado e sorridente, suas trancinhas que se expandem como as cadeiras voadoras do parque de diversões, a música que parece feita para a ocasião e para nós, e a força centrífuga que nos lança diretamente para a cama quando a canção termina – suados, ofegantes e novamente incapazes de nos beijarmos, embora fosse outro momento perfeito para fazê-lo. Ficamos ali um momento, nos olhando, enquanto começa a tocar "She Came in Through the Bathroom Window", e voltamos a dançar quando o solo de guitarra entra miando.

Também de "Hitchcock Railway" ela quis saber o que dizia a letra. Também de "Hitchcock Railway" lhe respondi ILIG – e, apesar da beleza dela, da canção, do quarto, daquela tarde e da vida inteira, o que lembro com mais saudade é justamente a docilidade com que Astel se contentou com a minha resposta, sem mágoa, aceitando minha incompletude de garoto de doze anos, minha ignorância, minha incapacidade de satisfazê-la. A mensagem mais bonita do mundo: você não sabe, tudo bem, mas *não importa*.

De resto, também aquela era uma canção impossível de entender – a mais clássica das ILIG, para dançarmos juntos até perder o fôlego e continuar a dançar também as outras canções daquele disco estrepitoso, sem nos preocuparmos em entender o que diziam. Aonde vai aquele trem? Por que a garota entra pela janela do banheiro? Como morreu Marjorine? Quem é a garota do Delta? Sei lá... Não tinha importância, porque mesmo sem entender *Cocker Happy*, ele também nos fazia felizes; aliás, tornava-se o símbolo da felicidade por excelência – e assim permaneceu para mim: não o ponham para tocar sem me avisar antes porque começo a chorar.

Mas também dançávamos outras canções, pois, como eu disse, Astel tinha muitos discos: "Fly Me to the Earth", "I gotcha", "Woman Is the Nigger of the World", "Immigrant Song", "Brown Sugar", "Day Tripper", "Lady Madonna", "Telegram Sam" e outras ainda, cujo título não lembro – "Black Magic Woman", claro –, mas basta eu ouvir algumas batidas para me ver ali com ela, em seu quarto, em Fiumetto, em agosto de 1972, todo suado às três e meia da tarde.

Dançávamos algumas canções repetindo a ciranda de "Hitchcock Railway", em outras, inventávamos movimentos esquisitos para o corpo, a cabeça e as mãos, e nessas ocasiões eu não me limitava a imitá-la: às vezes, fechava os olhos, deixava-me levar, começava a me mover como um selvagem, sem sentir vergonha, e, quando os reabria, via os mesmos movimentos repetidos por ela – ou seja, era ela que me imitava.

Depois, havia as músicas lentas, que dançávamos abraçados, e a cada vez era um beijo perdido: "Lady Stardust", "Space Oddity", "Life on Mars?", "Cygnet Committee", do seu ídolo; "A Whiter Shade of Pale", "Homburg", "A Salty Dog" (ela também adorava Procol Harum); "Imagine", "Michelle", "Girl", "Without You", "You've Got a Friend", "Tapestry", "The First Time Ever I Saw Your Face", "Your Song", "Wild World", "The Only Living Boy in New York". Depois havia "Eloise", de Barry Ryan, completamente diferente das outras, pois não era fácil dançá-la, uma vez que mudava o ritmo três vezes, mas era acompanhada por uma história repleta de curiosidades. Estava escrito em um artigo recortado de não sei qual revista inglesa, igualmente enviado por uma amiga e que Astel havia traduzido, mas não conseguia acreditar no que havia descoberto, e me pedia que confirmasse: Barry tinha sofrido queimaduras graves no incêndio deflagrado em um estúdio em Munique, onde estava gravando um disco? Estava certo? Sim, estava certo. E tinha passado por inúmeras cirurgias para a reconstrução dos tecidos faciais antes de voltar para casa? Sim, correto.

(Havia também uma foto de Barry Ryan em uma cadeira de rodas, todo enfaixado como uma múmia, com aberturas apenas na boca, no nariz e nos olhos.) E nessas cirurgias de reconstrução tinham *transplantado no rosto camadas de pele retiradas das suas nádegas?* Astel não conseguia acreditar nisso. Confirmei, ela havia traduzido corretamente, tinham transplantado a pele das nádegas no rosto dele. E no rosto dela se formou uma expressão que nunca esqueci, uma dissolução brusca do horror e da compaixão em uma risada despudorada que, evidentemente, na minha presença, podia liberar-se sem sentir vergonha. "Mas então", comentou, "dele se pode realmente dizer que..." Não o disse, nem eu o fiz, mas desatamos a rir com tanto gosto que, naquela noite, antes de dormir, eu me senti culpado. Apesar disso, continuamos a rir nos dias seguintes quando ouvimos "Eloise", que, no entanto, tinha uma letra dramática e muito fácil de entender, na qual um homem desesperado passa todas as noites debaixo da janela dessa Eloise e lhe grita o próprio amor com o coração despedaçado, chora, implora e lhe pede de joelhos, mas ela, nada – e quanto mais esse sujeito se desesperava, mais tínhamos vontade de rir, pensando no transplante.

    Depois havia as letras que eu entendia e traduzia para ela. Também nesses casos fui amparado pela sorte, pois quase todas as canções que mais lhe interessavam falavam de astronautas e voos espaciais: "Space Oddity", "Life on Mars?", "Starman" e "Lady Stardust", de David Bowie; "Rocket Man", de Elton John; "Point Me at the Sky", de Pink Floyd – Astel se sentia muito atraída pelo eco da solidão cósmica. E todas aquelas canções não apenas eram muito bonitas, mas também tinham letras muito mais lineares e simples de serem traduzidas – muito mais familiares para mim, que, do sofá da sala de casa, tinha visto na TV Armstrong e Aldrin passearem na Lua. De resto, era assim para todo mundo naquela época: vá falar hoje sobre o espaço com um garoto, e você verá que ele não está nem aí, mas naquela época estávamos todos interessados naquele mistério que parecia a ponto de se revelar e em todas as aventuras que ele podia produzir: a humanidade que emigrava para outros planetas; os alienígenas bons que traziam paz para a Terra; os maus que a invadiam; a matéria que representava apenas cinco por cento do universo. E, sobretudo – eis a sorte –, eu tinha algo para lhe dar em troca, eu tinha *O Eternauta*: tinha apenas isso, vocês sabem, mas era perfeito para causar uma boa impressão. Em suas idas e vindas, meu pai me trouxera de Vinci a *linus* de agosto, que continha o último episódio, fascinante, cheio de robôs, alienígenas monstruosos e viagens no tempo, e pude brilhar contando a ela o primeiro episódio, para depois lhe dar os outros dois que tinha comigo em Fiumetto. Eis que, de novo, em vez de rastejar atrás de uma garota bem mais avançada, eu me encontrava na mesma altura que ela, colhendo os mesmos frutos que ela colhia: ela, que inseria *O Eternauta* em meio às suas canções preferidas, e eu, que inseria essas canções na minha história em quadrinhos preferida. Não me pareceu necessário especificar que era a única que eu realmente tinha lido do começo ao fim – e talvez agora esteja mais claro o que eu entendia ao dizer que com Astel me empenhei de corpo e alma, sem desperdiçar nem uma gota sequer de mim mesmo.

    Depois houve um último golpe de sorte, quase inacreditável, como se o que estávamos vivendo tivesse sido escrito por alguém que adorava coincidências. Uma tarde ela me levou para a sala, a fim de me mostrar os discos dos seus pais em uma estante de madeira muito elegante, ao lado de um aparelho de som estéreo ainda mais extraordinário que o seu, e me disse que, enquanto sentia uma espécie de aversão carinhosa pelos discos do seu pai (a maioria era de coletâneas de Fausto Papetti e Santo & Johnny), achava interessantes os da sua mãe, quase todos de artistas africanos ou afro-americanos, nos quais se percebiam os traços de uma juventude vivida, disse, segundo o princípio de um "Black Power bem-educado". Disse assim mesmo, sem dar outros elementos para que eu elaborasse minha compreensão. Era a primeira vez que eu ouvia mencionar a expressão *Black Power*, mas já tinha visto John Carlos e Tommie Smith nas Olimpíadas da Cidade do México levantarem o punho durante a premiação dos 200 metros rasos e, com um pouco de imaginação, como a mãe dela e os músicos dos seus discos preferidos eram negros, aventurei-me a interpretar o que ela queria dizer: que sua mãe era, sim, uma bela senhora burguesa, elegante e discreta, mas também era etíope e, desde que não ultrapassassem os limites da "boa educação", ela se deixava envolver pelas manifestações de orgulho africano e de luta contra o racismo. E aqui surgiu a coincidência inacreditável. Astel pegou na estante meia dúzia de discos e me mostrou, dizendo que aquele era o ídolo da sua mãe: Harry Belafonte. Era o ídolo da sua mãe, disse, porque, além de ser negro e muito bonito e de fazer uma música suave como ela gostava, era um ativista contra a discriminação racial e organizava programas de apoio à Etiópia. Ela o tinha ouvido algumas vezes, quando a mãe pusera o disco para tocar, e não era ruim.

Já eu não ouvira nem uma única nota das canções de Harry Belafonte, mas seu nome me envolvia diretamente, pois eu tinha um disco dele: era um dos que o tio Giotti me dera de presente, e, se o título era o que eu lembrava, tratava-se de algo mais que mera coincidência, e eu não podia deixar de mostrá-lo a Astel.

Fiz uma coisa típica de adolescente de dezesseis anos: disse a ela para não se mexer e saí em disparada para casa – tudo bem, era só dobrar a esquina, mas era preciso fazer isso em uma dimensão espaçotemporal totalmente diferente, em um universo paralelo no qual, naquele horário, obedecia-se ao imperativo categórico do descanso vespertino, e, de fato, ao entrar no quarto, acordei Gilda, que cochilava, e fiz a maior bagunça até achar o disco, e o título era o que eu lembrava; então voltei de imediato para a casa de Astel, sempre correndo, gritando para minha mãe, perplexa, que estava tudo em ordem e nos veríamos na praia mais tarde, como sempre. (Na época, era assim que eu imaginava o comportamento de um garoto de dezesseis anos.) Depois, ofegante, segui Astel até o quarto dela, acompanhado pelo olhar vigilante de Primetta, a cozinheira, que com ela tinha me esperado junto ao portão. Uma vez no quarto, dei-lhe o disco: estava envolvido em uma capa genérica de papelão branco, sem imagem nem escrita, por isso Astel ainda não sabia do que se tratava. Pedi-lhe que fechasse os olhos e o colocasse no toca-discos sem ler a etiqueta, como se fosse um jogo, e ela obedeceu, achando divertido. Nem eu mesmo fazia a mais pálida ideia do que ouviríamos, mas sabia que era um disco de Harry Belafonte, sabia que havia sido um presente do tio Giotti e sabia que se intitulava *Scarlet Ribbons*, e isso era suficiente para me fazer sentir literalmente dominado por uma espécie de – não sei como defini-la de outro modo – êxtase divinatório. Eu não sabia nada, mas sabia tudo.

O disco começou a produzir um chiado muito forte, a marca sonora deixada sabe-se lá por quantas reproduções anteriores, feitas sabe-se lá por quem, sabe-se lá onde, ao longo de sabe-se lá quantos anos, mas estava claro como o ar que a reprodução mais importante ao qual estava destinado era a que acabara de começar.

Um arpejo de violão. A voz perfeita de Harry Belafonte, que eu ouvia pela primeira vez, mas, ao mesmo tempo, conhecia desde sempre, fosse porque talvez já a tivesse de fato ouvido – não é uma voz que se esqueça –, fosse porque provavelmente o tio Giotti já a tinha ouvido muitas vezes por mim, em seus anos impensáveis na América ou em sua casinha em Ginestra Fiorentina, em cima da adega. E tudo o que aquela voz cantava, cada palavra, eu compreendia como se já conhecesse, graças à concentração suprema que, sem nenhum esforço, conseguia reservar ao que ocupava meus sentidos naquele momento, fora do alcance da metralhadora do pensamento: a brisa fresca que entrava pela janela; o rosto de Astel, que ouvia a canção de olhos fechados; e os versos daquela canção, que se revelavam exatamente como eu tinha certeza de que seriam, simples e puros, escritos sob medida para ela.

– Você já conhecia essa música? – perguntei quando a canção terminou.

Astel reabriu os olhos e fez que não com a cabeça.

– Não.

– Gostou?

– É linda.

– Reconheceu quem é?

– Não.

– É Harry Belafonte. É uma canção de ninar de Harry Belafonte. Fala de um milagre.

Mais uma vez, eu aprendia e ensinava ao mesmo tempo.

– De um milagre?

— Sim. Quer que eu traduza para você?
— Dá?
— Claro que dá.
— Não é ILIG?
— Nem um pouco.

Pus de novo o disco no aparelho e, com um fio de voz, comecei a sussurrar no ouvido dela a tradução em italiano do que Belafonte estava cantando. A primeira tradução realmente importante que fiz na vida.

*Espiei para lhe dar boa-noite
e ouvi minha menina pedir em oração:
"... e, para mim, fitas vermelhas,
fitas vermelhas para os meus cabelos".
Todas as lojas estavam fechadas;
as ruas, escuras e desertas;
nada de fitas vermelhas em nossa cidade,
nem uma fita sequer para seus cabelos.
Meu coração doeu por toda a noite,
mas, antes que rompesse o amanhecer,
espiei de novo, e em sua cama,
espalhadas em alegre profusão,
lindas fitas, fitas vermelhas,
fitas vermelhas para seus cabelos.
Nem se eu viver cem anos
saberei de onde vieram
aquelas lindas fitas vermelhas,
aquelas fitas vermelhas para seus cabelos.*

Não a beijei nem mesmo dessa vez, mas toquei seus cabelos. Pela primeira vez, toquei aquelas suas trancinhas fabulosas — finas, elásticas, mornas, compactas e macias ao mesmo tempo, cintilantes sob a luz, escuras como ônix preto e decoradas com fitas coloridas. É difícil descrever a sensação de elevação provocada por aquele contato, pois agora, aqui, enquanto escrevo, estou muito distante daquelas altitudes: seria como me pedir para descrever um balão que escapou da mão de uma criança enquanto desaparece no azul do céu.

Nem ela me beijou: também tocou meus cabelos – mas, para ela, não era a primeira vez.

20.

Eu poderia dizer que o tempo voou, porque é verdade: voou. Mas é uma verdade ainda maior que aquele tempo foi pouco, um sopro apenas – o tempo da minha vida no qual perdi todo interesse por tudo o que não fosse Astel Raimondi.

Meu pai ia e vinha, mas mesmo quando ele dormia em casa eu não me punha a ouvir atrás da porta, nem espiava minha mãe quando estava sozinha, tampouco continuei a procurar na praia pelo *voyeur* de binóculo, pois não me importava mais. O Grande Prêmio da Áustria de Fórmula 1? Nem me preocupei em saber como tinha terminado. O Troféu Matteotti de ciclismo? Depois da surra do mundial, nem mesmo o ciclismo me interessava mais. A sequência de partidas exemplares com as quais Fischer se aproximava do título mundial? E quem ainda pensava em xadrez? Continuei a comprar as figurinhas dos Campeões do Esporte, isso sim, mas só porque a banca ficava no caminho para a praia e porque, bem, não dava para se desinteressar das Olimpíadas. E foram justamente as Olimpíadas que acabaram com os dias mais bonitos da minha vida – produzindo outros aparentemente mais bonitos, mas só porque eu ainda não tinha descoberto que, como diz o provérbio, o ótimo é inimigo do bom.

De novo, foi Lucido Raimondi quem produziu a mudança, uma manhã em que voltou a aparecer na praia:

alguma coisa fazia dele o *deus ex machina* desta história. Meu pai também estava presente, porque era sábado, mas não pôde levar o *Tivatù* para a água porque o mar estava agitado, e Gianfranco havia sido taxativo – *Nein!* Os dois guarda-sóis estavam com ocupação plena, mas, exceto por Astel e por mim, que líamos um texto na *linus* – porque, além das histórias em quadrinhos, Astel também lia os artigos, aqueles que eu pulava –, não havia interação entre as duas famílias. Nós dois estávamos sentados na areia, nossos corpos se tocavam, estávamos arrepiados, eu respirava o odor quente das suas trancinhas, que dessa vez traziam apenas fitas vermelhas. O artigo nos interessava porque era um bate-pronto muito polêmico entre dois tradutores sobre o modo como eram traduzidas as letras das canções, mas estava escrito em caracteres muito miúdos, e, como tínhamos dificuldade para lê-lo, Astel inventou de usar os óculos do seu pai como lente de aumento. O truque funcionou, mas seu pai pediu os óculos para ler algo no jornal e, logo em seguida, disse em voz alta que naquela tarde haveria a cerimônia inaugural das Olimpíadas e, como a Rai a transmitiria experimentalmente em cores, estávamos convidados para vê-la na casa deles. Era um convite ao qual não se podia dizer não, embora eu ache que nenhum de nós estivesse interessado naquela cerimônia. Minha mãe e Gilda certamente não estavam; para elas, as Olimpíadas poderiam muito bem não existir que a vida delas não mudaria nem uma vírgula; nem a senhora Raimondi, que não parecia diferente delas; nem meu pai, para o qual o esporte deveria ser praticado, não visto na TV, muito menos nas tardes de verão, quando se estava na praia; nem Astel, que tinha interesses muito intensos, mas o esporte não fazia parte deles; e, por fim, nem eu, porque essas cerimônias não eram esporte e me entediavam. Lucido Raimondi, por sua vez, estava convencido de que aquele era o evento mais importante das Olimpíadas e por isso nos convidou, e fomos os quatro assistir a ele em sua casa, na sala, onde justamente se encontrava a TV em cores. Aquela cerimônia pode até não ter sido o evento mais importante dos Jogos Olímpicos, mas sem dúvida foi o mais colorido.

Não é fácil explicar a emoção produzida pelas imagens que vimos naquela tarde, apesar do escasso interesse que nutríamos pelo evento; e não estou falando apenas de mim, estou falando de todos. Não é fácil explicar o que se sentia ao ver a pista de atletismo em cores: vermelha! E o campo de futebol: verde! E o céu: azul! E as bandeiras: coloridas! E os uniformes dos atletas que desfilavam: de diversas cores! É inútil tentar, não é possível. Deixo que os pontos de exclamação façam o trabalho, pois, naquela tarde, as cores na tela eram realmente exclamações, de admiração e de raiva, pelo menos para mim, porque parecia absurdo ter de se admirar ao ver as cores só porque a televisão em branco e preto sempre as tirara de nós.

O que na realidade vimos foram as cores. E, inserida entre elas, também estava a cerimônia, mas cada um a viu como bem entendeu. Gilda, por exemplo, não estava nem aí para ela, zero absoluto: preferia explorar a sala, estava mais interessada em me imaginar ali dentro, uma vez que era naquela casa que eu passava as tardes desde que deixei de passá-las com ela. E, como estava sentada ao meu lado, fazia-me perguntas em voz baixa: "Vocês assistem à TV em cores?", "Ficam neste sofá?", "A Astel toca aquele piano?", às quais eu não respondia. Depois dela, a segunda menos interessada na cerimônia era a própria Astel, que, no entanto, estudava com curiosidade os interesses dos outros, nitidamente divididos entre homens e mulheres, e de vez em quando comentava os comentários deles. Os dos homens eram mais esporádicos e, embora sempre centrados no milagre das cores, muito técnicos: a marca do televisor, o sistema de transmissão utilizado, a regulação dos tons e do contraste – e quem dominava todos eles era Lucido Raimondi, que desse modo revelava sua fraqueza humana: assim como meu pai era apaixonado por mar e eu por esporte, ele era pela tecnologia. Também apontou para seu majestoso aparelho Hi-Fi, na outra ponta da sala: uma maravilha feita de equalizadores, pré-amplificadores e amplificadores finais, com a qual ouvia os discos de Fausto Papetti, pois ele era um daqueles que via a música e as imagens como meros pretextos para divertir-se com os equipamentos que as reproduziam. Meu pai se limitava a fazer perguntas e a acompanhar as respostas com uma expressão absorta que, na realidade – eu o conhecia –, queria dizer que não estava nem um pouco interessado. Quando Lucido Raimondi julgou que a transmissão em cores da Rai era de má qualidade e mudou de canal com o controle remoto por ultrassom, ao apertar a tecla produziu um prodigioso chiado, ao qual meu pai fingiu estar habituado, mas, na minha opinião, estava ouvindo pela primeira vez. E, quando Lucido Raimondi afirmou que na Tele Capodistria, canal que havia selecionado, a saturação era muito melhor, meu pai concordou com ele, embora eu esteja convencido de que, como eu, não tenha visto nenhuma diferença – a não ser a de que a narração passou a ser em esloveno.

Os comentários das duas mães eram mais complexos. Eram femininos e superficiais enquanto se referiam aos trajes dos atletas, mas, quando passavam a criticar a composição das equipes, vibravam com o que Astel poderia ter chamado de "feminismo bem-educado". Na realidade, não estavam assistindo à cerimônia: reparavam nas roupas e verificavam quantas mulheres faziam parte das delegações nacionais.

A Grécia foi a primeira a desfilar, pois as Olimpíadas foram inventadas pelos gregos: só homens de paletó azul. Depois veio o Egito, pois em alemão se escreve *Ägypten*: só homens de paletó bordô. Em seguida – e todos foram pegos de surpresa –, foi a vez da Etiópia, porque em alemão se escreve *Äthiopien*: ternos tradicionais inteiramente brancos, considerados muito elegantes – mas também essa delegação contava apenas com homens. A senhora Raimondi se sentiu no dever de explicar que era muito difícil para uma mulher, na Etiópia, praticar esportes. Como se houvesse algo a ver, seu marido disse que os maratonistas etíopes eram incríveis e mencionou Abebe Bikila. A essa altura, eu também teria algo a dizer, uma vez que o porta-bandeira que tínhamos acabado de ver passar era Mamo Wolde, herdeiro de Bikila, medalha de ouro na maratona nas Olimpíadas da Cidade do México e favorito também em Munique. Eu tinha achado sua figurinha justamente naquela manhã e, embora estivesse mais do que claro que o assunto não interessava a ninguém, tive de me controlar para não fazer meu comentário.

Afeganistão: só homens. Albânia e Argélia: só homens. A primeira mulher desfilou pela Argentina: alta, loira, de paletó azul, minissaia celeste, meia-calça azul, bolsa preta a tiracolo, que foi muito ridicularizada ("O que estão carregando no desfile olímpico? A maquiagem?"), acompanhada por outras três atletas e seguida por um numeroso grupo de homens. Isso também não era bom: a Argentina era um grande país e estava levando aos Jogos Olímpicos apenas quatro mulheres e, ainda por cima, de bolsinha – que vergonha! Mas então chegou a vez da Austrália, e eis que finalmente apareceram mulheres de cabelos loiros, castanhos e pretos, vestido amarelo até os joelhos, boininha verde *à la* Robin Hood e sem bolsinha: era impossível contá-las, e por essa razão a Austrália agradou às duas mães. Já eu comecei a divagar, pensando que entre aquelas atletas estava Shane Gould, a garota fora de série que disputaria as medalhas com Novella Calligaris. Shane era pouco mais velha do que eu, mas já tinha batido o recorde mundial em várias distâncias em estilo livre. A figurinha a retratava sentada, com o paletó verde da seleção australiana, a cabeleira loira, molhada e despenteada, as mãos no colo e os olhos voltados para cima, como os dos santos. Tentei reconhecê-la no meio do grupo, mas não consegui. O fato é que minha paixão pelas Olimpíadas, que havia perdido força nas últimas semanas, voltou a despertar de repente, e a expectativa de acompanhá-las, competição por competição, de reconhecer seus protagonistas, de vê-los realizar grandes feitos e de ouvir os hinos nacionais explodiu de uma só vez: a ideia de que, a partir do dia seguinte, eu poderia vê-las em cores me deixou entusiasmado.

Outra equipe que se apresentou com muitas mulheres foi a da DDR, ou seja, da Alemanha Oriental: estavam vestidas com quatro cores diferentes – laranja, verde-ervilha, roxo e amarelo-limão –, enquanto os homens apareciam de paletó azul-claro, camisa e calça preta e gravata laranja, compondo uma palhaçada que parecia uma homenagem a nós, selvagens, que víamos pela primeira vez as cores na TV. O pai de Astel parou por um momento de falar de assuntos tecnológicos e fez uma observação política: a Alemanha comunista, disse, estava desfilando no coração da Alemanha livre e, para se redimir do próprio cinza (afirmou que estivera na Alemanha Oriental e que o país era de uma desolação sem fim), apresentava-se ao mundo como a nação mais colorida. Era típico dos comunistas, continuou – e acrescentou algo que não entendi porque, na realidade, eu não o ouvia, uma vez que já havia sido tomado pela minha recaída. Com efeito, de todos os países, a Alemanha Oriental foi o que me pareceu mais sugestivo e misterioso, e me concentrei nos campeões que desfilavam, irreconhecíveis apesar das figurinhas. Ali no meio, pensei, estaria Wolfgang Nordwig, atleta do salto com vara que no ano anterior tinha ganhado a medalha de ouro no Campeonato Europeu em Helsinki, quando Renato Dionisi ficara com o terceiro lugar; estaria Jörg Drehmel, do salto triplo, igualmente campeão europeu; estariam as equipes de canoagem, todas muito fortes; e estaria Roland Matthes, o rei do nado de costas, campeão olímpico e mundial, além de detentor do recorde mundial tanto dos 100 quanto dos 200 metros. Mas Astel entendeu o que seu pai disse: de repente, levantou-se e me ordenou – não era um convite, era realmente uma ordem – que subisse com ela ao seu quarto para ouvir um pouco de música, pois já estava entediada de assistir à cerimônia. Assim, diante de todo mundo, deixamos a sala e subimos ao andar de cima, e ninguém parece ter dado importância a esse fato, exceto Gilda, que nos acompanhou com um olhar solene.

 Uma vez no quarto, Astel desabafou – aliás, primeiro pediu desculpas, depois desabafou por causa da fala do seu pai. Confessou que sentia uma enorme vergonha do que ele havia dito, que era um fascista e que ela não suportava quando ostentava isso daquele modo – e, obviamente, referia-se justamente ao que eu não tinha entendido, mas não me pareceu o caso de lhe pedir para repetir. Por outro lado, sua reação brusca se mostrava providencial para arrastar-me para longe da minha obsessão, pois, no fim das contas, o que eu tinha era uma obsessão: antes, eu não conseguia perceber, simplesmente fazia algo de que gostava e, ao fazê-lo, não tinha nada a perder; mas agora ela, Astel, existia, tinha posto no mundo um Gigio Bellandi completamente novo, tratava-me como nunca ninguém havia me tratado e me pedia desculpas por seu pai ter feito um discurso fascista. Agora eu tinha muito a perder, estava em jogo a oportunidade de realmente corresponder a todas as qualidades que ela via em mim – ela estava em jogo. Seguir como um fanático os eventos esportivos era algo que sempre me isolara, e isolado eu voltaria a ficar se recomeçasse a fazê-lo – um garoto de doze anos, de cidade do interior, mergulhado nos almanaques, invisível fora de casa e incapaz de compartilhar suas emoções com os outros.

Isso eu percebia.

– Não se preocupe – disse a ela. E como era adulto, maduro e digno dela o rapaz que a abraçou, que já não estava pensando em Wolfgang Nordwig nem em Roland Matthes, que se pôs a consolá-la acariciando seus cabelos e, a cada carinho, tirando a importância das palavras que seu pai havia pronunciado, até fazer reaparecer o sorriso nos lábios dela. Que abismo o separava daquele que ele era apenas cinco minutos antes, no andar de baixo, diante da TV.

Essa diferença eu percebia.

Astel precisava desafogar a raiva e, por isso, pôs uma ILIG após a outra, para que dançássemos sem parar. "Hitchcock Railway", obviamente, "Virginia Plain", obviamente, e as outras. Após algum tempo, ouvimos alguma coisa raspar a porta: era Bowie, que, sem dúvida, também estava cansado da cerimônia. Em homenagem a ele, mas também para não termos de trocar o disco a todo instante, Astel decidiu colocar o LP inteiro de *Ziggy Stardust*, aquisição feita na Inglaterra e da qual ela mais se orgulhava –, mas, como sempre, colocou-o ao contrário, começando pelo lado B, porque a primeira canção era "Lady Stardust", e "Lady Stardust" era sua canção preferida em absoluto, "de toda a música, de todo o mundo e de todos os tempos".

Enquanto a dançávamos, Astel enfiou a mão entre meus cabelos e logo em seguida nos beijamos. Aconteceu assim, de repente, na luz amarela das seis e trinta e cinco, como marcava o relógio estilo flip na sua estante. Nossos lábios se aproximaram até se tocarem, e o restante foi tão simples que não pareceu governado por nenhuma vontade. Demos um beijo de língua, que também veio por si só – "naturalmente", como me respondera Carlo Cuomo quando lhe perguntei, e sua resposta me pareceu um despropósito. Beijamo-nos e continuamos a nos beijar sem nos preocupar com o cão que nos olhava, sem nos preocupar com o fato de que nossas famílias estavam no andar de baixo, como dois times inteiros em campo, e de que a porta do quarto nem estava fechada. Beijamo-nos como se já nos tivéssemos beijado todas as vezes que não o fizéramos.

Então "Lady Stardust" terminou, e nossos lábios se soltaram. A canção seguinte, "Star", era um rock & roll, e, com a mesma naturalidade com a qual tínhamos nos beijado, começamos a dançá-la rodopiando, como costumávamos fazer. Continuamos a girar também com a canção seguinte, "Hang on to Yourself", ainda mais desenfreada, até que, em meio àquela centrífuga, minha vista enevoada me entregou a figurinha sutil de Gilda, que se destacava contra os vidros da *bow window* e nos olhava com perplexidade, como se fôssemos a sarça ardente. Antes que eu tivesse tempo de me dar conta, ela também foi sugada para dentro daquele turbilhão, uma das mãos dada a Astel e a outra a mim, de modo que, como no chapéu mexicano do parque de diversões, não apenas as trancinhas pretas de Astel se expandiam na roda, mas também os fios de cobre da minha irmã. Só paramos quando a canção terminou, e ela, tentando dissimular a expressão mais satisfeita que eu já vira em seu rosto, disse-nos que a chatice no andar de baixo já tinha terminado e que tínhamos de voltar para casa.

À noite, no quarto, antes de adormecer, disse-me: "Vocês são namorados". Não era mais uma pergunta, era uma constatação.

21.

A pessoa diz: "Consegui", "Conquistei isso", "Me livrei daquilo", mas não é assim que funciona. Eu tinha crescido de uma vez por todas depois de ter beijado Astel Raimondi? A partir daquele momento, o novo Gigio Bellandi assumiria o lugar do antigo, e todas as suas incertezas, as suas esquisitices, as suas insuficiências e as suas fixações permaneceriam presas à velha pele abandonada em uma pedra? A resposta é não.

Ao contrário, começou o abismo do tempo esquizofrênico, das interferências, dos ouvidos aguçados na savana – e nunca mais, nunca mais aquela entrega extraordinária.

Não apenas considerando o que estava para acontecer comigo, que eu não podia prever, mas em absoluto, em geral, *por princípio*, teria sido muito melhor passar o máximo de tempo possível com os lábios colados nos de Astel, ouvindo sua música, traduzindo-a, dançando até a exaustão. Mas não era fácil – algo opunha resistência. Ter beijado Astel não tornava mais fácil beijá-la de novo. Ter visto minha obsessão tal como ela era não tornava menos difícil resistir a ela.

O dia seguinte àquele beijo, por exemplo: era domingo, o mar tinha se acalmado e tive de sair de barco com meu pai. O dia inteiro para cima e para baixo, toca visitar o arquiteto Campolmi em Forte dei Marmi, e o engenheiro Forasassi em Tonfano, e se banhar ao largo, aquela canseira de sempre: enquanto fazia tudo isso, eu pensava no tempo que não estava passando com Astel, claro – mas também pensava no primeiro dia das Olimpíadas, ao qual não podia assistir.

    Meu pai voltou naquela noite para Vinci, depois do jantar, porque na manhã seguinte teria de estar cedo em Florença, e fiquei aliviado. Mais aliviado ainda fiquei ao ouvir por acaso – sem espiar, juro – um comunicado do trabalho dele, enquanto ele e minha mãe lavavam os pratos – pois meu pai era um dos poucos homens de sua geração que ajudava na cozinha: ficaríamos na praia além do previsto, disse, até o tempo piorar. O retorno a Vinci era o que eu temia, era um pesadelo, e se afastava.

    Portanto, a partir do dia seguinte começou o tempo que eu havia mencionado, consagrado à busca da fruição, mais do que do prazer e, por isso, mais complicado e perigoso. Evidentemente, essa é uma linguagem que uso hoje – hoje que sei do que de fato se tratava: na época, percebi apenas que não conseguia ficar parado no ponto em que havia sido feliz, pois, por mais absurdo que parecesse, eu não resistia ao apelo das Olimpíadas. Assim que acordava de manhã, ouvia a narração do jornal no rádio, descobria quais medalhas a Itália tinha ganhado no dia anterior, informava-me sobre as competições do dia. Assim que chegava à praia, lia cada detalhe na *Gazzetta* do Bagno Stella e depois, quando Astel aparecia, eu parava, com a intenção de não pensar mais no assunto. Mas eu não conseguia. Ela trazia consigo pensamentos grandiosos, como traduzir todas as canções de um "velho disco" seu – definiu-o assim, mas ele tinha sido lançado dois anos antes –, *Tea for the Tillerman*, de Cat Stevens, porque, pelo que conseguia entender sozinha, falavam de coisas que tinham a ver com ela; ou então planos arquitetados para pegar o *voyeur* de binóculo; ou ainda delicadezas como me mostrar a menina de cabelos ruivos, o sonho de amor de Charlie Brown, porque percebeu que eu não sabia nada a respeito (ela não assinava a *linus*, mas tinha toda a coleção dos "Livros da *linus*", com títulos como *É domingo, Charlie Brown!, Uma abóbora para Snoopy, Vida de cão, Charlie Brown!*,[13] cuja existência eu ignorava placidamente, convencido de que os *Peanuts* existiam apenas na revista); e o fez para que depois eu, e não ela, falasse a respeito com Gilda – eis a delicadeza –, para dizer-lhe que a menina de cabelos ruivos era ela e que, em alguns anos, os garotos se apaixonariam por ela, e ela nem se daria conta. Continuávamos juntos quando Gilda e minha mãe iam para casa, brincávamos com as outras crianças, tomávamos banho de mar, voltávamos para casa (dela) para almoçar e passávamos a tarde inteira juntos, muitas vezes sozinhos, donos absolutos de todas as riquezas que seu pai acumulava trabalhando catorze horas por dia – e isso realmente era o máximo que eu desejava da vida, algo que, até aquele verão, nunca tinha sequer ousado sonhar: como era possível haver espaço na minha mente para a prova cronometrada das equipes de ciclismo? No entanto, havia. Dançávamos, mas minha cabeça já não se esvaziava por completo, sempre sobrevivia um pensamento ligado aos recordes mundiais de Mark Spitz ou de Roland Matthes que eu estava perdendo. Escondida e inconfessada, perdurava em mim a esperança de que ela interrompesse o que estivéssemos fazendo para me propor ir à sala assistir às Olimpíadas em cores – mas é claro que não fazia isso, uma vez que não lhe faltava nada. Já eu custava a beijá-la de novo, sempre tinha a impressão de que o faria pela primeira vez. Como Gilda não me lançava mais sua pergunta, era eu quem me perguntava: éramos

---

[13] Tradução livre de títulos traduzidos para o italiano. (N. T.)

namorados? O que éramos? Havia uma incerteza. A culpa era minha, porque eu não conseguia mais me entregar. Eu percebia, sentia vergonha, mas não conseguia lutar contra isso.

 No quarto dia, a programação me pareceu tão imperdível que tomei coragem e disse a Astel que gostaria de assistir um pouco às Olimpíadas – assim, por curiosidade, mais do que pelas cores. Seus olhos me olharam com uma honestidade tão límpida que me senti um impostor: claro, respondeu, que idiota que eu sou, as Olimpíadas! E pediu desculpas por não ter pensado nisso antes, mas ela, como deu para perceber, não entendia nada de esporte. Fomos correndo até a sala, bem no instante em que ia começar a competição masculina de salto ornamental de trampolim, ou seja, justamente a que eu queria ver, e assistimos na versão experimental da Rai, porque na Tele Capodistria continuavam a falar em esloveno. Aos diabos com a saturação!

 Somente naquele momento comecei a me sentir totalmente satisfeito. A piscina azul, os ultrassons produzidos pela ponta do dedo nas teclas do controle remoto, Astel, claro, sentada no sofá ao meu lado, mas também Klaus Dibiasi e Giorgio Cagnotto, que saltavam pelas medalhas. Fingindo saber um centésimo do que realmente sabia, expliquei a Astel quem eram Dibiasi e Cagnotto; sobretudo Dibiasi, que já tinha ganhado três medalhas olímpicas entre Tóquio e a Cidade do México e que me fazia sonhar tanto quanto David Bowie a fazia sonhar (isso eu não disse). Astel recebeu a mensagem, entusiasmou-se, torceu e, por isso, ficou tão decepcionada quanto eu quando Cagnotto errou o último salto e perdeu a medalha de ouro por dois pontos e meio. Dibiasi terminou em quarto lugar, ficou fora do pódio, o que, para mim, era muito mais doloroso do que demonstrei – mas, de resto, sua especialidade era a plataforma.

Não voltamos para o quarto naquela tarde porque, durante a competição de salto ornamental, a Rai também se conectava com a piscina de natação para transmitir as finais do dia, e a última foi a de 400 metros em estilo livre feminino, outra competição da programação que eu queria ver. Expliquei a Astel que a disputa seria entre nossa campeã, Novella Calligaris, e a australiana Shane Gould, que tinha apenas quinze anos. O repórter nos informou que, naquela manhã, nas eliminatórias, Calligaris tinha registrado o melhor tempo, batendo o recorde olímpico e, por isso, nadaria na quarta raia, enquanto Gould disputaria a competição na segunda porque tinha apenas o quinto tempo. O que o repórter não disse e que eu sabia muito bem foi que Shane Gould era a melhor de todas, portanto devia ter nadado mais devagar de propósito, para se poupar. Assim, Astel se iludiu e ficou mal de novo ao ver o que eu temia, ou seja, Shane Gould com sua cabeleira loira competir literalmente sozinha, deixando todas as outras para trás já nos primeiros cinquenta metros e voando até a chegada com o recorde mundial e mais de três segundos de vantagem sobre Calligaris. Que, de todo modo, disse eu a Astel para consolá-la, estava conquistando a primeira medalha olímpica de sempre para a Itália na natação feminina.

 Naquele meio-tempo, esquecemo-nos completamente de fazer uma coisa: voltar à praia para que eu reencontrasse minha mãe – por isso, como não me viu chegar, ela teve de ir me buscar na casa de Astel. Deu-me uma bronca, dizendo que eu não podia passar o dia inteiro incomodando os Raimondi só porque tinham me convidado uma vez. O instinto me sugeriu não discutir, pedir-lhe desculpas e, sobretudo, não lhe dizer que eu não estava incomodando ninguém porque os Raimondi nunca estavam em casa. Tive medo de que, ao saber disso, ela me proibisse de ir até lá.

Agora não sei se Astel realmente gostou das Olimpíadas ou se apenas entendeu quanto eu gostava: certo é que, a partir do dia seguinte, passamos mais tempo na frente do televisor que no quarto, e, por mais que eu percebesse que aquilo não era saudável, eu gostava mais assim. Em suma, os dois prazeres se somavam de modo irresistível, cada um potencializado pelo fato de que também havia o outro – e era justamente isso que transformava o prazer em fruição. Eu não me dava conta, mas era o mesmo mecanismo que fazia meu pai me querer sempre no barco com ele: o prazer de estar junto comigo, mas em terra – ou no barco, mas sozinho – não lhe bastava.

Daquele sofá, vimos Mark Spitz ganhar duas medalhas de ouro; Shane Gould e Roland Matthes, uma; Novella Calligaris conquistar outra medalha nos 400 *medley*, dessa vez de bronze, com Primetta aos berros porque a tinha confundido com a australiana e achou que estivesse vencendo. Ouvimos o hino da Noruega pela vitória de Knut Knudsen no ciclismo de pista. Vimos Nordwig, na última competição de sua carreira, ganhar o ouro e estabelecer o recorde do salto com vara; vimos Dave Wottle, com seu boné estilo Charlie Brown, que na reta final dos 800 metros rasos saiu do último para o primeiro lugar, vencendo no *sprint*, apesar do russo que mergulhou na linha de chegada e acabou se machucando. Vimos Valeriy Borzov ultrapassar todos os seus adversários nos 100 metros rasos e vimos o príncipe John Akii-Bua triunfar com o recorde mundial nos 400 metros com barreiras e depois realizar a volta olímpica enrolado na bandeira de Uganda, saltando de novo as barreiras. Foi uma bela cena, sobretudo para Astel, que não se sentia nem um pouco africana, mas pensava em quanto sua mãe ficaria orgulhosa quando lhe contasse o que tinha visto. Além disso, enquanto narrava a façanha de Akii-Bua, o repórter disse que, naquele dia, havia sido realizado um feito histórico também fora das Olimpíadas, em Reykjavik, pois Boris Spassky tinha abandonado a vigésima primeira partida, entregando a Bobby Fischer o ponto que lhe faltava para conquistar o título mundial. Fischer era o primeiro americano a obtê-lo.

Não ficávamos a tarde inteira diante do televisor; de vez em quando, subíamos para o quarto, e quando subíamos para o quarto nos beijávamos – era a primeira coisa que fazíamos. Eu tinha me desbloqueado, porque finalmente sabia que beijá-la não me impedia de ver as competições. Depois começávamos a traduzir as canções de *Tea for the Tillerman*, e eu era atravessado por trechos que pareciam falar de mim, da minha duplicidade. Alguns eu associava a Astel: "Estou procurando uma mulher obstinada, que me faça dar o melhor de mim; se eu a encontrar, sei que o resto da minha vida será abençoado". Outros, ao cerco fatal que aqueles dias estavam fazendo à minha infância: "Eu sei, percorremos uma longa estrada, mudamos dia após dia, mas me digam: onde as crianças vão brincar?"; ou: "Enquanto os pecadores pecam, as crianças brincam". Esses trechos me deixavam muito desanimado, mas eu não dizia isso a ela. Astel, por sua vez, reconhecia-se nos versos que exprimiam intolerância em relação à vida disciplinada, que falavam de ir embora, de enfrentar o mundo, de mudar tudo: "Deixei minha casa feliz para ver o que encontraria lá fora"; ou: "Desde o primeiro momento em que pude falar, mandaram-me ouvir; agora há uma possibilidade, e preciso ir embora"; ou ainda: "Tenho minha liberdade, posso fazer minhas regras sozinho, sim, posso escolhê-las". E ela dizia isso abertamente porque, apesar das acrobacias que eu conseguia fazer para ficar perto dela, ela continuava muito à frente de mim, e suas ideias eram muito mais claras que as minhas. Tinha apenas treze anos, mas a vida da garota mais rica da cidade já estava pequena para ela, não via a hora de largar tudo e mudar-se para Londres, dizia, para aquele "mundo selvagem", onde aconteciam coisas de verdade. Aliás, sua mente já estava lá, tratava-se apenas de ir ao encontro dela quanto antes. Às vezes me dizia que queria fugir e me fazia jurar que eu fugiria com ela; eu jurava, mas esse juramento me dava medo, pois eu sabia que o respeitaria, mas entre sonhar com Klaus Dibiasi e sonhar com a vida que ela sonhava havia um abismo que eu ainda não me sentia capaz de saltar – e não tinha nem mesmo a certeza de querer fazê-lo. Eu pensava no tio Giotti: ele tinha ido para a América, e o que tinha conseguido? Lá encontrara a prisão, exatamente como aqui, até o dia em que o mandaram de volta para casa com um chute no traseiro.

Não estou querendo dar nenhuma desculpa, mas é preciso repetir que eu tinha doze anos e que os tinha vivido em uma amniótica cidadezinha de interior, cuja ocasional menção nas conversas das pessoas devia-se ao fato de que mais de quinhentos anos antes dera à luz um dos grandes gênios da humanidade. Um lugar onde não era necessário ser muito inteligente para ser considerado muito inteligente. Um lugar onde se crescia lentamente. Pode até ser verdade que no fim da vida temos todos o mesmo valor, mas no início com certeza não, e eu tinha vivido muito pouco a minha vida para ter vontade de mudá-la. A que eu tivera até ali tinha me acomodado bem, não estava apertada. Eu tinha acreditado em Papai Noel até três anos antes, por assim dizer, e ainda achava ruim que ele não existisse.

22.

Como eu disse, o tempo voava, mas dessa vez havia sempre certa insatisfação em seu voo. Talvez porque tivéssemos chegado muito perto da ruína, mas agora a lembrança se torna dolorosa. Meu pai, por exemplo. Minha mãe já devia ter percebido alguma coisa, mas meu pai não fazia ideia do que estava acontecendo comigo, e pela primeira vez isso o tornava patético aos meus olhos, inútil, ou melhor, maçante – um estorvo. Estou falando do domingo seguinte, o primeiro de setembro, quando ele quis sair de barco ao grito de um de seus ditados extravagantes: "Setembro, sair sempre". Dessa vez eu não tinha nenhuma vontade de ir com ele, mas nenhuma mesmo, e tinha todas as razões para lhe dizer: "Não, pai, sinto muito, mas hoje não posso" – mas não o fiz, não tive coragem. Mas fiz muito pior: fui de má vontade e não a escondi nem um pouco. Não posso deixar de lado esse ponto, já que estamos falando da última vez que saí de barco com ele.

    Pois é. Aquele domingo foi a última vez. A última em toda a minha vida, quero dizer: e fui contra a minha vontade, detestando-o, pensando o tempo todo em Astel e nas Olimpíadas. Ele percebeu, mas estava tão confiante em ir para o mar que não fez disso um problema. Ao contrário, apontou a proa para Bocca di Magra – advogado Mansutti –, ou seja, o lugar mais distante que podíamos alcançar com o *Tivatù* para voltar no mesmo dia. Não era uma punição pelo meu comportamento; em seu modo de pensar era, antes, um prêmio. Segundo ele, embora eu estivesse consternado com a ideia de embarcar, uma vez no barco, era só uma questão de tempo para me render à empolgação insuperável, proporcionada por aquela aventura – porque, para ele, andar de barco para cima e para baixo ao longo da mesma praia era isto: uma empolgação, uma aventura, sempre. A vida árida da terra firme era substituída por aquela exuberante e atemporal de seus devaneios de marinheiro, e seu ser transmigrava hipnoticamente para aquele mundo, em uma entrega tão pura e desprovida de senso de ridículo que tornava visíveis, no horizonte tremulante do Médio Tirreno, todos os mitos que o povoavam: Capitão Ahab, Capitão Nemo, Capitão Gancho, Sandokan, Robinson Crusoé, Gordon Pym, os piratas, os corsários, os bucaneiros, os flibusteiros, a Companhia das Índias, Francis Drake, Francis Chichester, Tabarly, Straulino, o *Bounty*, o *Amerigo Vespucci*, o *Pequod*, o *Gipsy Moth*, o *Pen Duick*, *Moby Dick*, as sereias, as carrancas, as monções, os alísios, a Rota das Especiarias, a Passagem do Noroeste, Tortuga, Mompracem, Nantucket, Montecristo, a Terra do Nunca, a Fossa das Marianas, o Triângulo das Bermudas, o fundo dos mares do Sul, repletos de navios naufragados, repletos de cofres, repletos de joias reluzentes e de dobrões de ouro... Nada menos do que isso ganhava vida no cérebro do meu pai toda santa vez que ele punha o barco no mar; e despejava essa pilhagem em quem sentasse ao seu lado, recordando, imaginando, sonhando, citando e recitando sem trégua – mas, naquele dia, fui muito mal-educado. Não abri a boca o dia todo, deixando que ele falasse sozinho, sem lhe conceder o bem de compartilhar um único instante do seu êxtase – nem mesmo quando ele me perguntou se eu queria içar *a genoa balão* e eu respondi que não. Teria sido melhor demonstrar um pouco de temperamento e me recusar a acompanhá-lo em vez de construir uma recordação tão ruim – porque foi ruim aquele último passeio, muito ruim. O fato é que, obviamente, eu não podia imaginar que seria o último e, se soubesse, teria me comportado de maneira diferente. Mas é sempre a mesma história: sabemos muito bem quando fazemos as coisas pela primeira vez e não temos a mais pálida ideia de quando as fazemos pela última. Por isso, das primeiras vezes sempre acabamos por conservar uma lembrança quase sagrada, enquanto as últimas, caso nos lembremos delas, nos aniquilam de remorso.

Voltamos para casa quando já estava escuro, e minha mãe tinha ficado muito preocupada. Meu pai pediu desculpas, mas, proclamou, havia sido um dia extraordinário. Enquanto ele contava nossa memorável cabotagem, corri para o terraço a fim de verificar se, por acaso, Astel estaria na casinha no cedro, mas estava escuro, justamente, e nem dava para ver a casinha. Embora eu estivesse com muita fome, encenei o protesto do tio Giotti e deixei quase todo o jantar no prato. Minha mãe me perguntou o que eu tinha, mas meu pai não me deu tempo de dizer nada, porque respondeu no meu lugar – e venceu: disse que eu devia estar arriado, coitado, porque dessa vez tínhamos mesmo exagerado; assumiu a responsabilidade e suportou sorrindo a bronca da minha mãe, concordando com ela que eu ainda era pequeno para enfrentar *excessos* como aquele. Era assim, meu pai. Imbatível com as palavras.

Na cama, em voz baixa, Gilda me perguntou por que eu nunca me rebelava. Pedi que ficasse quieta, por favor, porque no rádio estava começando a última transmissão de Munique com o resumo da jornada olímpica. Descobri que a Itália tinha ganhado duas medalhas de ouro, com Antonella Ragno-Lonzi no florete feminino e com Graziano Mancinelli, montado no Ambassador, na equitação. Que houvera outro bronze da Calligaris, outro recorde mundial de Mark Spitz, a primeira medalha da Etiópia na prova masculina dos 10 mil metros e a desqualificação do nosso porta-bandeira, Abdon Pamich, nos 50 quilômetros de marcha atlética.

No dia seguinte, meu pai partiu cedo, e eu fui à praia, todo entusiasmado, mas quando Astel chegou, ela estava triste e quase chorando. Veio com Primetta, porque sua mãe tinha coisas a fazer; disse que veio só por minha causa. Não tinha vontade de fazer nada. Estava muito triste porque, no dia anterior, todos tinham brigado com todos na sua casa: seu pai com sua mãe – uma briga mortal –, e ela com ambos – outra briga mortal. O problema inicial era seu pai, disse, seu comportamento de déspota, sua insensibilidade, mas, nos últimos tempos, também havia se deteriorado a relação com sua mãe, que tinha acessos de raiva terríveis e se tornara avarenta, disse, de dinheiro e de sentimento, e ela, Astel, não queria mais ficar naquela casa. Eu nunca a vira tão aflita – e essa aflição intervinha fisicamente em sua beleza, transformava-a. Não vou dizer a frase banal e, na minha opinião, nunca verdadeira, que prospera nos filmes; não vou dizer que ficava bem nela: mas vou dizer que, aflita como estava, Astel tinha uma beleza muito diferente. Em seu rosto havia algo novo, mas faltava algo familiar, e isso parecia desviar seus traços, como acontece com algumas pessoas quando tiram os óculos. Em seu caso, o que faltava era o sorriso, aquele lampejo branco que era muito gratificante para quem se sentia capaz de provocá-lo.

Sem ele, sua beleza sobrevivia, mas caía na sombra junto com tudo o que havia ao redor; de repente, tinha-se a sensação de estar em um lugar diferente – escuro em comparação com antes, estranho e familiar ao mesmo tempo e, por isso, perturbador.

É verdade: Astel já tinha perdido o sorriso quando seu pai dissera aquela coisa fascista que eu não ouvira, mas, naquela ocasião, fora apenas um breve eclipse, e seu sorriso logo voltou a iluminar o mundo. Dessa vez era diferente: não estávamos sozinhos em seu quarto, eu não podia abraçá-la, não podia consolá-la, e essa impotência também me entristecia. Mais que isso, me angustiava.

Minha mãe teve a péssima ideia de retribuir pela primeira vez a hospitalidade da qual eu havia desfrutado nas últimas semanas e convidou Astel para o almoço, aumentando minha angústia: de fato, a única coisa que poderia mitigá-la era a perspectiva de aquele convite ser cancelado de imediato, de nos encontrarmos quanto antes no quarto de Astel, sozinhos, para conversar livremente. Como faríamos na minha casa? Onde poderíamos ficar sozinhos? Onde eu poderia consolá-la? Foi Primetta quem nos socorreu, dizendo que antes de sair tinha posto o rosbife no forno justamente para mim, pois sabia quanto eu gostava dele, e seria um pecado ninguém o comer. Por sorte, eu tinha falado para minha mãe desse rosbife fenomenal, com crosta crocante e miolo macio, quente, e não frio, como costumávamos comer, e sobretudo "talhado grosso", como dizia Primetta em sua língua insondável, que significava cortado à mão em fatias espessas e suculentas, como bracholas. Seguiu-se uma breve conversa entre ela e minha mãe a respeito daquele rosbife, cujo segredo, revelou a cozinheira, era um longo cozimento no forno a baixa temperatura, depois, uma *chamuscada* brusca no fogão. Por fim, por dever de hospitalidade, o convite para apreciá-lo foi estendido também a Gilda, o que criava uma perspectiva ainda pior que a de Astel almoçando em nossa casa. Pois bem, com o verão mortífero que havia transcorrido e depois de também ter conhecido a emoção da centrífuga no quarto de Astel, Gilda Bellandi, de sete anos, declinou do convite dizendo que estava cansada e, depois do almoço, queria fazer a sesta. A *odiada* sesta. O olhar heroico que me lançou ao deixar a praia com minha mãe revelou sobre ela o que ninguém ainda havia imaginado a seu respeito: revelou sua imensa força moral, sua sensibilidade, sua inteligência, sua determinação – o que nos anos vindouros faria dela a pessoa mais importante da minha vida. A única que sabia. A única que tinha entendido.

Na casa de Astel, comemos o tal rosbife em silêncio e depois subimos para o quarto. Se quando ela havia chegado à praia naquela manhã parecia ter a intenção de me contar alguma coisa, as horas transcorridas a enrijeceram, e não me disse nada. Nada de novo, quero dizer. Não queria mais ficar ali, queria ir embora, ser livre – foi o que me repetiu, e não havia pergunta que eu pudesse fazer para induzi-la a contar o que tinha acontecido. De repente, estar perto dela já não era tão fácil como sempre fora, era muito difícil, e qualquer coisa que eu tentasse para fazer seu sorriso voltar soava patética. Não se pode dizer que eu não tenha tentado: pus música no som estéreo, as ILIG para dançar, as lentas para beijar, mas ela permanecia sentada na cama, inerte. "Desculpe", repetia, "desculpe, não estou a fim." Tentei com a tradução de Cat Stevens, faltava apenas uma canção: "Desculpe, não estou a fim." "O que você tem, Astel? O que aconteceu?" "Nada, Gigio. Quero ir embora.

Só quero ir embora. Ponha 'Immigrant Song', por favor." Não tinha força nem mesmo para ir até o toca-discos.

Pus "Immigrant Song", pensando que quisesse dançá-la como tínhamos feito tantas outras vezes, mas não, só quis ouvi-la, sentada na cama, em silêncio, prisioneira da escuridão na qual se havia precipitado. Quando era apenas ouvida, essa canção também revelava uma beleza obscura bem diferente de quando a dançávamos: ela parecia perseguir quem não se movia ao seu ritmo tamborilante. Ponha de novo, por favor, pediu-me Astel quando a música terminou, e eu a reiniciei. Duas, três, quatro vezes. Estava afundando, e eu a seguia.

Comecei a prestar atenção ao texto, que eu tinha definido precipitadamente como *incomprehensible* – por preguiça, mais do que por qualquer outra razão, uma vez que no álbum não havia as letras das canções e era difícil compreendê-las nos gritos estridentes do cantor. Percebi que não era nada incompreensível – era *perversa*. Ao ouvi-la várias vezes, as palavras afloravam com nitidez cada vez maior: a canção falava da incursão de uma horda de vândalos, e sua perversão estava no fato de que eram os vândalos que cantavam ao chegar de longe e se vangloriavam de destruir tudo. Sobretudo os últimos três versos, tal como consegui entendê-los ouvindo a canção várias vezes seguidas, na voz mastigada do cantor, me aterrorizaram, pois os vândalos se dirigiam sem rodeios às próprias vítimas depois de terem destruído o mundo delas, utilizando palavras de consolo que, no entanto, soavam malignas e, justamente, perversas: convidavam-nas a aceitar aquela derrota e a se dedicar à reconstrução do que eles haviam acabado de destruir, e as consolavam sobre a possibilidade de, cedo ou tarde, também encontrarem a paz, ainda que tivessem perdido tudo.

A essa altura, é impossível não falar em presságio, uma vez que depois de ter entendido plenamente o texto dessa canção, sentado ao lado de Astel em sua colcha lilás, já imóvel e perturbado como ela, a angústia que eu sentia era a mesma na qual, em pouco tempo, eu passaria a viver todos os dias, e demorou para eu me livrar dela.

Mas esse é apenas um modo de dizer.

Outro é que "Immigrant Song" é uma canção de hard rock, e a letra de qualquer canção de hard rock soa premonitória se a ouvirmos pouco antes de um evento funesto. Aliás, esse é o objetivo do hard rock, pressagiar o pior. Mas, de novo, o que eu poderia saber a respeito naquela época? Não apenas aquela canção era meu primeiro contato com o hard rock, mas, até poucas semanas antes, a maior perturbação que a música tinha me causado havia sido a abolição de dois intérpretes diferentes para cada canção em disputa no Festival de Sanremo. O que resta é o evento funesto que estava para despencar em cima de mim – esse continua sendo brutal e inexorável, exatamente como um saque.

Agora que esse também é um assunto encerrado e que estou aqui falando dele, ou seja, que as coisas se deram mais ou menos como dizem os bárbaros no fim de "Immigrant Song", a única coisa que falta esclarecer é, como eu disse várias vezes, se eu tinha ou não o poder de opor resistência a esse evento ou mesmo apenas torná-lo menos funesto. E, se a resposta tivesse de ser sugerida por aquela maldita tarde, ela seria categórica, NÃO, pelo modo como fui incapaz até de sair do buraco em que tínhamos caído. Se dependesse de mim, teríamos ficado ali, ouvindo várias vezes "Immigrant Song" até a hora do jantar: coube a Astel, mesmo triste e catatônica como estava, desenvolver o esforço necessário para superar aquela situação. Além do sorriso, agora faltavam à sua beleza as trancinhas, pois, enquanto eu me perdia no abismo escancarado por aquela canção, ela as desfez, reunindo-as em uma espécie de amontoado sem forma definida, preso por um lápis, do qual as fitas vermelhas despontavam como confetes presos aos cabelos – e assim transformada, disse uma coisa de repente, e o que disse foi: Vamos descer para assistir às Olimpíadas.

Foi assim que, sem experimentar nem mesmo uma gota de alegria verdadeira, vi Klaus Dibiasi ganhar a medalha de ouro no pódio. E Mark Spitz vencer sua sétima competição no revezamento. E Mennea levar o bronze nos 200 metros. Agora que a vontade de viver de Astel parecia ter se apagado, ela também não existia em mim. Eu estava como meu avô quando já não havia o que fazer e, por isso, teve a permissão de comer brioche com chantili; nós o levamos para ele, e ele comeu dois – mas chorando, sem nem aproveitar, porque tinha entendido. Dois dias depois, morreu.

Fui embora já tarde para encontrar minha mãe na praia e, de fato, deparei com ela na esquina, vindo me buscar, como poucos dias antes. Ao me ver, não me deu bronca, não disse nada. Ninguém disse nada até o jantar, que eu deixei de novo no prato – dessa vez, inteiro. Então minha mãe veio até mim, abraçou-me e me perguntou, em inglês, que para nós era a língua da ternura: "*So, what's troubling you, Topolino?*".[14] Ela e meu pai me chamavam assim quando eu era pequeno, "Topolino". Com um fio de voz, respondi: "*Dunno*".[15] Ela me abraçou, mas assim que

---

[14] O que está te perturbando, Ratinho? (N. T.)

[15] Não sei. (N. T.)

afrouxou o abraço, aproveitei para escapar e correr para o quarto. Comecei a chorar. Quando Gilda apareceu, pedi para me deixar sozinho, para ir dormir na cama de casal da mamãe, e ela obedeceu sem fazer perguntas. Comecei a chorar e não sabia por quê.

    Fiquei com raiva de Lucido Raimondi. Ele era a causa de tudo, como Astel teve tempo de me dizer antes de se calar. Fiquei com raiva dele e, do mesmo modo como dias antes sentira gratidão por ele, desejei-lhe mal. Depois, liguei o radinho e, ainda chorando, acompanhei a narração ao vivo da final da prova masculina de sabre por equipes. A segunda medalha de ouro do dia para a Itália. Nove a cinco contra a União Soviética. Comemorei chorando. Merckx na Izoard. Vovô com os brioches. O cão que sente o terremoto se aproximar.

23.

Na manhã seguinte, minha mãe me levou o café da manhã na cama, como se eu fosse um paxá. Café com leite. Pão com Nutella. Biscoitos Oro Saiwa. Um cacho de uvas. Depois, abriu a janela e fez o quarto ser invadido por um dia maravilhoso, radiante e perfumado, de uma luminosidade ofuscante – um daqueles dias que levam a dizer que setembro é o mês mais bonito do ano. Fizemos as compras para chegar à praia o mais cedo possível, porque era ali, disse minha mãe, que era preciso estar em uma manhã como aquela. Antes de sairmos, fui ao terraço para verificar se Astel, por acaso, não estaria na casinha no cedro, mas ela não estava – e, enquanto a angústia na qual eu havia adormecido voltava a crescer, ao me virar para o lado, vi algo no horizonte, no pequeno trecho de mar que a vista de nossa casa permitia enquadrar entre as copas dos pinheiros. Algo que normalmente não estava ali. Uma ilha. Uma ilha verde, estriada pelas escarpas brancas dos rochedos.

Na praia, encontramos mais pessoas do que o habitual, todas à beira-mar, com a mão na testa, protegendo os olhos do sol, e observando um horizonte não mais fuliginoso, trêmulo e vazio, mas firme e ornado de ilhas. A angústia desapareceu de imediato, sedada pela crepitação de uma beleza surpreendente, nunca vista, com a qual ainda sonho à noite. Versilia tinha se tornado o coração de um golfo plácido e sorridente, abraçado por um arquipélago que pontilhava o horizonte.

    Gianfranco me fez subir no assento do barquinho de salvamento e me ensinou o nome daquelas terras. Partiu da esquerda, ou seja, do sul, indicando uma primeira massa indistinta e azulada: Capraia. Um pouco mais à direita, muito mais nítida e próxima, a ilha que eu tinha visto do terraço: Gorgona. Em seguida, o golfo se abria para o Tirreno, e realmente era preciso virar para o norte para achar Tino e Tinetto, que, vistas dali, pareciam uma única ilha, mas, na realidade, eram duas ilhotas diferentes, e atrás delas, verde e selvagem, Palmaria – "a maior ilha da Ligúria", disse, e essa definição me entusiasmou, porque significava que se encontrava em outra região. Para conseguir ver aquelas ilhas, apenas dois dias antes, meu pai e eu andamos três horas de barco, e naquele momento estavam ali. Por fim, tão detalhada que dava vontade de ir a pé, como se estivéssemos de novo em Bocca di Magra, na casa do advogado Mansutti, Punta Bianca, com seus rochedos de mármore escarpados e esverdeados de frente para o mar, e seu chapéu verde de pinheiros. Fiquei perplexo. Mas todos ficaram e vinham em procissão até Gianfranco, para bombardeá-lo de perguntas. Mas não dá para ver a Córsega? Para ver a Córsega é preciso subir até Pietrasanta. Quando foi a última vez que se viram todas essas ilhas? Seis ou sete anos atrás, mas era inverno. E quando foi a última vez que foram vistas no verão? Ah, já deve fazer mais de vinte anos, eu era moleque...

    Tão espetacular e beijado pelo sol, aquele firmamento de terras que pareciam ter emergido do mar durante a noite representava uma distração irresistível para as minhas angústias, ou melhor, tornava-se uma promessa – a promessa de um recomeço: daqui a pouco, Astel vai chegar à praia, pensava eu, e vai ficar encantada diante dessa maravilha, e vou lhe dizer os nomes de todas as ilhas, como Gianfranco tinha acabado de dizê-los a mim, embora provavelmente ela já os conheça porque mora aqui, mas, ditos por mim, os nomes vão soar doces e românticos – *Gorgona, Tinetto, Palmaria* –, e a tristeza de ontem, não importa o que a tenha causado, aquele abismo que nos engoliu, vai desaparecer também para ela, e ficaremos juntos de novo, desde de manhã até de noite, como antes, felizes, dançando, falando em inglês, beijando-nos, dia após dia, até me levarem de volta a Vinci, mas também depois vamos encontrar um modo de nos ver; virei a Fiumetto com meu pai aos domingos se houver algum pequeno reparo a fazer no *Tivatù*, e reparos nunca faltam, ou marcaremos de nos encontrar em Florença no sábado à tarde, sim, ela irá de trem, e eu, com o ônibus da viação Lazzi, e meus pais me deixarão ir porque já sou grande e porque vou contar a eles, sim, claro, para que fiquem tranquilos, vou contar a eles que tenho um encontro com Astel, que vem de Fiumetto só para isso, e, se não entenderem, não me deixarão ir, então, nesse caso...

    Minha mãe interrompeu meus devaneios, abrindo caminho em meio ao grupo que assediava Gianfranco, para pedir a ajuda dele: Gilda tinha se machucado "com aquelas malditas bolinhas", disse – ou seja as bolinhas click-clack, com as quais, naquele meio-tempo, tinha se tornado uma espécie de campeã. Ainda não tinha acontecido, mas era inevitável, porque justamente os melhores se machucavam: batidas cada vez mais numerosas e rápidas, por um tempo cada vez mais longo, jogadores cada vez mais admirados pelos outros até que, *toc*, uma bolinha se desviava para o lado e atingia em cheio o osso do pulso. Todos já sabíamos disso: minha mãe, que, de fato, não queria comprar aquelas bolinhas; eu, que não me aventurei a brincar com elas; e a própria Gilda, que deveria ter levado o risco em conta e agora estava na cadeira, com os olhos marejados de lágrimas, tentando minimizar – não é nada –, enquanto seu pulso inchava a olhos vistos. A corrida às cabines para pegar a pomada anti-inflamatória e a atadura, Gilda que suportava a dor estoicamente – não é nada, repetia –, enquanto se começava a ouvir falar em Viareggio, em pronto-socorro, em radiografia, em gesso. Pois é, mas como iríamos a Viareggio? De táxi? Não tínhamos carro, minha mãe não dirigia. Gilda insistia em minimizar, e eu insistia em sonhar com Astel, porque dali a pouco ela chegaria à praia e seria justamente ela quem resolveria o problema, sua mãe telefonaria para Aldo, o caseiro, e ele nos acompanharia ao hospital em seu Renault amarelo que fedia a bituca de cigarro: Gilda, minha mãe, eu e Astel, que nos acompanharia e tranquilizaria Gilda como uma irmã mais velha, faria carinho nela como fazia em mim, e isso também a distrairia de sua tristeza, isso também seria um recomeço.

Mas, naquela manhã, Astel não apareceu. Minha mãe decidiu voltar para casa, nada de hospital por enquanto, e de lá telefonou para um médico indicado pela esposa de Gianfranco; o doutor disse que o ambulatório estava lotado, mas que se fôssemos até lá ele nos faria passar na frente na fila para ver o pulso e decidir o que fazer. Antes de partir de novo, voltei ao terraço: a casinha no cedro estava vazia, Gorgona brilhava em meio às copas dos pinheiros.

No caminho para o ambulatório, passamos na frente da casa de Astel. Eu estava prestes a dizer: "Vamos tocar a campainha, vamos perguntar se Aldo não pode nos acompanhar", mas não o fiz porque o ambulatório ficava bem perto – e não só por isso. Mas jurei que o faria se o doutor nos dissesse que teríamos de ir ao hospital. O que não aconteceu: o doutor tirou as ataduras do pulso e o examinou, tocou-o em vários pontos, moveu-o com delicadeza, enquanto Gilda apertava os dentes e não deixava escapar nem mesmo um gemido. O doutor era jovem, gordo, muito formal, um dos pouquíssimos homens que não detinha o olhar em minha mãe nem um segundo a mais. Ao contrário do doutor Cavaciocchi, não se referia a Gilda chamando-a de "senhorita", não tomava a menor liberdade. Disse simplesmente que, segundo ele, não era nenhuma fratura e, portanto, não havia necessidade de ir ao hospital. Prescreveu mais aplicações de pomada anti-inflamatória, compressas de gelo, enfaixou de novo o pulso, disse para ligar para ele no dia seguinte para informar sobre as condições da minha irmã e nos mandou de volta para casa sem cobrar nem uma lira.

Voltamos para casa depois do meio-dia, mas não consegui ficar ali nem mesmo cinco minutos. Foi o tempo de verificar do terraço a casinha no cedro, vazia, e disse à minha mãe que daria um pulo na praia porque precisava dar uma coisa a Astel. O quê?, perguntou ela enquanto eu descia a escada correndo. O que precisa dar a ela?, insistiu do terraço. Uma tradução, balbuciei, e talvez ela nem tenha me ouvido. Volte longo, entendido? Volte logo!

Assim que entrei no Bagno Stella, todos vieram me perguntar como estava Gilda, se o pulso tinha se quebrado, se tínhamos ido ao hospital. Nem respondi. Passei correndo pelo guarda-sol, só para constatar que Astel não tinha aparecido, as cadeiras estavam intactas, as espreguiçadeiras, fechadas. As ilhas ainda estavam ali, mas, com o sol alto e a luz a pino, já pareciam mais distantes, mais confusas e opalinas. Desanimado, voltei para as cabines e, com calma, respondi às perguntas sobre Gilda, tranquilizando, agradecendo, tentando acalmar minha angústia. Apareceu Giuseppe, irmão mais jovem de Gianfranco, aquele que participava das regatas com ele e com meu pai, e me perguntou se eu tinha visto o que acontecera nas Olimpíadas. Ele já era grande, devia ter o dobro da minha idade, e sabia que eu era apaixonado por esporte. Nos anos anteriores, às vezes me ajudava a fazer a pista para as bolinhas, puxando-me pelos pés. Visto o quê? Eu não fazia ideia das competições daquele dia, já não me importavam. O atentado, disse Giuseppe, houve um atentado. Algumas pessoas morreram.

Corri de novo para casa. Astel já tinha ido embora, disse à minha mãe, já preparando a cartada a ser jogada depois do almoço: vou levar a tradução à casa dela. Liguei a televisão, mas nos dois canais só se via o padrão de teste[16] com uma musiquinha sem graça. "Está na mesa!" Embora continuasse a minimizar, Gilda parecia estar com dor e comeu muito pouco. Eu também deixei metade do almoço no prato, por solidariedade, e minha mãe disse a fatídica frase: "O que é isso? Por acaso vocês viraram o tio *Jotti*?" Sesta. Na cama, liguei o radinho e, na primeira estação, estava em curso uma conexão com Munique. O que quer que pensasse o tio Giotti, o rádio era muito melhor que a televisão. A narração era feita por um cronista de esportes menores, luta, levantamento de peso, tiro ao alvo; reconheci a voz e o pastoso sotaque da Emília-Romanha. O jornalista tinha conseguido se infiltrar na vila olímpica, fingindo-se de atleta, e dizia que o comando terrorista ainda estava entrincheirado no edifício. Falava de um drama em curso.

---

[16] Imagem fixa que aparecia antes do início do programa e ajudava o telespectador a sintonizar o aparelho. (N. T.)

Dizia que havia sido desenhada uma cruz branca no asfalto, para permitir a aterrissagem de um helicóptero. Falava de guerrilheiros e de atletas israelenses. Falava de dois mortos. Falava de soldados posicionados com a metralhadora nas mãos. Dizia que, de vez em quando, um dos guerrilheiros aparecia em uma sacada, dizia que o tinha visto muito bem com o binóculo e o descrevia. Assegurava que os atletas italianos não tinham sido envolvidos na tragédia, que estavam todos bem. Dizia que "*tsirculava* um boato" segundo o qual, às cinco da tarde, a polícia alemã entraria com as forças de segurança no edifício onde os guerrilheiros estavam entrincheirados. Depois, a transmissão voltou para o estúdio, onde outra voz familiar, rouca, desgastada, tantas vezes ouvida no programa *Tutto il calcio minuto per minuto*,[17] resumia a situação "para aqueles que tinham ligado o rádio apenas agora": nas primeiras horas da manhã, disse, um comando composto por cinco fedains[18] tinha entrado na vila olímpica, invadido o edifício dos atletas israelenses, matado um treinador e outro membro da delegação e feito certo número de reféns, oito ou nove, comunicando as condições para libertá-los. Deram um ultimato até a metade da manhã, mas depois esse ultimato foi adiado várias vezes, e havia negociações em curso. A programação dos jogos havia sido suspensa, e não se sabia quando seria retomada. O chanceler alemão, Willy Brandt, dissera: "Não há dúvida de que a fase agradável dos jogos terminou".

    Gilda tinha adormecido. Saí do quarto sem acordá-la e disse à minha mãe que levaria a tradução para Astel. Talvez ela quisesse me dizer alguma coisa, mas nem começou,

---

[17] Tudo sobre futebol, minuto a minuto. (N. T.)
[18] Guerrilheiros palestinos que combatem o governo israelense. (N. T.)

pois o telefone tocou. O telefone nunca tocava ali na praia. Somente à noite, quando meu pai ligava, sempre no mesmo horário, mas durante o dia nunca tocava. Mas, dessa vez, tocou, minha mãe foi atender, e eu aproveitei para escapar.

Precisei tocar duas vezes a campainha até Primetta vir abrir a porta. Estava com o rosto inchado e os olhos vermelhos. O bom humor que normalmente irradiava de sua pessoa, aquele ar sempre bem-disposto em relação ao próximo, aquele "pode deixar comigo" que tinha escrito na testa: tudo havia desaparecido. Tinha acontecido alguma coisa. Disse-me que Astel não estava, que tinha ido para a casa dos tios, em Carrara, e que não sabia quando voltaria. Mesmo hoje não consigo pensar que a profunda compaixão que preenchia seu olhar não fosse destinada a mim, embora obviamente não fosse assim: eu é que me sirvo daquele olhar para sentir compaixão por mim mesmo – naquele momento, ainda sem saber de nada, ainda convencido de ter um futuro com a garota que eu amava. Acho que foi essa manipulação que tornou tão resplandecente e definida a lembrança daquele rosto que desaparece atrás do portão que se fecha. Todos nós fazemos isto: entre nossas recordações, selecionamos algumas por seu valor simbólico, as manipulamos e fixamos na memória com tanta precisão que as transformamos no emblema de toda uma estação da nossa vida. O ser humano pode ser ignorante quanto quiser, superficial, fútil, inexperiente, *mau* – mas o inconsciente trabalha para todos da mesma maneira, e sempre se trata de um refinado trabalho intelectual. O portão cinza que gira escondendo o rosto de Primetta, cheio de compaixão, tornou-se para mim a cena símbolo de toda esta história, e, se tivesse de contá-la em um filme, eu contrataria Meryl Streep para aqueles cinco segundos – para que ficassem como me lembro deles.

24.

Não voltei para casa de imediato, estava precisando ficar sozinho e passeei um pouco pelas ruas internas – Hotel Settebello, Via Balilla, Villa Serena. De todo modo, minha mãe pensava que eu estava na casa de Astel e não ficaria preocupada. Não havia ninguém nas ruas. Caminhei na direção do pinhal, onde a cidade terminava, rumo à área onde, nos anos anteriores, eu ia jogar bola com os garotos do meu balneário contra os da colônia. Entre eles se destacava um, pela força e pela maldade, que era chamado de Topolino: jogava descalço e dava medo em todos. Certo dia, deu um chute no meu rosto: eu estava no gol e me antecipei a ele com um mergulho, mas ele não parou e me atingiu com o pé nu, como se eu fosse a bola, e abriu um talho na maçã do meu rosto. Seguiu-se uma briga com Filippo Muzzi, que correu para me vingar e, como eu, acabou levando um chute, mas nas costelas. Depois disso, minha mãe não me deixou mais jogar futebol no pinhal.

    A área onde jogávamos não existia mais. Ao longo de toda a rua, na faixa de terraplenagem e arbustos secos que orlava o pinhal, tinham surgido canteiros de casas e pequenos prédios em construção. Eram muitos. Também estavam desertos, e me aventurei em meio àqueles esqueletos de cimento, entre betoneiras, tábuas de madeira e montes de terra. Lembrei-me de uma canção de Cat Stevens que Astel e eu tínhamos traduzido, a mais bonita de todas, aquela que eu não me cansaria de ouvir – "Where Do the Children Play": falava do que eu tinha ao me redor, exatamente daquilo. Àquela altura, já não se referia a mim, porque eu tinha crescido, mas se, para permitir que as pessoas fossem para a praia, era preciso construir casas assim, onde as crianças brincariam? Percebi que eu realmente tinha crescido, para ter um raciocínio como aquele, e me senti orgulhoso, mas depois pensei que o mérito era todo de Astel e logo me afundei de novo na tristeza: separado dela, eu não era nada, nunca tinha sido nada, e naquele momento não sabia sequer onde ela estava. Que história era aquela de tios? Ela nunca me falara que tinha tios. Seria possível ter ido para a casa dos tios em Carrara? Ou teria fugido, como dizia que queria fazer? Teria fugido sem mim, sem nem me avisar, porque entendera que eu seria um peso para ela? Seria por isso que Primetta tinha me olhado com aquela compaixão ao fechar o portão? "Coitado de você, Gigio; Astel fugiu para Londres sem lhe dizer nada. Fugiu de você."

Era nisso que eu pensava enquanto perambulava em meio às casas em construção. Depois comecei a pensar em Topolino, a desejar encontrá-lo ali, sozinho e triste como eu, naquele lugar que tinha se tornado sinistro, enquanto todos estavam na praia vendo as ilhas. Ele era órfão – pelo menos era o que se dizia a seu respeito; onde estaria jogando? Onde quebraria a cara das crianças que tinham família e iam à praia com a mãe e a irmã, que saíam de barco com o pai? Quem o levava à praia eram os monitores da colônia de férias, no trecho longe dos balneários, lá perto da foz do Fiumetto – eu tinha visto como faziam: mantinham as crianças reunidas como se fossem um rebanho, e, quando algumas paravam porque tinham entrado pedrinhas em suas sandálias, os monitores se aproximavam delas batendo as mãos e dizendo: "Vamos, Mimmo, vamos! Depressa! Não demore!". Se Topolino estivesse ali naquele momento, não me assustaria nem um pouco: eu poria o braço nos ombros dele e lhe diria que eu também, quando pequeno, era chamado de Topolino. Diria: "Me ajude, amigo, estou precisando da sua raiva". Mas nem ele estava ali; eu estava mesmo sozinho e comecei a chorar.

Ainda era cedo quando tomei o caminho de casa, o sol ainda estava alto, e as sombras ainda não tinham começado a se alongar. Eu continuava a chorar e não fazia a menor ideia de como parar; por isso, mais uma vez peguei as ruas secundárias, para não me apresentar diante da minha mãe naquelas condições. Fui parar bastante longe, em uma rua onde certa tarde, durante um passeio de bicicleta – Gilda era pequena, ainda precisava das rodinhas –, vi Helmut Haller, jogador da Juventus, descendo de um Lancia Spider. Parei, larguei a bicicleta no chão e saí correndo até ele: "Haller!", disse, como se ele não soubesse quem era e eu tivesse de dizê-lo. Ele sorriu para mim, em seguida chegou minha mãe, e Haller também olhou para ela como todos faziam, fitando-a por aquele tempo a mais. Minha mãe pediu desculpas pelo meu atrevimento: ela não fazia a menor ideia de quem era Haller, o grande Helmut Haller, habituado ao assédio dos torcedores. Pedi um autógrafo a ele, porque nunca mais teria uma ocasião como aquela, e, enquanto minha mãe continuava a se desculpar, Haller entrou de novo no carro por alguns segundos e saiu com um caderninho e uma caneta. Fez um belíssimo autógrafo esvoaçante para mim, arrancou a página e me entregou, continuando a sorrir e a olhar para minha mãe. Tinha feito o autógrafo para ela. Depois, acariciou minha cabeça, disse *ciao* e entrou em um hotel ali na frente. Por isso eu lembrava o nome daquela rua e até hoje lembro: Via Don Giovanni Bosco. Era comprida e reta e levava diretamente ao terminal da viação Lazzi, na estrada costeira, para onde me dei conta de que estava me dirigindo. Ao terminal da Lazzi. Mas para fazer o quê? Claro que não ia pegar um ônibus, visto que não tinha nem uma moedinha no bolso e não saberia para onde ir: a Carrara? Onde? Era mais para dar uma olhada se, por acaso, Astel não estaria lá: afinal, tinha dinheiro, sabia para onde ir, e o único lugar em Fiumetto de onde era possível partir era aquele, pois a cidade não tinha ferrovia. Que idiota! Por que não pensei nisso logo?

De longe, vi a frente de um Pallas vinho igual ao Tubarão do meu pai, vindo em minha direção, e, mesmo não dando a mínima para isso, não pude deixar de pensar que meu pai tinha razão: de fato, era o carro mais bonito do mundo. E, de fato, aquela cor era a mais bonita de todas. E, de fato, aquele Pallas era o Tubarão do meu pai. Com meu pai dentro. Piscando os faróis.

Fez com que eu entrasse no carro, e perguntei o que ele estava fazendo ali. Respondeu que estava me procurando, porque minha mãe estava muito preocupada. Eu disse que ela não podia estar preocupada porque eu havia dito que ia à casa de Astel, como fazia todas as tardes. Depois, disse a ele que, com a pergunta, eu queria saber o que ele estava fazendo ali, em Fiumetto, àquela hora, na terça-feira, em vez de estar no trabalho – mas logo me arrependi, porque a resposta era óbvia: Gianfranco tinha telefonado para ele, contado das ilhas, e ele tinha largado o trabalho e vindo correndo para ter tempo de sair de barco. Decidi que, dessa vez, se ele tentasse me levar junto, eu não aceitaria, mas ele não disse nada. Dirigiu em silêncio por um tempo, virando na estrada costeira, na direção errada, e me perguntou se eu estava a fim de um sorvete. Depois, sem esperar pela resposta, estacionou o Tubarão na frente da sorveteria Cervino.

Pedimos os sorvetes, dois copinhos de duzentas liras, ou seja, grandes – daqueles que nunca me davam. Ele pagou e me conduziu a uma mesinha livre, algo que também nunca fazíamos, porque tomávamos sorvete na rua, caminhando. Em seguida, deixou-me sozinho e foi até a cabine telefônica ali na frente para avisar minha mãe que tinha me encontrado.

Soprava um vento forte, que despenteava os cabelos e fazia voar as toalhas de papel. O céu ainda estava sem nuvens, mas bem menos limpo. A luz era amarela, quente, como a que inundava o quarto de Astel quando nos beijamos pela primeira vez, enquanto dançávamos "Lady Stardust". Apenas enquanto eu tomava o sorvete percebi que não estava mais chorando. Quando tinha parado? Ele tinha me visto chorar?

Quando voltou, metade do seu sorvete já tinha derretido. Começou a tomá-lo em silêncio, mas parou depois de duas ou três colheradas. Eu já havia terminado o meu.

– Preciso te dizer uma coisa – começou.

– O quê?

Afastou a taça ainda quase cheia, como para afastar a tentação de comer mais. Sofria de úlcera, tomava pastilhas marrons, chamadas Caved. Cheguei a experimentar algumas às escondidas, tinham gosto de alcaçuz.

– Aconteceu uma desgraça – disse ele.

Pronto.

– Que desgraça?

– O senhor Raimondi – disse –, o pai de Astel.

Será que com essa especificação queria dizer que sabia dela e de mim? Será que justamente por saber de mim e dela estava sendo tão solene? Será que por ser tão solene não sabia o que dizer?

— Ele morreu — acrescentou.

Pronto. Agora, sim, era a vez de se acenderem as perguntas.

— Quando?

— Ontem à noite.

E eis que nada estava explicado. Ele tinha morrido à noite, mas já desde cedo Astel estava desesperada e brava com ele.

— Assim, de repente? — perguntei.

Meu pai não esperava por essa pergunta, ficou desconcertado. Depois, respondeu.

— Sim, claro.

— Acidente? Infarto?

Eu tinha crescido, fazia perguntas de gente grande.

— Não sei, Gigio. Sei que morreu ontem à noite, de repente.

Ele sabia, sim, e como sabia! Eu o conhecia. Conhecia aquele seu modo de desviar o olhar quando contava uma mentira. Peguei o sorvete que ele havia deixado e comecei a tomá-lo. O protesto do tio Giotti estava me deixando com fome.

— É por isso que você veio? — perguntei.

— É — respondeu. — Por isso e pelo acidente da Gilda. Venha, vamos para casa porque a mamãe está preocupada.

— Por que está preocupada?

— Está preocupada com você.

— Comigo? Mas você não acabou de ligar para ela?

Terminei o sorvete dele também. Ele só estava esperando por isso e se levantou, e fiz o mesmo. Voltamos para o carro. Ele deu a partida e engatou a ré, acionando aquele câmbio fantástico no volante do Tubarão.

– Sinto muito – disse ele. De novo: seria porque sabia de mim e Astel? Do contrário, aquela frase não fazia sentido.

– Ontem à noite, quando? – perguntei.
– O quê?
– Ele morreu ontem à noite quando?
– Como assim?
– Ontem à noite cedo ou ontem à noite tarde?

Porque, antes de adormecer, eu tinha desejado mal àquele homem. Era importante entender se ele ainda estava vivo ou já estava morto quando lhe desejei mal.

– Não sei, Gigio. Não sei.

Ele mentia de novo, não havia nenhuma dúvida. Nada parecia convincente. Todas as perguntas continuavam acesas. Mas, naquela noite, eu teria as respostas, por detrás da porta.

25.

Comemos em silêncio. Gilda deixou as almôndegas no prato, e fiz o mesmo. Minha mãe olhou para nós, preocupada, e dessa vez nem mencionou o tio Giotti. Meu pai nem percebeu, pois estava prestando atenção ao telejornal, que falava do atentado em Munique. Um ultimato após o outro, negociações, pedidos de helicópteros, de aviões, de libertação de prisioneiros em Israel, Olimpíadas interrompidas. As imagens, porém, eram sempre as mesmas, da parte externa da vila olímpica, e não mostravam mais nada. A televisão não tinha conseguido mandar ninguém para dentro do local, mas a rádio, sim. A noite seria decisiva, diziam. Todos torciam para que prevalecesse o bom senso, mas dava para perceber que não acreditavam nisso, como eu não acreditava no que meu pai havia me dito. Eu tinha de agir com atenção. Naquele desastre, apenas um desejo permanecia vivo em mim: saber. E eu tinha certeza de que meu pai e minha mãe sabiam.

    Meu pai tirou as ataduras do pulso de Gilda, e o pulso estava bem menos inchado. Tocou-o e moveu-o como havia feito o médico, e Gilda disse que não sentia dor. Passou de novo a pomada anti-inflamatória e recolocou as ataduras, mas não tão bem quanto estava. Abraçou "sua menina" e a manteve junto a ele no sofá, e, ali ao lado, minha mãe fez o mesmo comigo: abraçou-me, apertou-me e começou a brincar com os dedos entre os meus cachos. Nem uma palavra sequer sobre a morte de Lucido Raimondi. Queriam nos proteger da chuvarada de maldade que se concentrara naquele dia, e, de fato, a televisão também não estava mais sintonizada no segundo canal, no qual havia uma conexão direta com Munique, e sim no primeiro, no qual exibiam um programa musical, como se nada tivesse acontecido. Gilda adormeceu quase de imediato, mas pensei que, se eu fingisse fazer o mesmo, eles poderiam ficar desconfiados: eu nunca pegava no sono tão cedo, assistindo à TV; ao contrário, muitas vezes, eles adormeciam antes de mim. Desse modo, ouvi todas aquelas canções que me pareciam ridículas e enjoativas, uma vez que eu já conhecia a música de verdade – e, se a tinha conhecido, era mérito de Astel. Uma canção era melhor que as outras e dizia: "Sol apagado, sol apagado, nos lábios de quem me amava, ilusão de um momento, sol apagado apenas para mim". Astel era assim. Da última vez que a vira, era um sol apagado. Tudo me falava dela.

Fechei os olhos, entreguei-me ao colo da minha mãe, em sua carne macia como um bolo, e adormeci. De mentira, claro: na realidade, eu estava tão tenso que me parecia impossível não perceberem – mas não perceberam. Passou algum tempo, então meu pai disse à minha mãe, em voz baixa: "Está dormindo", e logo depois minha mãe se afastou de mim e me ergueu, segurando-me com os braços sob as axilas. Era assim que me colocavam na cama quando eu adormecia diante da TV, levantando-me e pilotando-me até o quarto por trás, como se eu fosse uma marionete: eu não era muito gordo, mas já não conseguiam me carregar no colo, nem mesmo meu pai. Gilda, ao contrário, ainda era bem levinha, e, de fato, meu pai a levou nos braços até a cama como se carregasse uma cestinha de frutas. Minha mãe me cobriu com o lençol, beijou minha testa e, logo em seguida, meu pai também me beijou, com sua barba por fazer, que pinicava. Depois saíram do quarto e fecharam a porta – algo que nunca faziam. No mesmo instante, coloquei-me à escuta. Antes do jantar, eu havia pegado um copo na cozinha e o escondido debaixo da cama: encostando-o na parede e colando meu ouvido nele, os ruídos do quarto ao lado chegavam amplificados. Era um truque que eu havia aprendido no *Manual do escoteiro-mirim*. Não que assim se pudesse acompanhar uma conversa inteira, mas dava para ter uma ideia do que estava acontecendo ali ao lado. Depois eu iria para detrás da porta.

Por algum tempo, não disseram nem uma palavra sequer: ouvia-se apenas um farfalhar, talvez estivessem se despindo. Depois foram ao banheiro, primeiro ela, depois ele. Em seguida, para minha grande sorte, foram para a cama – ficaram sentados, imagino, com as costas apoiadas na parede atrás da qual eu estava –, e assim acomodados começaram a falar: por isso, suas bocas se encontravam a poucos centímetros do meu ouvido, e, ao contrário do que eu imaginava, a amplificação produzida pelo copo foi suficiente para me fazer entender tudo sem que eu precisasse ir até a porta.

Falaram de mim. Meu pai disse que no dia seguinte a notícia sairia nos jornais, e todo mundo ficaria sabendo; portanto, era melhor se fossem eles a me contar. Minha mãe concordou e disse que, mesmo sem os jornais, todos já sabiam no Bagno Stella: enquanto ele estava na rua me procurando, a Rosy e uma tal de Roberta Bonechi ligaram para ela. Minha mãe não tinha vida social ali no balneário, mas após dez anos indo até lá, conhecia todas as senhoras que o frequentavam. Pela conversa deles consegui reconstruir o que havia acontecido à tarde: a esposa de Gianfranco tinha telefonado para a minha mãe para lhe dar a notícia – aquele telefonema quando eu estava indo para a casa de Astel –, ela logo avisou meu pai, e ele decidiu vir imediatamente. Mas parecia que, naquele momento, o problema era eu, que tinha saído para ir até a casa dos Raimondi e não tinha voltado. Com o que havia acontecido, os Raimondi não podiam estar em casa, portanto por que eu não voltava? Aonde eu tinha ido? Por isso, assim que chegou, meu pai começou a me procurar: para os dois, mesmo com o que havia acontecido, eu continuava sendo a prioridade – o que pelo menos mostra que tentaram agir pelo meu bem. Mas ainda não dava para entender o que tinha acontecido. Não o diziam. De resto, eles sabiam, por que haveriam de dizer? Era eu quem não sabia.

Depois, meu pai deve ter se levantado da cama, porque sua voz ficou bem mais fraca, e já não se entendia o que ele dizia. Talvez tivesse ido até a janela fumar. Minha mãe, por sua vez, continuou ali, atrás da parede, e sua voz continuava clara e inteligível. Foi ela quem finalmente disse o que sairia no dia seguinte nos jornais: "Mas dizem que foi assassinado em seu escritório. Em Pietrasanta".

Assassinado. Eu já tinha desconfiado, mas ouvi-lo me deixou muito assustado.

A voz do meu pai voltou a ficar mais clara, e eles continuaram a conversar por um tempo, mas percebi que eu os havia superestimado, pois não sabiam de mais nada. Lucido Raimondi tinha sido assassinado em seu escritório em Pietrasanta na noite anterior. Fim. Apenas dois dos servos honestos tinham trabalhado ali: a que horas e onde; o como e o porquê, meus pais não sabiam, e por suas palavras também não dava para saber onde estava Astel nem que estivessem a par da existência daqueles tios de Carrara. Minha mãe parecia não ter se dado conta de quanto Astel estava perturbada na manhã anterior e não fazia nenhuma associação. Tinha acontecido alguma coisa naquela casa já um dia antes da morte de Lucido Raimondi, mas apenas eu sabia disso. Sim, eu realmente tinha superestimado os dois: eu sabia mais que eles.

Concordaram quanto ao fato de que meu pai me contaria do homicídio na manhã seguinte, mas que me faria prometer não dizer nada a Gilda; em seguida, iria à procuradoria de Lucca, onde conhecia uma porção de gente, para ter informações, enquanto minha mãe tentaria descobrir no Bagno Stella que fim tinha levado "aquela pobre mulher". Depois, pararam de falar e adormeceram – pelo menos é o que acho. Continuei acordado até o amanhecer.

Na manhã seguinte, as coisas não aconteceram como eles haviam combinado. Quando me levantei, mais tarde que o normal, a televisão estava transmitindo uma edição extraordinária do telejornal, e meu pai estava ali assistindo, muito perturbado. "Todos morreram", disse quando percebeu que eu estava perto dele, sem desgrudar os olhos da TV. Suas palavras também me perturbaram, e, antes ainda de voltar a pensar em Astel e no pai dela, comecei a seguir o noticiário. Durante a noite, tinha ocorrido um conflito armado no aeroporto, de onde o grupo terrorista pretendia decolar com os reféns para Túnis ou para o Cairo, não estava claro, em um avião posto à disposição pelas linhas aéreas alemãs. Aparentemente, tinha-se chegado a um acordo, os terroristas e os reféns tinham sido levados ao aeroporto em dois helicópteros, mas se tratava de uma armadilha, e, durante a transferência para o avião, os atiradores de elite alemães começaram a disparar, desencadeando a reação dos terroristas. Seguiu-se um inferno que durou quase duas horas, durante o qual todos morreram, como havia dito meu pai: os nove reféns israelenses, os cinco terroristas e dois agentes especiais alemães. A Alemanha estava em choque. O esporte estava em choque. O mundo inteiro estava em choque.

Os Jogos Olímpicos, disseram, já não faziam sentido. A programação das competições, disseram, tinha de ser interrompida definitivamente. O nome da formação terrorista que havia reivindicado o atentado era Setembro Negro.

De repente, meu pai se moveu, percebeu que já era muito tarde e saiu correndo, esquecendo-se de me dizer que o pai de Astel tinha sido assassinado. Minha mãe foi atrás dele, talvez para lembrá-lo, mas ele desapareceu pelas escadas, dizendo: "Está tarde, preciso ir à procuradoria; diga você a ele". Mas Gilda estava por perto, e Gilda não deveria saber da história; por isso, minha mãe não disse nada nem para mim. Mas fez uma coisa que demonstrava a perturbação que também tomara conta dela: cobriu Gilda de pomada e, às quinze para as onze – porque já era essa hora –, levou-nos à praia. Eu não sabia o que fazer. Ela continuava a me tratar como um garotinho, e não se pensa que um garotinho possa sofrer como eu estava sofrendo – por certo, não pelas razões pelas quais eu sofria. Por isso, ela também estava muito distante. Além disso, subestimava Gilda, que, é claro, tinha percebido que meu pai e minha mãe estavam escondendo alguma coisa, sobretudo ao ver que era levada à praia no horário em que normalmente tinha de voltar para casa. O que eu deveria fazer? Deveria perguntar, cobrar, dizer o que eu sabia? Não fiz nada. Deixei-me guiar até a praia como as crianças da colônia de férias – "rápido", "segure sua irmã pela mão", "preste atenção ao semáforo". A situação era a de sempre: embora, nesse caso, houvesse pouco a ser mudado, eu poderia ter resistido, me oposto ou simplesmente desabafado minha angústia, mas não fiz nada.

Da praia, ainda era possível ver as ilhas, mas não como no dia anterior. Nada de Capraia; naquele dia, era Gorgona que estava desfocada e azulada. Na direção norte via-se um pouco melhor, Palmaria e Punta Bianca estavam mais nítidas, mas, assim que o sol subisse mais, elas também ficariam borradas em um céu que já não era uma tela de linho como no dia anterior. Minha mãe nos levou para o guarda-sol e nos deixou ali, encarregando-me de cuidar para que Gilda não se expusesse ao sol; depois, voltou às cabines para cumprir sua missão de inteligência. Naturalmente, o guarda-sol dos Raimondi estava deserto, e embora eu esperasse por isso, aquele vazio me causava a mesma impressão terrível de sempre – até mais terrível do que eu esperava.

– Você sabe o que está acontecendo? – perguntou Gilda. À beira-mar, Carlo Cuomo, Filippo Muzzi e os outros estavam jogando vôlei, mas eu não tinha nenhuma vontade de me juntar a eles. Tudo o que eu queria fazer era falar de Astel, mencionar seu nome o máximo possível, evocá-la e, por isso, decidi dizer a verdade a Gilda. Por isso e porque estava pensando em uma série de iniciativas bastante extremas que eu poderia ser obrigado a tomar, e sua cumplicidade me serviria.

– O pai de Astel foi morto – respondi. Sem meias palavras.

Gilda franziu a testa. Ficou surpresa, não abalada.

– E por quem? – quis saber.

– Não se sabe.

– Coitada da Astel – comentou.

E, até ali, tudo normal. O acesso secreto de Gilda à substância oculta do mundo, à verdade, ao invisível e a mim se revelou com as perguntas seguintes.

– Onde ela está agora?

– Na casa de uns tios em Carrara.

– Hum... E a mãe dela?

Direta ao ponto.

— Junto com ela, imagino — respondi, mas, enquanto respondia, percebi a incongruência daquela resposta, como quando se faz um movimento no xadrez e, no exato momento em que ele é feito, percebe-se que é errado e se vê, de uma só vez, a combinação[19] com a qual nosso adversário nos derrubará.

Foi o que aconteceu.

— Estranho — disse Gilda.

Embora nos últimos tempos, por mérito de Astel, eu tivesse a impressão de participar das coisas muito mais que antes, de ter pensamentos mais precisos e definidos a respeito de tudo, Gilda era como Astel, tinha nascido na mesma condição. Nunca fora imprecisa como eu havia sido até aquele verão. *Via e era vista.*

— Realmente estranho — repetiu. E, logo em seguida, a combinação: — Por que precisaram fazer isso? Elas têm uma casa com caseiro e cozinheira. Por quê?

Era mais inteligente que eu, sem dúvida, já naquela época, aos sete anos. Também estava muito menos envolvida, obviamente, tinha mais lucidez. Mas, como eu disse, já naquele tempo era uma daquelas pessoas especiais que têm acesso direto à verdade e, entre as mil perguntas que poderiam fazer diante de um mistério qualquer, fazem logo de cara a certa. Era como Astel. Já eu era aquele que fazia todas as outras perguntas.

Nem me lembro do restante daquele dia horrível. Juro. Foi horrível. O sangue nas Olimpíadas. A tarde sem Astel. O mundo vazio. O sol apagado. Serviu apenas para chegar à noite.

---

[19] Nesse caso, termo do enxadrismo que se refere a uma sequência de jogadas antecipadas mentalmente para obter uma posição vantajosa no tabuleiro. (N. T.)

26.

Gilda adormeceu de verdade, não sei como conseguiu. De resto, ela já tinha entendido tudo. Eu, ao contrário, fiz a mesma encenação da noite anterior e fingi aguentar firme antes de fingir desabar, enquanto na TV se fingia que a decisão de não cancelar as Olimpíadas fosse devida à vontade de não entregar o esporte ao terrorismo. Depois, fingi de novo cambalear até minha mãe me conduzir à cama. Deixaram-nos sem nos beijar e sem fechar a porta, mas infelizmente não foram conversar no quarto, como na noite anterior, e sim na cozinha. Isso complicou bastante minha missão, porque interceptar a conversa deles se tornava bem mais difícil, e o risco de ser descoberto, muito alto. Eu tinha de ficar atrás do canto do corredor, a vários metros de distância, onde as vozes chegavam de maneira indistinta e só se conseguia entender algumas palavras isoladas e errantes: "vergonha", "não foi dito", "indícios", "coitada". Se depois de um tempo fossem para o quarto, eu não entenderia nada. Mas foi o que fizeram, foram para o quarto e nem fecharam a porta. Não houve necessidade de usar o copo.
 Gilda havia acertado na mosca: Astel estava na casa dos tios, sim, mas sozinha, porque a mãe havia sido detida em prisão temporária no quartel da polícia de Lucca. Senti o sangue gelar: a senhora Raimondi era suspeita de ter matado o próprio marido. Minha mãe falava muito mais que meu

pai, estava indignada: mais do que evidências contra ela, dizia, é claro que está detida porque é *preta*, estrangeira e bonita, essas são as evidências; se você ouvisse o que aquelas víboras estavam dizendo hoje na praia! Além do mais, por que todo mundo está sabendo disso? Que raio de sistema é esse? Meu pai tentava tranquilizá-la, é uma formalidade, dizia, uma ação necessária, você vai ver que amanhã a soltam. As evidências contra ela, dizia, logo cairiam por terra: a combinação do cofre no qual Lucido Raimondi guardava a arma também era conhecida por outras pessoas, sem contar que ele próprio poderia tê-la tirado dali; as impressões digitais da senhora Raimondi, dizia, estavam na coronha da arma porque, certa vez, o marido a levara ao polígono de tiro e ela chegara a atirar, mas bastava verificar no local para ter uma confirmação desse fato; e, por fim, dizia, não é fácil ter um álibi quando não pensamos precisar de um. Os culpados se preocupam em ter um álibi, não os inocentes. Isso era o que meu pai dizia à minha mãe, mas, pela sua voz, ele parecia preocupado. Ela, indignada, e ele, preocupado. Minha mãe insistia para que ele assumisse a defesa da senhora Raimondi, e ele insistia em dizer que ela já tinha um advogado, era um colega dele de Lucca, com o qual havia conversado naquela tarde, um profissional competente, e por ele soubera de todas as informações, mas minha mãe não se deu por vencida: era ele quem tinha de intervir diretamente, e não seu colega competente; aquilo era um caso de racismo, eram todos racistas; se ele ouvisse o que tinha saído daquelas bocas na praia, coitada, coitada, coitada.

Estava claro que minha mãe estava desafogando a raiva que acumulara naqueles anos ao sentir-se estrangeira, suspeita e vigiada; estava claro que não aguentava mais a hipocrisia que sempre a circundara, graças à qual nunca ninguém dizia nada de mal na cara de ninguém, mas bastava virar as costas para a pele preta ou branca demais não ser perdoada, para os cabelos ruivos ou crespos demais não serem perdoados, para a beleza forasteira não ser perdoada. E eu sabia disso, sabia também que minha mãe nutria uma carga de raiva reprimida, capaz de fazê-la praguejar como uma desbocada, eu a tinha ouvido com meus próprios ouvidos; mas, naquele momento, não pensei nisso. Naquele momento, eu me perguntava, antes, como ela podia ter tanta certeza de que a senhora Raimondi fosse inocente. Eu me perguntava o que ela teria pensado se soubesse que, no dia anterior ao homicídio, a senhora e o senhor Raimondi tiveram uma briga "mortal" – nas palavras textuais de Astel – ou que nas tardes que eu passava na casa de Astel, e muitas vezes também durante o almoço, ela quase nunca estava. Minha mãe nunca tinha brigado com meu pai – pelo menos não na frente de nós, filhos – e nunca nos deixava sozinhos; não sabíamos o que era uma *baby-sitter*, tampouco se falava na minha casa em assumir uma babá fixa, embora de vez em quando meu pai retomasse esse assunto e o sugerisse. Minha mãe nem concebia a ideia de não se ocupar pessoalmente de seus filhos e de sua casa; a esse respeito, era uma integralista; teria sido assim tão aguerrida em defender a senhora Raimondi se soubesse o que eu sabia?

Dito isso, permitam-me acrescentar que seu modo de ver a situação me decepcionava imensamente: posso até aceitar a solidariedade com a senhora Raimondi, mas a história incluía uma menina de treze anos, cuja infelicidade não era difícil de imaginar, mesmo admitindo que pudesse não a ter notado dois dias antes; e incluía a mim, seu filho, igualmente infeliz e consumido pela angústia. Não tinha como ela não entender isso, não era possível: então por que não dizia nada sobre Astel e sobre mim? Era tão difícil assim levar nós dois em conta naquela tragédia? O que lhe custava dizer: "E Astel? E Gigio? Como vão fazer agora? Será que esses tios de Carrara não têm um número de telefone para que esses dois pobres coitados possam, pelo menos, conversar?". Não estavam nem um pouco preocupados comigo, conosco. Até mesmo a simples prudência de me comunicar que Lucido Raimondi tinha sido assassinado, tão viva na noite anterior, para que eu não ficasse sabendo pelos jornais, havia caído no esquecimento.

Pois bem, talvez esse seja o ponto da história no qual eu poderia ter intervindo, aquele que eu deveria pedir para viver uma segunda vez se me fosse dada a possibilidade de voltar no tempo: mandem-me de volta para lá, por favor – eu diria –, para a decepção, para a surpresa e para a raiva que senti quando compreendi que já não fazia parte das preocupações dos meus pais. Para sair de trás da porta, entrar no quarto deles e dizer que a coisa mais importante que poderiam fazer no dia seguinte – e a mais útil – seria me levar até Astel e me permitir estar perto dela, e não distante a ponto de não saber sequer como fazer para conversar com ela, pelo seu bem e pelo meu, porque estamos apaixonados e sofremos por estar longe um do outro, mesmo quando tudo vai bem, imagine então depois do que aconteceu. E eu poderia acrescentar que, embora vocês tenham se esquecido de me dizer, eu sei de tudo, porque os espiei como minha mãe me espiou quando eu brincava com as palavras preferidas; aliás – eu concluiria –, sei mais do que vocês. Se eu pudesse voltar no tempo e, naquele momento, fizesse isso, acho que agora não estaria aqui, contando minha história, porque faltaria sua parte mais cruel. Se naquele momento eu tivesse agido assim, se tivesse esclarecido as coisas desse modo peremptório, acho que o efeito teria sido suficiente para me fazer dar alguns passos mais adiante quando o elefante caísse do céu (para citar o poema de um verso só, com o qual minha irmã resumiria tudo o que estou contando: "Um elefante cai do céu"). Mas, honestamente, devo dizer que nem pensei nisso, e minha reação à descoberta de que, na visão que meus pais tinham das coisas, Astel e eu não éramos contemplados, foi muito mais modesta: decidi agir sozinho. Pouca coisa, é claro – nada que pudesse fazer com que meus pais sentissem meu peso nas decisões a serem tomadas, mas a simples busca de um meio para rever Astel. Como sempre, eu respondia à pergunta errada.

No dia seguinte, meu pai repetiu sua missão na procuradoria; minha mãe, a sua na praia; e eu, a minha na casa de Astel. Eu tinha um plano. Escrevi um bilhete – não uma carta, um bilhete, com o número do telefone de casa, tanto a de Fiumetto quanto a de Vinci, e apenas cinco palavras: "Ligue para mim. Te amo". Coloquei-o dentro de um envelope, que fechei com cola, e enfiei o envelope no bolso, bem dobrado para ninguém ver. Depois, disse à minha mãe que tinha de dar aquela tradução à Astel, sem falta, mesmo com a desgraça que havia acontecido, e para não ser pego de calça curta, caso ela me pedisse para ver o texto, escrevi em uma folha a versão completa em italiano de "Scarlet Ribbons" – eu a sabia de cor, mas ela não me pediu. Já para o caso de ela tomar a iniciativa de me informar que Astel não estava mais em casa porque o senhor Raimondi havia sido morto, a mãe dela, presa, e ela, enviada para a casa dos tios em Carrara, procurei não me afastar mais de um metro de Gilda, de modo que ficaria impossível dizê-lo a mim sem dizer também a ela. E, por fim, se de todo modo ela decidisse dizê-lo, eu responderia que aquela tradução era muito importante para Astel, que eu a deixaria com Primetta e lhe pediria para mandá-la para a casa dos tios. Era um plano que não tinha pontos fracos, mas, justamente, mirava baixo demais em comparação com o que estava para saltar em cima de mim.

 Minha mãe não disse nada, fingiu que não sabia de nada e pediu que eu não incomodasse a família em um momento como aquele; quando muito, acrescentou, para dar um tom de compaixão à própria hipocrisia, Astel poderia vir à nossa casa se quisesse. De modo igualmente hipócrita, respondi que a convidaria com certeza e lhe agradeci pela ideia. Nunca tínhamos jogado tão sujo, minha mãe e eu, e, embora minhas preocupações naquele momento fossem outras, não pude deixar de considerar isso grave.

 Não havia ninguém na casa de Astel. Toquei duas, três, quatro vezes – nada. Espiei entre as fendas do portão e não vi o Renault amarelo de Aldo, que costumava ficar estacionado no alto da entrada. Não se via nem mesmo Bowie, que começava a latir imediatamente quando alguém tocava a campainha. A casa estava deserta, e meu plano não havia considerado essa possibilidade. Lá estava eu de novo no mesmo desalento de antes; então voltei para casa, a fim de me consumir na minha dor, esperando meu pai regressar para fazer o teatrinho de sempre e depois espiá-los para saber das novidades. A essa altura, eu não fazia outra coisa a não ser fingir.

 Naquela noite, descobri que, segundo várias senhoras do Bagno Stella e dos estabelecimentos balneares vizinhos, a mãe de Astel estava traindo o marido. Descobri que sua prisão temporária havia sido confirmada porque, embora para ela fosse um argumento absolutamente decisivo, a senhora Raimondi continuava a não dar a menor informação verificável sobre onde tinha passado a noite na qual o delito fora cometido. Descobri por que eu não tinha encontrado ninguém na casa de Astel: Aldo e Primetta tinham sido intimados a depor na delegacia, e descobri que o interrogatório seria retomado no dia seguinte; por isso, era inútil eu insistir em levar meu bilhete. Descobri que meu pai não tinha assumido o posto do colega na defesa da senhora Raimondi, como queria minha mãe, pois não se podia chegar para um advogado e dizer-lhe: "Olhe, tire umas férias, sou amigo da família, pode deixar que cuido disso", e pegar seu cliente. Descobri que minha mãe não queria vir mais a Fiumetto porque tinha ficado sabendo que a maioria das pessoas ali, em Versilia, não prestava, e descobri que meu pai já sabia disso, por conta do caso Lavorini. Sobre Astel e sobre mim, nem uma palavra. Afastavam-se cada vez mais desse assunto.

Dali em diante, tenho dificuldade para me lembrar do que aconteceu. Dali em diante, todas as minhas lembranças estão contidas em uma única página repleta de tirinhas com o mesmo desenho (o menino que escuta às escondidas, as vozes dos pais que chegam até ele por trás da porta), no qual mudam apenas os quadrinhos com as falas. Tudo sem detalhes. Tudo sem tempo. Tudo é acelerado. Tudo é sugado pelo buraco negro que tudo engolirá.

27.

Meu pai diz à minha mãe que auxiliou o colega de Lucca na defesa da senhora Raimondi, como ela queria.

Minha mãe diz "ótimo" e lhe pergunta se a senhora Raimondi havia sido solta.

Meu pai diz que não.

Minha mãe pergunta: Pode-se saber por quê?

Meu pai diz que é ainda porque ela não consegue justificar seus deslocamentos na tarde e na noite de segunda-feira.

Minha mãe diz: Mas como é possível?

Meu pai pergunta: Como é possível o quê?

Minha mãe diz: Como é possível que não consiga justificar seus deslocamentos? Deve ter estado em algum lugar.

Meu pai diz que a senhora Raimondi disse que estava por aí e que não encontrou ninguém que pudesse confirmá-lo.

Minha mãe pergunta: Por aí onde?

Meu pai diz: Não sei.

Minha mãe diz que as víboras na praia...

Meu pai a interrompe (ainda não tinha terminado de falar, apenas fizera uma pausa) e diz que a senhora Raimondi estava muito transtornada e não prestou atenção aonde estava indo porque naquele mesmo dia tinha havido uma briga muito violenta entre o senhor Raimondi e os dois irmãos dele, sócios na empresa, pois o senhor Raimondi havia descoberto que o estavam roubando.

Minha mãe pergunta: Mas então poderiam ter sido eles?

Meu pai diz que sim, segundo a senhora Raimondi, foram eles.

Minha mãe pergunta: Mas ela disse isso à polícia?

Meu pai responde: Claro que disse.

Minha mãe pergunta: Mas então por que ainda a mantêm presa?

Meu pai diz: Porque eles têm um álibi, e ela, não.

Minha mãe diz: Claro que eles têm, eles são dois, servem de álibi um para o outro.

Meu pai diz: Não é bem assim, é um álibi muito consistente.

Minha mãe pergunta: Por que é muito consistente?

Meu pai diz que é muito consistente porque foi fornecido pelo próprio comandante de polícia de Pietrasanta.

Minha mãe pergunta: Como assim?

Meu pai diz: E não foi só ele: também o prefeito de Pietrasanta, o assessor da secretaria de cultura e mais umas cinquenta pessoas. Estavam todos na inauguração da mostra de um escultor em uma galeria de Pietrasanta, depois foram todos juntos jantar em um restaurante.

Minha mãe diz: Então devem ter pagado para alguém fazer o serviço.

Meu pai diz: Claro, é possível.

Minha mãe diz: Sem contar que pode ter sido qualquer pessoa.

Meu pai diz: Não, os investigadores estão convencidos de que foi um homicídio planejado em âmbito familiar.

Minha mãe pergunta se é por causa da arma que estava no cofre.

Meu pai diz: Por isso e por outras coisas que não sei.

Minha mãe pergunta: Então foi ela ou foram eles?

Meu pai diz: É o que pensam os investigadores.

Minha mãe pergunta: Você também acha isso?

Meu pai diz: Sim, também acho.

Minha mãe pergunta se não haveria um contador, um empregado ou alguém da empresa que pudesse saber da arma.

Meu pai responde que sim, mas essas pessoas também têm álibis fortes.

Minha mãe se cala.

Meu pai se cala.

Minha mãe pergunta se meu pai não chegou a pensar que pudesse ter sido ela.

Meu pai diz que não, não chegou a pensar nisso.

Minha mãe diz: Então foram os irmãos.

Meu pai diz: É, parece que sim.

Minha mãe diz: Pagaram alguém para fazer o serviço.

Meu pai diz: Sim, porque pessoalmente não podem ter feito isso.

Minha mãe pergunta: E ela? Como está? Deve estar muito mal.

Meu pai diz: Não, está bem tranquila.

Minha mãe pergunta: Mas como pode estar tranquila?

Meu pai diz que não sabe. Diz que é uma mulher forte.

Minha mãe diz que as víboras da praia insistem em afirmar que ela tem um amante, e uma delas até sustenta que os viu, de relance, quando estava passando de carro; eles estavam abraçados na frente do mirante de um casarão, em um lugar nas colinas, em Camaiore, Caramelli, Garambelli, Campitelli...

Meu pai diz: Gombitelli?

Minha mãe diz: Isso, Gombitelli.

Meu pai diz: É tudo fofoca, Betty.

Minha mãe diz: Mas se não for só fofoca, explicaria por que a senhora Raimondi não consegue dizer onde estava na segunda-feira à noite.

Meu pai se cala.

Minha mãe diz: Vai ver não é que a senhora Raimondi não consegue dizer onde estava; talvez ela estivesse com esse homem e não queira confessar porque talvez ele seja casado e, se ela confessar, poderia comprometê-lo, e isso soa muito mais lógico, não?

Meu pai diz que soa mais lógico, sim.

Minha mãe diz que, no dia seguinte, meu pai poderia perguntar isso a ela e, se a história for essa, poderia convencê-la a dizer o nome do homem.

Meu pai diz: Mas como posso perguntar uma coisa dessas a ela? É uma questão delicada. E se ela não quiser falar a respeito, como faço para tocar no assunto?

Minha mãe diz: Agora você é o advogado dela. Explique que, se ela não disser onde estava e com quem, vão mantê-la presa sob a acusação de homicídio.

Meu pai diz: Entendi, mas, se não for verdade, com que cara vou ficar? Talvez ela se ofenda.

Minha mãe diz: Ela está na cadeia, Augusto, é suspeita de ter matado o próprio marido, e você só está tentando tirá-la dessa encrenca: como pode se ofender se você pensa que ela está tentando não comprometer um amante?

Meu pai diz: Ah, é difícil dizer esse tipo de coisa.

Minha mãe diz: É nada! Escute o que você tem de fazer: pergunte a ela se estava com um homem e se não está querendo confessar isso para não o comprometer, e olhe bem nos olhos dela enquanto ela responder. Se ela mentir, você vai perceber, então você explica que, se ela continuar mentindo, realmente vai correr um sério risco, e você insiste, insiste e insiste até ela dizer que sim.

Meu pai diz: Tudo bem, mas e se ela não tiver estado com ninguém? Se realmente tiver perambulado por aí, perturbada, e não lembra nem para onde foi?

Minha mãe diz: Nesse caso, enquanto ela responder, você vai perceber que está dizendo a verdade, e você diz que ela precisa fazer um esforço para se lembrar de alguma coisa que lhe permita...

Meu pai a interrompe e diz que é exatamente o que ele tem feito, mas ela não...

Minha mãe o interrompe e diz: Mas você vai ver que é como estou dizendo, ela estava com alguém, é óbvio que estava, e, mesmo que no início ela não admita isso, você insiste e verá que vai acabar confessando.

Meu pai diz: Mas as mulheres da praia não eram víboras racistas? Agora você está concordando com elas?

Minha mãe diz que seu raciocínio faz sentido e que, de todo modo, entre chifrar o marido e matá-lo há uma boa diferença, e que aquelas mulheres são víboras racistas porque estão convencidas de que a senhora Raimondi fez as duas coisas só porque é *preta*.

Meu pai diz: Tudo bem, fique calma, amanhã pergunto para ela.

Minha mãe diz: Estou calmíssima; aliás, sabe de uma coisa? Eu me ponho no lugar dela e entendo que não queira dizer à polícia que estava com um homem, até porque ele poderia dizer: "Ah, essa mulher é louca! Quem é que a conhece? Nada disso é verdade!", e todos acreditariam nele. Imagine, vai ver é até um homem respeitável; não, você vai fazer com que ela te diga quem é esse homem, como ele se chama, onde está, depois vai conversar com ele e convencê-lo a se apresentar à polícia. É ele quem deve dizer que ela não pode ter matado o marido porque estava o tempo todo com ele. É ele quem deve fazer isso.

Meu pai diz: Sim, claro, vou conversar com ele, e ele vai fazer isso.

Minha mãe diz: Afinal, não é você quem sempre diz que é bom em convencer as pessoas? Pois então convença a senhora Raimondi a te dizer quem é esse homem, vá até ele e lhe diga que uma pessoa está presa por causa dele e que é só uma questão de tempo, mas você vai convencê-la a dizer a verdade, porque ela só precisa dizer a verdade para ser solta; portanto, para ele será muito melhor, muito mais honroso e digno se for ele a dizer. Talvez a história possa até permanecer em sigilo.

Meu pai diz: Ah, sim, claro, em sigilo, até parece!

Minha mãe diz: Espere aí, mas e o segredo de justiça? Além dos mais, os dois devem ter estado em algum lugar, em um restaurante, em um hotel, naquele casarão na colina onde foram vistos: a polícia vai até lá, verifica, o álibi é confirmado e a deixam ir. Que necessidade há de dizer isso à imprensa?

Meu pai diz: Ah, vai nessa. Na procuradoria de Lucca? Pode esquecer!

Minha mãe se cala.

Meu pai se cala.

Minha mãe diz: Então significa que vai dar a maior confusão na família dele; de resto, é uma confusão que ele mesmo armou; mas, vá por mim, esse homem não pode ficar calado. Que espécie de sujeito é esse? É isto que você precisa dizer a ele: "Que tipo de homem é você? Não tem consciência? Como pode deixar essa mulher na prisão só por...".

Meu pai a interrompe, diz: Betty.

Minha mãe diz: Sim?

Meu pai se cala.

Minha mãe se cala.

Meu pai diz: Betty, não sei como te dizer isso.

Entendo tudo. Não posso acreditar que minha mãe também não tenha entendido – nunca saberemos; o fato é que ela pergunta: Dizer o quê?

Entendo tudo e penso: Pai, não dê uma de louco, não diga, encontre outro jeito, diga à senhora Raimondi para aguentar firme; se foram os tios, a polícia vai descobrir, quem quer que tenha sido, a polícia vai descobrir, não diga a ela o que está para dizer, pai, não diga.

Meu pai diz: Esse homem...

Meu pai se interrompe. Minha mãe se cala – e, se não entendeu antes, não pode não ter entendido nesse momento. Com todo o amor que tem por ele, com toda a confiança que tem nele, com toda a ingenuidade que demonstrou até aqui, se não entendeu antes, agora entendeu, com certeza. No último segundo útil antes que meu pai diga a ela, ela entendeu. No entanto, meu pai ainda teria tempo de não o dizer, porque parou, e eu continuo a ter esperança, a torcer, vamos, pai, força, ainda está em tempo, termine a frase de qualquer outro modo, por exemplo: "Esse homem é um criminoso perigoso", ou "Esse homem está doente e à beira da morte", ou "Esse homem não vai confirmar nunca seu álibi; já falei com ele, e ele negou tudo" – e ainda será possível convencer a mamãe de que ela entendeu mal. Vou te ajudar, vou dizer a ela que Astel havia me contado que a mãe tinha um amante, esse homem aí, esse que você ainda pode inventar, e a mamãe vai se convencer de que entendeu mal. Vamos, pai, convencer as pessoas é o seu ofício, inventar é a sua especialidade, e se você parou assim, no meio da frase, é porque entende que não pode dizer isso, não dê uma de louco. Não é possível que não entenda quais serão as consequências se o disser; não diga, eu te imploro, e ainda poderemos fazer um passeio, os quatro, no Tubarão, como no ano passado, ao Monte Marcello, com o piquenique mais bonito do mundo, à sombra dos pinheiros curvados pelo vento. Não o diga, e ainda poderemos encontrar o *Avvocato* Agnelli com o *Tivatù* e cumprimentá-lo com a mão. Não o diga, e tudo continuará como foi até agora, você terá a esposa mais linda que existe, ela terá o melhor marido possível, talvez não o mais fiel, mas igualmente o melhor, que lava os pratos com ela, que a faz rir, que a adora – porque você adora a mamãe – e que diz aquela frase ultrarromântica sobre a alvorada na Cornualha. Vamos, pai, termine a frase de outro modo, não caia na armadilha de querer tirar o peso da consciência, você já a sujou e, se o disser, ela não voltará a ficar limpa, vai continuar pesada e suja como a de todos os adultos, não importa há quanto tempo isso está acontecendo, não importa quantas mentiras você teve de contar, não importa se não aguenta mais e a sua vida se tornou um inferno, não diga à mamãe o que você fez porque ela não vai suportar, foi você que fez e é você que deve suportar isso, tem quarenta anos, é seu dever, mostre que é forte como sempre acreditamos que era, mostre que é ajuizado como um pai deve ser, proteja-nos, não diga, agarre-se às enxárcias e deixe passar o aguaceiro, deixe o tempo cuidar disso, deixe a polícia cuidar disso, a senhora Raimondi vai ser libertada mesmo que você não diga que estavam juntos; foram os irmãos, foi alguém contratado por eles, foi outra pessoa, vocês dois só cometeram um erro, você só cometeu um erro, não confesse, não faça com que os outros paguem por ele, você verá que esse erro vai pesar cada vez menos, a cada dia sempre menos, salve-se, não machuque a mamãe dessa maneira, não destrua tudo desse modo. Não o diga, pai. Entendeu? Não o diga.

Meu pai diz: Sou eu.

28.

Renzo-motorista chegou por volta do meio-dia. As coisas colocadas rapidamente em uma única mala. As ataduras de Gilda que nem foram trocadas. A partida às pressas, às pressas, às pressas...

Quando acordei, meu pai já não estava em casa. "Temos de ir a Dublin", disse minha mãe, em inglês, sem acrescentar mais nada. Curiosamente, Gilda não pediu explicações. Eu não precisava de nenhuma. Tinha saído do meu posto à noite, depois que meu pai cometera sua loucura, e voltado para o quarto com os fios do cérebro desconectados. Eu não queria ouvir mais nada, apenas entendia muito melhor o que Astel dizia sobre querer ir embora. Também daquela vez, ela estava certa: quando não se pode impedir que coisas ruins aconteçam, só se pode fugir. Mas, como Astel, pior que Astel, eu não podia fugir, só podia parar de escutar – e foi o que fiz. Não caí na ilusão de que, se não tivesse escutado as consequências da loucura cometida pelo meu pai, elas não teriam ocorrido: apenas senti um calor violento derreter-se na minha cabeça até as orelhas e voltei para a cama por medo de que, se não o fizesse, morreria. Para trás da parede que separava meu quarto do deles: eis o único lugar para onde eu podia fugir. Do quarto ao lado não chegou mais nenhum som: o que quer que tenha acontecido, meu pai e minha mãe se separaram sussurrando.

Quando chegamos a Vinci, minha mãe mudou de roupa, mandou-nos fazer o mesmo, trocou as ataduras no pulso de Gilda e enfiou outras coisas em mais duas malas. Gilda despertou do silêncio no qual havia permanecido durante a viagem e começou a fazer perguntas. As respostas que recebia eram pedradas. "Por que vamos a Dublin?" "O vovô está doente." "E o papai?" "Vai nos encontrar depois." "Quando vamos voltar?" "Não sei." "Posso levar o Biribì?" (Biribì era seu ursinho de pelúcia.) "Pode." "Quando vamos comer?" "Na estrada." Renzo-motorista nos esperava no carro.

Não comemos na estrada, pois durante o restante da viagem até Roma Gilda e eu adormecemos. De resto, quando você é tratado como criança, acaba se comportando como uma criança. Éramos tão adultos, Astel e eu, nas tardes em que passávamos em sua casa, tão maduros e independentes, e naquele momento tínhamos voltado a ser pequenos, montinhos de carne acomodados na casa dos tios ou transportados como pacotes, sem poder de decisão, sem relevância. Tudo acontecia acima de nossas cabeças. Eu sabia o que tinha acontecido, mas sabê-lo não me dava nenhum poder. Minha mãe era um robô, esforçava-se para ser doce, mas era rígida, falava apenas em inglês, e seu comportamento nos desorientava: ora dizia coisas tranquilizadoras com uma expressão dura demais, ora mitigava a expressão, mas dava ordens secas e desprovidas de sentimento. Procurar nela a mulher à qual estávamos habituados era impossível, pois ela não existia.

Comemos um sanduíche no aeroporto. Não havia voos diretos de Fiumicino para Dublin, por isso minha mãe comprou passagens para Londres, com a British Airways, e depois de Londres para Dublin. Gilda e eu tínhamos passaporte irlandês; na alfândega, ninguém criou problema. Em compensação, os controles de segurança foram extenuantes: pensei que fosse por causa do *Bloody Sunday*,[20] ocorrido naquele ano; os ingleses estavam com a consciência pesada, como sempre dizia minha mãe, e temiam atentados por parte do IRA. Em vez disso, disseram os agentes, desculpando-se pelo incômodo, o alerta máximo devia-se ao massacre de Munique nas Olimpíadas. Minha mãe foi revistada por uma agente em uma sala fechada, enquanto outra ficou cuidando de nós, do lado de fora. Se eu tivesse percebido que minha mãe havia tomado uma decisão definitiva e que não mudaria de ideia por nenhuma razão no mundo, e que, portanto, Gilda e eu nunca mais voltaríamos à nossa vida na Itália, em Vinci e em Fiumetto; se tivesse percebido que, para ela, aquela vida tinha terminado para sempre e que a considerava terminada também para nós, talvez naquele momento eu tivesse tido a coragem de pedir ajuda à policial inglesa. "*Help us*", eu teria dito enquanto minha mãe era revistada, "*she's kidnapping us*".[21] Mas, como sempre, eu me fazia as perguntas erradas e não tinha entendido o que estava acontecendo. De resto, enigmática e tensa como estava, minha mãe era uma alienígena, era impossível ler alguma coisa em seus olhos – aliás, seus olhos realmente tinham mudado: os matizes amarelos já não existiam, a luz que os acendia já não existia.

Em Londres, esperamos por três horas o voo da meia-noite para Dublin, comemos outro sanduíche, e Gilda e eu

---

[20] Domingo sangrento. Confronto ocorrido entre manifestantes católicos, protestantes e o exército inglês em Derry, na Irlanda do Norte, em janeiro de 1972. (N. T.)

[21] Ajude-nos, ela está nos sequestrando. (N. T.)

bebemos pela primeira vez uma Pepsi-Cola. Estar naquela cidade, mesmo que acampados no aeroporto, aumentava meu desejo de ver Astel. Sentado no chão, eu pensava que ao meu redor, do lado de fora, estava a cidade cheia de música e energia para onde Astel queria fugir, o *wild world*[22] onde queria viver. Que pessoa magnífica era ela! Que grande dia seria aquele em que nos veríamos de novo! Mas esses pensamentos me isolavam. Nossa família tinha explodido, eu sofria por Astel e criava coragem pensando em quando nos reveríamos. Percebia que não era o que esperavam de mim, que teria de sofrer, sim, mas não por isso – e me sentia culpado. Mas agora posso dizer – prestem bem atenção –, depois de tudo o que passei, posso dizer que minha necessidade de Astel Raimondi no momento em que minha mãe cometia aquele abuso colossal era uma coisa saudável. Esse sentimento de culpa me acompanhou por anos, porque por anos meu primeiro pensamento quando eu acordava de manhã e o último quando ia dormir à noite foi Astel Raimondi: a primeira coisa de que eu sentia falta nunca era meu pai, a casa em Vinci ou a vidinha feliz que levávamos – sempre sentia falta de Astel em primeiro lugar. Pois deixem-me dizer uma coisa a vocês: o sentimento de culpa que sempre associei a essa prioridade acabou me protegendo. Aliás, me salvou. Agora sei que talvez eu pudesse, sim, ter feito alguma coisa para impedir que meus pais destruíssem tudo, enquanto ficava ali, espiando, quando todos na família fingiam e eu podia irromper em meio àquele teatrinho deles e mandá-lo pelos ares, colocando meu amor por Astel acima de tudo. Se o tivesse feito, quem sabe as coisas não tivessem acontecido de maneira diferente – mas não

---

[22] Mundo selvagem. (N. T.)

há nada que permita acreditar que teriam sido melhores. Sim, o sentimento de culpa me protegeu, pois assinalava que, em meio àquele desastre, havia algo meu que sobrevivia, algo que pertencia apenas a mim. Tudo bem, era uma perda, era uma dor, mas se encontrava fora da cratera produzida pelos erros dos adultos – meus pais, a mãe de Astel, seu pai fascista, os tios assassinos. Significava que as decisões eram tomadas acima da minha cabeça, sim, mas era eu quem decidia pelo que deveria sofrer. Como dizia a última mensagem que recebi de Astel, por meio daquela canção terrível, enquanto ela permanecia muda e catatônica, na última vez que a vi: tinha havido uma devastação, o que era inteiro se despedaçara, e a única coisa que se podia fazer era recomeçar a partir daquelas ruínas. Aquele sentimento de culpa era importantíssimo, pois significava que eu tinha minhas próprias ruínas para reconstruir. Do modo como vejo a situação hoje, se elas não tivessem existido, se eu tivesse sido catapultado para minha segunda vida sem ter tido tempo de conquistar algo exclusivamente meu na primeira, as coisas poderiam ter sido muito piores.

 E, para dar um final feliz a esta história, que de feliz não tem nada, deixem-me dizer que Gilda também teve suas próprias ruínas para reconstruir. Deixem-me dizer que foi uma bela surpresa, como uma amendoeira em flor, descobrir que por muito tempo ela também suportou um sentimento de culpa exatamente igual ao meu, por ele foi protegida e por ele foi salva: porque, naquela época, ela também estava apaixonada por um menino da sua classe. E se eu disse que essa surpresa era bela como uma amendoeira em flor é porque Gilda me confessou isso muitos anos depois, em Roma, justamente diante de uma amendoeira em flor, depois de ter me contado o mito de Fílis e Acamante, o amor desesperado de ambos e a metamorfose que Atena concede à donzela que morrera de impaciência, esperando seu amado regressar de Troia. Transforma o corpo dela em uma amendoeira de tronco sinuoso e envolvente, para que Acamante, que não estava morto como Fílis acreditava, pudesse abraçá-la em seu retorno. Tínhamos ido a Roma juntos, Gilda e eu, deixando nossas famílias, para assistir ao jogo de rúgbi entre a Itália e a Irlanda no torneio das Seis Nações. De vez em quando fazíamos isso, ela e eu, em guerra contra todos. Era março, e no Viale Mazzini, diante do ponto de ônibus, deparamos com uma magnífica amendoeira que criava uma bolha branca na fileira de ciprestes. Sentados em um banco, contemplando e apreciando seu perfume, Gilda me contou a respeito desse mito e depois fez sua confissão. O menino se chamava Vincenzo, disse-me. Fora algumas vezes à nossa casa para fazer as lições com ela. Tinha um olho preguiçoso[23] por causa da difteria e usava um tampão no outro. Eu me lembrava dele apenas por isso, e muito vagamente, mas Gilda me disse que o amava com todo o seu ser desde a primeira vez que o vira, e, enquanto era arrancada da sua vida, sofria sobretudo porque era arrancada dele. Gilda Bellandi, senhoras e senhores. Tinha sete anos quando nossa mãe nos sequestrou, e era nele que ela pensava, no aeroporto de Londres, enquanto esperávamos a conexão; pensava em Vincenzo. Era por ele que sofria. Embarcar no voo para Dublin não foi menos complicado, minha mãe foi revistada de novo, mas quem transportava a bomba era minha irmã.

---

[23] Nome popular da ambliopia, ou seja, a redução da visão em um dos olhos. (N. T.)

29.

De vez em quando acontece de sermos atropelados por um ditado. Minha irmã e eu fomos atropelados por este: "Vocês sabem qual é a definição de Alzheimer na Irlanda? Esquecer tudo, menos os rancores". Nossa mãe encarnou esse ditado, e estou convencido de que, no fundo, nunca compreendeu a gravidade do seu comportamento e de que nunca se arrependeu. Até mesmo quando o Alzheimer a atingiu em cheio, esvaziando-a de todas as suas faculdades, em seus olhos apagados parecia sobreviver o fogo da ofensa que meu pai lhe causara. Não que algum dia tenha sido possível falar a respeito: a força desse rancor sempre se mostrou imensamente superior àquela que qualquer um pudesse lhe opor para tentar convencê-la a reconsiderar as coisas, aceitá-las e repará-las. Em todo o restante voltou a ser a mulher humilde e devota que todos conheciam, circundada e amparada pelo calor de sua grande família irlandesa, que também se tornou a nossa família, dentro da qual nunca faltaram bom senso e bom humor, princípios sólidos e auxílio mútuo. Mas aquele buraco nunca foi fechado, ninguém conseguiu fazê-lo. Sei que até mesmo meus avós tentaram chamá-la à razão, mas sem resultado. Nem mesmo o tio Giotti conseguiu: enviado em missão a Dublin pelo meu pai e violando a antiga obrigação de residência com a qual havia sido repatriado e que nenhum legislador algum dia se preocupou em anular – nem mesmo ele pôde fazer nada. Uma tarde, em um úmido crepúsculo de dezembro, quando voltávamos da escola, nós o encontramos na horta conversando com nosso avô. Vestido com uma roupa leve demais, logo saltou aos olhos, pois usava o mesmo casaco de tecido de quando fora a Fiumetto de ônibus, quase um ano e meio antes. Evidentemente, tinha conseguido encontrar uma brecha no muro que minha mãe havia erguido ao nosso redor; evidentemente sua influência sobre ela tinha conseguido ao menos esse resultado. Mas se sua visita tinha o objetivo de convencê-la a enterrar o machado de guerra, então é preciso dizer que também sua missão fracassou, pois, depois dela, nada mudou. Aliás, foi minha mãe quem conseguiu algo dele, porque depois que ele nos entregou suas lembrancinhas – dois minitabuleiros de xadrez exatamente iguais ao seu, um para cada um, algo que, na situação em que estávamos, representava o conselho mais sábio que podia nos dar, ou seja: "Não se separem, vocês dois, não tomem caminhos diferentes, façam as mesmas coisas" –; como eu estava dizendo, depois que nos entregou as lembrancinhas e deixando intencionalmente de lado qualquer tentativa de conversa – que, de resto, ele em primeiro lugar, tímido como era, não saberia como conduzir –, nos fez a solene recomendação de não deixar mais comida no prato. De fato, Gilda e eu tínhamos adquirido o hábito de fazer isso todos os dias, em todas as refeições – dois pedaços de ensopado de carne, meia batata, um pedaço de banana, e quanto maior era a nossa fome, mais coisas deixávamos no prato – inspirados por seu glorioso protesto americano: e ele nos pediu para não fazer mais isso. Mas como a lembrança ainda viva de Astel – como eu disse, havia se passado pouco mais de um ano – e a proximidade com Gilda me tornavam mais inteligente, percebi que aquele era o momento propício para obter algo em troca, e pedi à minha mãe que me deixasse sozinho com o tio Giotti. "Eu e ele", disse eu, "a sós." Eu já estava com quase catorze anos, os pelos tinham começado a aparecer e, exceto pelo fato de deixar comida no prato, eu não tinha manifestado meu incômodo de nenhum outro modo – e poderia ter havido tantos modos, até dramáticos. Entre ela e o tio Giotti correu um olhar difícil de ser interpretado; depois, minha mãe saiu da sala, levando meus avós e Gilda – e, uma vez cara a cara com o tio Giotti, fiz perguntas em italiano. A primeira: como tinha terminado o caso do homicídio do senhor Raimondi – porque eu não sabia nem mesmo isso e imaginava que ele soubesse, se tinha permanecido em contato com meu pai. Por mais que seus olhos revelassem muito pouco suas emoções, tio Giotti pareceu surpreso com o fato de que essa fosse minha primeira curiosidade – mas, seja como for, sabia o que tinha acontecido e respondeu: realmente tinham sido os tios, disse, por uma questão de dinheiro; tinham contratado um pastor de Garfagnana, deram-lhe as chaves do escritório, a combinação do cofre no qual o senhor Raimondi guardava seu revólver, e o homem o matou, tentando fazer com que os indícios recaíssem sobre a senhora Raimondi. Foi recompensado com um milhão de liras e três cães de caça. Mas foi um crime desastrado, e os três foram para o *xilindró* – disse assim mesmo. A segunda pergunta foi: que fim tinha levado a senhora Raimondi – e essa pergunta deveria soar menos surpreendente para ele, pois continha uma referência implícita à relação entre ela e meu pai. E a resposta foi que ele não sabia de nada – resposta que, referida ao mesmo implícito, informava-me que a relação entre ela e meu pai tinha acabado. Pena que não era nesse implícito que eu estava interessado, e sim na terceira pergunta que tinha a lhe fazer: e o que tinha acontecido com Astel? Alguém sabia alguma coisa dela? Quando antes falei do sentimento de culpa que carreguei por anos: eu já tinha feito três perguntas, e nenhuma dizia respeito ao meu pai. Mas fiz bem, porque a resposta que recebi foi muito eloquente. A resposta foi: que Astel? Perceberam? O tio Giotti nem sabia quem ela era, assim como não sabia quem eram Vincenzo Balestrieri ou Jacky Ickx antes que eu lhe dissesse. De resto, tinha ido embora de Fiumetto no dia anterior à chegada dela, nem havia cruzado com ela, e evidentemente meu pai nunca a mencionou para ele. Sinal de que meu pai, tanto antes de cometer sua infâmia quanto depois, ao sofrer as despropositadas consequências, nem de longe pensou que entre mim e ela pudesse ter existido uma ligação. Nada, nem ele nem minha mãe se deram ao trabalho de pensar em nós, quando se tratara de dar vazão às pulsões deles. *Que Astel?* Nesse momento, com a raiva que eu sentia, acabei metendo também o tio Giotti no saco dos adultos egoístas e insensíveis e não me despedi como ele merecia, considerando que aquela era uma última vez. Quando ele saíra da prisão, eu ainda não tinha nascido; e, quando eu saí da minha reclusão e pude voltar à Itália, ele já tinha morrido. Foi enterrado em uma gaveta mortuária no cemitério de Malmantile. Quando passamos por lá, Gilda e eu sempre lhe fazemos uma visitinha.

 Portanto, não me perguntem como foi a batalha legal entre meus pais porque não sei nem nunca quis saber. Assim, por alto, posso dizer que minha mãe deve ter vencido em todos os aspectos, mas realmente não sei. No entanto, deixem-me dar um conselho a vocês: não traiam sua esposa com a vizinha de guarda-sol, mas, se realmente não conseguirem evitar, pelo menos não contem a ela; e não sequestrem seus filhos se seu marido cair em tentação, mas, se realmente não conseguirem evitar, depois tragam-nos de volta e separem-se civilizadamente, sobretudo se em seu país tiver entrado em vigor há dois anos a lei que autoriza o divórcio. Em resumo, não tomem a família Bellandi como exemplo, não se baseiem no que aconteceu conosco, porque fomos tocados por um milagre. Pelo que sei, minha mãe poderia ter ido parar na prisão, e meu pai também, se tivesse tentado nos sequestrar de volta, enquanto Gilda e eu poderíamos ter terminado muito mal e, em vez de usar o protesto do tio Giotti, poderíamos ter engrossado as filas dos garotos atormentados pela dependência química, que não conseguem sequer conceber uma vida normal e morrem com uma seringa presa ao braço ou esmagados contra um muro com a motocicleta. Entretanto, mas por puro milagre, meu pai e minha mãe conseguiram não causar mais danos do que já tinham causado; Gilda e eu conseguimos não ficar pior do que já tínhamos de ficar – protegidos por nosso próprio sofrimento, que fazia com que nos sentíssemos culpados porque era devido à falta de Astel e do tal Vincenzo, bem mais do que por termos perdido, junto com eles, toda a nossa vida. Encontramos outra vida em outro país, a Irlanda. E como as moedas que, uma vez em um milhão, caem em pé, por menos provável que fosse, nessa segunda vida nós dois encontramos um equilíbrio. E nossos pais também. Por isso digo que fomos tocados por um milagre.

    Ficamos quase três anos sem rever nosso pai e, quando o revimos, foi em uma circunstância lamentável, pois o encontro ocorreu no escritório de um advogado em Dublin, na presença da minha mãe, de uma psicóloga e de um policial. Estava claro que, enquanto abraçava seus filhos, meu pai era examinado porque tinha de demonstrar *ser digno* de abraçá-los. Ignoro as acusações que se fizeram reciprocamente, de um lado a outro da Europa, mas a impressão é de que minha mãe, para cobrir sua fuga, deve ter pegado bem pesado. O que, sem dúvida, não é um motivo de orgulho para ela. Mas também é verdade que nosso primeiro encontro – durante o qual a coisa mais observada por Gilda e por mim foi o carpete azul-claro do pavimento, pela vergonha que sentiríamos se nosso olhar cruzasse com qualquer par de olhos –, esse primeiro encontro marcava o início de um percurso destinado a nos restituir, contra a vontade da minha mãe, o direito de conviver com nosso pai. Esse primeiro encontro foi seguido por um segundo, três meses depois, nas mesmas modalidades do primeiro e, portanto, igualmente penoso, e a programação estabelecida pelo tribunal previa outros, gradualmente mais próximos e cada vez menos vigiados, em relação a sabe-se lá quais condições, claro, mas sempre destinados a reconstruir aquele convívio com ele que minha mãe quisera nos negar. Só que meu pai não aguentou e acabou desistindo. Escreveu-nos uma carta na qual jurava que nos amava muito, mas também declarava que não era capaz de continuar com aquela programação. Abandonava a luta, rendia-se à violência que havia sido usada contra ele – mas sem dizer assim, porque, na prática, era uma carta com valor legal. De fato, não era endereçada diretamente a nós, mas ao advogado da minha mãe, e foi ele quem a leu para nós, em seu escritório, quando esperávamos encontrar nosso pai pela terceira vez. Não posso condená-lo; para ele, deve ter sido muito difícil, até porque o homem que havíamos encontrado nas primeiras duas vezes naquele escritório não era mais nosso pai – era um homem vencido e humilhado, do qual não gosto de me lembrar. O fato é que não o vimos mais até nos tornarmos maiores de idade, quando pudemos ir visitá-lo na Itália – e, naquela época, a maioridade era alcançada aos vinte e um anos. Portanto, coube a mim ir vê-lo primeiro, em 1981 – contra a vontade da minha mãe, que, porém, não podia mais me impedir, e usando o dinheiro que eu havia ganhado com pequenos trabalhos.

Ele tinha refeito sua vida, como se diz. Estava vivendo em Florença, tinha uma nova esposa, Patrizia, de nome e de fato, pois pertencia a uma família bastante conhecida da burguesia florentina, e tinha mais dois filhos, dois gêmeos, Giacomo e Barbara, de seis anos – o que significa, se a matemática não é uma opinião, que pelo menos já estavam a caminho na época dos dois penosos encontros em Dublin. Mas, repito, não quero condená-lo: resistiu enquanto pôde e, quando não aguentou mais, desistiu. De resto, meus novos irmãozinhos eram muito divertidos; de certa forma, neles eu revia a mim e Gilda, o que me fez entender que também na nova família era sempre ele quem ditava os tempos e os modos, como havia feito na nossa, embora a nova esposa fosse rica e pudesse subjugá-lo: mas eram muito poucas as mulheres capazes de subjugá-lo, e talvez isso explique por que minha mãe se empenhou tanto em *colocá-lo para fora*. Ele já não passava as férias em Fiumetto, e sim em Punta Ala; não mais em uma casa alugada, e sim em casa própria; tinha não mais um barquinho a vela, mas uma lancha de treze metros com cabine; andava não mais de Pallas, e sim de Range Rover. Após os tristes anos de suas tribulações, tinha realizado um *upgrade* completo e certamente estava muito melhor do que antes, o que, aos meus olhos, pareceu ao mesmo tempo uma pena e um alívio: uma pena porque, naquela melhora, grande parte da sua beleza de diletante tinha sido perdida, e um alívio porque ele tinha conseguido escapar do papel de vítima que condizia muito pouco com ele, permitindo que não culpássemos nossa mãe. De resto, muitas daquelas mudanças também se deveram à mudança brusca do clima na Itália naquela década; e se é verdade que a nova esposa trazia como dote uma considerável solidez econômica, a riqueza na qual meu pai passou a se movimentar devia-se, sobretudo, a um robusto aumento de seus ganhos profissionais. Algo bastante automático para um expoente do Partido Socialista Italiano daqueles anos: honesto, claro — nunca houve nada de pouco límpido ao longo de toda a sua carreira, pelo menos não que eu saiba —, mas também muito habituado a reconhecer de qual direção soprava o vento propício. Só nos demos conta de sua fortuna após sua morte, pois, embora a maior parte de seu patrimônio tenha ido parar nas mãos da segunda família, Gilda e eu fomos beneficiados com uma quantia bastante consistente, que nos permitiu amparar nossos filhos — três meus, dois dela — ao longo de seus dispendiosos percursos de formação curricular sem termos de fazer grandes sacrifícios. Foi um presente inesperado que ele nos deu. Além disso, expandiu a família Bellandi, presenteando a mim e Gilda com irmãos simpáticos, ambos criados na maior mordomia e, por isso, muito conformistas em comparação a nós, mas que sempre se mostraram muito apegados a nós, e o são até hoje. Naturalmente, uma das primeiras coisas que lhe perguntei quando nos revimos em Florença, sem policiais para nos vigiar, foi se podia me dar notícias de Astel. Ficou tão surpreso quanto o tio Giotti. Não, disse-me, constrangido. Não sei mais nada das duas.

Como já mencionei, minha mãe se acomodou em sua velha/nova vida irlandesa sem perder nada da própria beleza e da própria ternura. Assim como eu era o único a saber com quanta vulgaridade selvagem ela era capaz de exprimir-se, eram pouquíssimos os que sabiam que havia sequestrado os próprios filhos e conseguido se safar: para todos, tinha simplesmente voltado para o ambiente familiar e, por isso, foi acolhida e aceita como o filho pródigo não apenas por seus parentes, mas também por todo o bairro – ainda e sempre Kilbarrack, entre os *negros* de Dublin. Não se casou de novo, nem tivemos notícia de qualquer relacionamento seu, mesmo que fugaz – mas nem por isso se tornou amarga; assim como voltou para o rebanho da igreja católica sem por isso se tornar carola. Ao regressar de Florença, a mais de dois mil quilômetros de distância, recomeçou do zero seus estudos de arte renascentista, interrompidos quando nasci, e se formou com mais de quarenta anos. Nunca procurou um trabalho nem tirou a carteira de motorista, o que permite pensar que em sua ação materna não estava contida nenhuma intolerância ao papel subalterno que desempenhava na família Bellandi. Ao contrário, graças ao fato de que, por treze anos, esse papel foi o da *dona de casa italiana*, ganhou fama de cozinheira excepcional, certamente um pouco exagerada, mas em Kilbarrack celebrada por todos e por ela propagandeada com orgulho. Suas especialidades eram os pratos preferidos do meu pai (e isso também somente eu e Gilda sabíamos): os *gnudi*, ou seja, o recheio dos raviólis sem a massa, que ela nunca aprendeu a fazer; o pesto à genovesa; o coelho à caçadora e os feijões com tomate, alho, sálvia e azeite, além de uma réplica realmente perfeita do rosbife da Primetta, que arrancava suspiros de prazer de todos os comensais e me fazia chorar.

O Alzheimer começou a levá-la embora antes dos sessenta anos, despojando-a aos poucos de todas as suas faculdades, uma após a outra: a memória dos fatos recentes, a capacidade de orientação, a capacidade de falar italiano (que desapareceu de repente) e a de exprimir-se integralmente em inglês, a beleza, a habilidade manual, a memória em geral, a autonomia na higiene pessoal e, o que foi pior, a esperança no futuro, pois sua autoconsciência ainda não tinha desaparecido nessa fase. Ou seja, além de doente, ficou deprimida. Depois disso, a evolução da sua doença sofreu uma brusca aceleração que também arrancou sua consciência, deixando-a com aquela espécie de angústia vazia no olhar, que todos que já tiveram de lidar com essa enfermidade conhecem bem – mas que, para mim, parecia ainda mais difícil de suportar porque realmente me vinha a dúvida de que nem tudo a havia abandonado e de que em seus olhos tinha ficado presa justamente a sombra do rancor.

Gilda. Como vocês devem ter percebido, sou louco pela minha irmã e, portanto, não sou a pessoa mais indicada para fazer um retrato objetivo dela. Vou me limitar aos dados factuais. Tornou-se Mestre Internacional no xadrez feminino aos dezessete anos, chegando à final dos campeonatos mundiais juniores, realizados em Dublin. Aos dezenove, estava a um passo de obter a pontuação necessária para se tornar Mestre Internacional Open (ou seja, no torneio que inclui competidores masculinos e femininos), mas parou de repente de jogar xadrez – libertando-se "de um jugo", como ela mesma disse. Dois anos depois, formou-se em Botânica no Trinity College. Mestrado e doutorado em Londres. Aos vinte e quatro anos, foi morar com um botânico americano de origem irlandesa, quinze anos mais velho que ela. Casaram-se e partiram para Vermont, onde ele lecionava. Adeus, Gilda? Não. Um ano depois, obteve uma cátedra no Trinity College – a mais jovem a conseguir esse título em sua área, recorde ainda válido – e voltou para Dublin, trazendo o marido e toda a tropa dele, composta de ex-esposa e dois filhos ainda menores de idade – todos irlandeses mestiços, de inteligência acima da média, que voltavam com ela para enriquecer a pesquisa científica na República da Irlanda. Ela também teve dois filhos, Brian e Flannery, seu casamento se manteve firme, e no ano passado ela se tornou avó. Eu poderia seguir adiante elencando os títulos e os reconhecimentos científicos que obteve, mas imagino que a maioria de vocês entenda de botânica tanto quanto eu, portanto não vou fazê-lo. Direi apenas que seu nome foi dado a uma rara variedade hermafrodita de samambaia, descoberta por ela, e que há alguns anos um livrinho de sua autoria, fininho e inexpugnável como ela, faz um enorme sucesso nas livrarias anglófonas. No texto intitulado *Esse pão não é pão*, ela desmascara as adulterações ocultas de alimentos comercializados como alimentação saudável. Esse livrinho vendeu trezentos mil exemplares, e ainda vende. Gilda Bellandi. Deixem-me dizer apenas isto: foi uma sorte tê-la ao meu lado nos anos difíceis, embora ela ainda fosse uma menina, e é uma sorte tê-la ao meu lado agora que essas dificuldades foram superadas.

Quanto a mim, daqueles primeiros anos, de quanto foram difíceis e de quão doloroso foi vivenciá-los, não tenho vontade de falar; e do meio século que os seguiu, honestamente, não há muito que contar. Como milhares de outros jovens daquela época, saí de casa, rebelei-me contra a autoridade constituída e me banquei sozinho nos anos de universidade, fazendo trabalhos muito humildes – mas, graças ao exemplo de Gilda, nunca rompi relações com minha mãe e com o restante da família e, por fim, consegui não culpar ninguém. Tenho orgulho sobretudo disso. Simplesmente, a certa altura, aceitei o que não tinha aceitado até então e, ao fazer isso, percebi que ainda era muito jovem e tinha toda a vida pela frente e todas as possibilidades de fazer bom uso dos dons que ela havia reservado para mim, inclusive o fato de ter conhecido Astel. Deixei de ser o garoto que havia sido sequestrado pela mãe e me esforcei para me tornar um homem bom: caberá aos outros estabelecer se consegui, mas me empenhei e me empenho todos os dias nisso. Formei-me em Literatura Inglesa, comecei a ensiná-la nas escolas de ensino fundamental e médio e me tornei tradutor de inglês para italiano, mas também o inverso – e tanto na Itália quando na Irlanda circulam livros de autores muito bons traduzidos por mim. Também tive a honra de conhecer alguns desses autores. Casei-me com uma colega da universidade e juntos construímos uma família que não destruímos depois. Joguei xadrez com resultados bem mais modestos que os da minha irmã, mas justamente por isso não tive de parar como ela, e continuo a jogar. Participo de torneios amadores, nunca venci nenhum, mas trouxe para casa alguns troféus de consolação – segunda e terceira classificação. Bobby Fischer se tornou meu ídolo, apagando quase todos os que eu admirava na infância, quando era aficionado por todos os esportes – aos poucos, esqueci o nome de muitos deles e tive de procurá-los no Google para mencioná-los nesta história. Ainda sou torcedor da Juventus, pois, quando essa paixão estava para me deixar, esvaziada pela distância, Liam Brady entrou para o time. Na minha opinião, foi o maior jogador irlandês de todos os tempos. Arregacei as mangas e descobri bares e associações de torcedores onde era possível acompanhar a Juve, que justamente graças a Brady tornara-se muito popular na Irlanda. Em seguida, foi a vez de Platini chegar à Juventus, e desafio qualquer um a se afastar do seu time do coração quando joga um fenômeno como ele. Quanto aos outros esportes, não me interessei mais por eles. Apenas o rúgbi me entusiasma, e no torneio das Seis Nações ou nos campeonatos mundiais, quando acontece de a Irlanda vencer os ingleses, o sangue em minhas veias começa a cantar em gaélico. Em suma, eu bem poderia cortar estas últimas duas páginas e dizer simplesmente que vivi uma vida normal, com problemas normais, ao longo da qual ainda pude encontrar a paz apesar do fato de certo dia, quando eu tinha doze anos, ter perdido de repente tudo o que tinha. Se minha mãe encarnou aquele ditado sobre os irlandeses, eu encarnei o final da "Immigrant Song".

Nunca mais vi Astel Raimondi nem tive notícias dela. Procurei-a, não pensem que não o fiz, mas nunca encontrei nenhum rastro dela, em nenhum lugar. Como se ela não tivesse existido. A certa altura, pus na cabeça que ela também tinha se tornado tradutora – fazia sentido, não era apenas um pensamento romântico, era algo pertinente: escrevi para a Associação de Tradutores Italianos, da qual eu fazia parte, para a Federação Internacional dos Tradutores e para o Conselho Europeu das Associações de Tradutores Literários perguntando por ela, e ninguém nunca tinha ouvido falar nela. Eu pedia informações sobre Astel Raimondi, mas não estava muito convencido de que teria mantido aquele sobrenome, e não sabia o de sua mãe. Então perguntei para meu pai – e adivinhem só? Nem ele sabia. De repente, pensar que ele havia posto fogo em sua família por uma mulher da qual não sabia nem mesmo o sobrenome foi algo que me iluminou, e deixei de procurar por Astel. Eu estava casado, já tinha um filho; suponhamos que a encontrasse: o que faria? O que teria acontecido? Naquele tempo, ainda era fácil despedir-se do passado, caso se quisesse – e eu o fiz, despedi-me dele. Não posso negar que, um quarto de século depois, ou seja, há quase vinte anos, comecei a digitar seu nome nas várias mídias sociais, que estavam fazendo com que os primeiros amores do mundo inteiro se reencontrassem, mas, de novo, não encontrei nada. Facebook, Instagram, LinkedIn e até mesmo TikTok. Ao longo dos anos, continuei a procurar por ela, mas, a essa altura, apenas por curiosidade, sem nenhuma intenção de revê-la, apenas para saber que ainda existia e que fazia alguma coisa em algum lugar, mas ela nunca reapareceu. Agora mesmo, enquanto estava escrevendo, parei e, por desencargo de consciência, digitei o nome dela em todas as *homepages* – e nada. Se não acreditam em mim, tentem: vocês vão encontrar um Astrel Raimond, um Astel Raymond, um Astel Samuel Raymond Williams, um Astro Raimondo, um Stefano Raimondi, um Andre Raimondi – de resto, todos homens – e só. Mas deixem que eu lhes diga uma coisa: melhor assim. A esta altura, nem sofro mais por ela; Astel é muito inteligente para ter se metido em encrenca. Ela apenas fez as coisas certas. Queria fugir. Conseguiu.

Epílogo

30.

Agora que realmente disse tudo a vocês, eu gostaria de contar uma última história que me parece adequada para a despedida. Mas vou precisar da sua imaginação, porque vocês terão de me imaginar com quase cinquenta anos. Não que saibam qual é minha aparência, nunca me descrevi, a não ser pelos cachos, mas não sou difícil de imaginar porque realmente sou um homem comum: eu poderia ser aquele sentado ao lado de vocês no ônibus, ou o garçom que lhes serve a pizza, ou seu farmacêutico, ou o carteiro, ou o padre que toma sua confissão, ou o motorista que manda vocês para aquele lugar no semáforo. Imaginem um deles que, para mim, está tudo bem. Imaginem que meu pai morreu há pouco tempo e que, depois de eu ter estado em Florença para o funeral, junto com Gilda, e ter abraçado meus irmãos, Patrizia e todos os seus parentes florentinos, e ter assistido ao enterro no cemitério mais bonito do mundo, aquele de Porte Sante, em San Miniato al Monte, onde estão sepultados Carlo Collodi e Vasco Pratolini, e ter voltado a Dublin para elaborar o luto – porque um pai que morre é sempre um pai que morre –, eu tenha sido chamado de volta à Itália com a máxima urgência: o testamento foi aberto e, além da quantia que já mencionei, há uma pendência. Imaginem que, sem que ninguém soubesse de nada, meu pai possuía um olival nos campos de Vinci, e imaginem que esse olival foi deixado a nós, a mim e a Gilda. Entretanto, há uma questão judicial a ser resolvida e uma dívida a ser paga, mas ninguém sabe de nada porque ninguém tinha conhecimento desse olival. Portanto, devo voltar para lá – Gilda não pode porque está dando aula. Então chego à casa de um sujeito chamado Ranshit, um agricultor de origem sikh, que vive ao lado do olival, a poucos quilômetros da nossa antiga casa, e que sempre cuidou da plantação por conta do meu pai. Ranshit é jovem, manca e me recebe de maneira acolhedora. Provavelmente tem um metro de cabelos enrolados embaixo do turbante preto. Fala toscano com sotaque indiano e um tom melodioso, como se sempre estivesse narrando uma fábula. Conta-me que aquele olival era um segredo entre ele e meu pai: ele cuidava das oliveiras em troca do azeite que produzia – e de vez em quando meu pai ia encontrá-lo e lhe repetia: "Cuide bem desse olival porque ele vai para os meus filhos irlandeses". Mas, diz Ranshit, há um porém, aliás, dois: o primeiro é que nos últimos meses houve muitas despesas que ele não ousou apresentar ao meu pai doente e acabou antecipando-as; estão todas documentadas e precisam ser reembolsadas. Imaginem que digo a ele: Tudo bem, Ranshit, claro, me diga quanto é que te reembolso agora mesmo; e ele me agradece juntando as mãos. Depois, há o segundo porém: ele caiu justamente de uma oliveira, poucos meses antes, não no nosso olival, em um outro, porque cuida de mais de um, e machucou o quadril, por isso está mancando e talvez tenha de ser operado; enfim, nesse ano não poderá podar as oliveiras como sempre fez, mas as oliveiras precisam ser podadas, é necessário, aliás, é fundamental, e pela primeira vez na vida ele teve de recorrer aos *potini* – é como ele chama aqueles cujo trabalho é podar as oliveiras de quem não pode ou não sabe podá-las pessoalmente –, e esses trabalhadores custam caro. Imaginem que lhe digo: Tudo bem, Ranshit, não se preocupe, vamos pagar esses *potini*, e você trate de se cuidar; e ele me diz: Mas é que há um problema, e pergunta se posso acompanhá-lo ao olival, assim vejo com meus próprios olhos. Imaginem, então, que subimos em sua picape e percorremos alguns quilômetros dos campos perto de Vinci, onde cresci, e imaginem que, para chegar a esse olival, também passamos na frente da nossa antiga casa. Nada me motiva a observá-la, mas não posso deixar de notar que nosso jardim, repleto de ameixeiras e damasqueiros, se tornou um prado inglês, com um triciclo e um carrinho elétrico em cima. Imaginem também que, quando minha antiga casa desaparece do meu campo visual atrás da crista de uma montanha, eu não sinto nenhuma saudade – e finalmente chegamos. Uma cerca de arame em mau estado. Um portão velho, meio torto. Um cadeado e uma corrente meio enferrujados. Ranshit abre, entramos, e ali está o olival, um pouco inclinado, em declive, romântico, não grande, mas tampouco pequeno, contendo onze fileiras com dezesseis oliveiras cada, somando um total de cento e setenta e seis plantas (meu superpoder de contar as coisas no mesmo instante não me abandonou: considerado em conjunto com todas as fixações e esquisitices que eu tinha quando criança, um psicólogo de hoje poderia me definir retroativamente como um caso-limite da síndrome de Asperger, mas de que serviria?).

Portanto, imaginem um olival bonito. Ranshit me conduz até a primeira fileira de oliveiras e caminha na terra áspera apoiando-se em uma bengala. Mostra-me a primeira oliveira. Está vendo?, pergunta-me. Com a bengala, toca um velho cepo de tronco, serrado pouco abaixo da superfície do solo, e outros dois troncos mais jovens, um maior e outro menor, que despontam da terra para subir até o alto, obliquamente, estendendo ramos e folhas que se confundem em uma única copa. Não diz nada. Dá alguns passos, eu atrás, e me mostra a segunda oliveira. Está vendo?, repete. É igual à primeira: um cepo serrado e dois troncos que despontam, um de um lado e outro de outro, de maneira bifurcada, e como a outra árvore formam galhos e folhagem que compõem uma única copa. Ranshit descreve um semicírculo com a bengala: estão todas assim, diz. Foi a geada de 1972, diz. Eu não estava aqui em 1972, aliás, nem tinha nascido, mas se você perguntar por aí vão te dizer que, perto do Natal daquele ano, houve uma geada terrível, com temperaturas que caíram abaixo de zero por vários dias. A pior geada de que os velhos se lembram por estas bandas. E essas geadas secam as oliveiras e as matam, diz. A menos que... Avança de novo, apoiando-se na bengala, alcança outra fileira de oliveiras e para. A menos que o agricultor seja rápido e competente para fazer o corte no cepo, diz, como fizeram aqui. É preciso remover a terra ao redor do cepo e cortá-lo alguns centímetros abaixo do nível do solo, diz, e tirar todos os brotos em volta dele, deixando apenas dois, três ou quatro, no máximo, daqueles que brotam dos óvulos mais baixos e mais externos. Aqui deixaram dois por planta. Com a bengala, bate nos que chamei de troncos mais jovens: imaginem um som cheio, consistente. Estes são os brotos, diz. Imaginem que parecem mesmo dois troncos: nodosos, com a casca áspera, retorcidos, cheios de galhos. Quando você vê oliveiras em V como estas, diz, há sempre uma geada no meio. Olhe a base do V, e você sempre verá o cepo cortado. Bate com a bengala no cepo, e o ruído é mais surdo, mais oco. Sempre com a bengala, começa a abrir a terra ao redor do cepo, depois se inclina e a escava com as mãos, até descobrir a parte escondida do cepo, uma dezena de centímetros mais abaixo, da qual se vê sair o broto – um tronco vivo que sai de um tronco morto. Faz o mesmo do lado oposto. Está vendo?, pergunta. Não sei quem fez o corte nestas oliveiras, diz, mas o fez muito bem. Todos os brotos cresceram, não morreu nenhum. E, agora, a encrenca: os *potini*, diz, me apresentaram um orçamento absurdo porque, segundo eles, cada oliveira são duas árvores, e eles são pagos por planta, trinta euros cada uma. Eles sabem muito bem que estes aqui são brotos, diz, sabem muito bem da geada, é gente daqui; mas me viram em dificuldade e querem se aproveitar da situação. Dizem que são dois troncos diferentes, mas sabem que são brotos. As raízes são as mesmas. Sua voz se rompe de raiva, mas a entoação ainda é de cantilena. Querem mais de dez mil euros, entendeu? Isso é meio hectare, diz, dez mil euros é o custo do olival inteiro.

    Imaginem agora uma coisa que, para mim, nunca tinha sido verdadeira, mas, naquele momento, era: *dez mil euros não eram um problema* – não logo depois de ter recebido a herança do meu pai. Eu poderia encerrar a questão ali mesmo, dizer a Ranshit: Vamos pagar e ponto-final, pense em tratar do seu quadril. Às vezes, é melhor relevar, eu poderia dizer a ele. Afinal de contas, é indiano. Mas imaginem que fiquei muito impressionado com o que ele me disse sobre a geada de 1972, sobre o corte no cepo e o renascimento dos brotos, e imaginem que pego o celular, ali, em meio àquelas oliveiras, e ligo diretamente para Gilda, em Dublin, que em matéria de árvores é uma autoridade. (Imaginem também, já que chegamos até aqui, como eu imagino naquele momento, que, se no verão do meu setembro negro já existissem telefones celulares, as coisas não teriam acontecido como aconteceram.) Imaginem que explico a ela a situação, a geada, o corte no cepo, os brotos, repetindo como um papagaio as palavras de Ranshit, e que pergunto a ela o que devemos fazer. Gilda me diz para não me preocupar, está em contato com produtores de azeite de Val di Nievole e que em uma hora me enviará, por intermédio deles, o número de uma pessoa competente que nos pedirá menos da metade. Em Val di Nievole, os *potini* são pagos a preço fixo, explica-me, não por planta, e se o olival tem meio hectare certamente não pedirão mais que quatro mil euros. Será preciso pagar um extra pelo deslocamento, diz, mas não será muito. Portanto, problema resolvido.

    Imaginem, porém, que não estou satisfeito, porque a essa altura o número de plantas de fato me interessa: obrigado, digo a ela, mas o que esses *potini* dizem é o que estou vendo com meus próprios olhos; cada planta realmente se tornou duas árvores. Olhe, diz ela, a alegação dos *potini* certamente é fraudulenta, porque o aparato radicular é um só, e é ele que deve ser contado, independentemente de como a planta se desenvolveu até a copa. Afinal, também a copa é uma só, ou seja, duas que se misturam e se entrelaçam, certo? Sim, digo. E é isso que deve ser levado em conta. O lavrador tem razão, os *potini* estão querendo levá-lo na conversa. Mas, diz, e faz uma pausa, uma coisa é a fraude comercial e outra é o que você quer realmente saber. E eu: E como você sabe o que eu realmente quero saber? E ela: Porque é exatamente o que eu também gostaria de saber se já não soubesse. E me explica que os dois brotos também lançaram as próprias raízes. E que, por mais próximos que estejam e provenham da mesma base e, tecnicamente, sejam ambos o prolongamento da planta serrada no colo, suas raízes afundam em pontos diferentes, onde a terra, embora seja a mesma, retém água e minerais de maneira diferente, e se desenvolveram com uma exposição diferente à luz, ao vento, ao calor e ao frio e, quando foram atacados por parasitas, reagiram de modo diferente. Passaram-se mais de cinquenta anos desde aquela geada, diz, e ao crescerem eles se diferenciaram. Sabe o princípio da individuação, a unicidade do ser? Pois então: se quisermos considerá-los como indivíduos, e não como plantas a serem podadas, eles são diferentes. Ah, digo, então as oliveiras que herdamos são o duplo. Não, responde ela, errado. Os indivíduos, quero dizer, cada planta são dois indivíduos. Errado, repete ela. Mas como errado, Gilda? Você acabou de dizer... Gigio, interrompe-me, você ainda está na frente das oliveiras? Sim, respondo. Então olhe para elas. Estou olhando. Quantos indivíduos você está vendo debaixo de cada copa? Dois, digo; e ela: Olhe bem. E eu: Estou olhando bem. E ela: Olhe melhor. E aqui peço que vocês me imaginem não tanto enquanto me esforço para olhar melhor, mas enquanto, de minha parte, imagino-a sorrir como fazia quando jogávamos xadrez na infância e ela via algo que eu não via, e me parava antes que eu fizesse o movimento que eu pretendia fazer, e me dizia justamente "olhe melhor", para me dar uma última possibilidade de enxergar, mas eu continuava a não ver e fazia o meu movimento.

Eu: Gilda, são dois. Dois brotos por copa.

E, depois de ter feito meu movimento, chegava a sua combinação.

Ela: Vamos colocar a coisa da seguinte forma: quantos *troncos* você está vendo? Eu: Troncos? Ela: Digo troncos para que você veja melhor. Considere-os como troncos:

quantos troncos você está vendo debaixo de cada copa? E eu: Sempre dois. E ela: Gigio, você não está olhando.

E imaginem que eu tenha entendido que a resposta não é dois, mas que continue a ver dois brotos, dois troncos embaixo de cada copa e a não entender o que há de errado.

Eu: Me rendo!

Ela: Não! Não se renda! Agora pare de olhar para as plantas e olhe para outra coisa. Desvie o olhar. Olhe para o céu.

Imaginem que obedeço. A essa altura, tornou-se um jogo nosso, estamos muito além do xadrez, estamos jogando "Gigio é cera nas mãos de Gilda".

Eu: Tudo bem.

Ela: Está olhando para o céu?

Eu: Estou.

Ela: Só para o céu, hein! Como ele está?

Eu: Sem nuvens, com faixas brancas deixadas pelos aviões.

Ela: Ótimo. Agora desça um pouco o olhar, enquadre o olival. Mas continue no alto. O que está vendo?

Eu: As copas.

Ela: Quantas copas, Rain Man? Está pronto? Vai!

Eu: Cento e setenta e seis. Mas eu já tinha contado antes.

Ela: Ah, tudo bem. Agora continue a descer. Olhe sempre para o olival, está bem? E vá descendo. Das copas para baixo. Devagar. O que está vendo?

Eu: Os brotos. Os troncos. Aos pares.

Ela: Muito bem. E quantos são?

Eu: Trezentos e cinquenta e dois.

Ela: Perfeito. Agora continue a descer. Vá até o chão. Olhe para a planta que está à sua frente, na terra. O que está vendo?

Eu: Vejo a terra e os dois brotos que...

Ela: Tínhamos combinado de chamá-los de troncos. Você está vendo a terra e quantos troncos debaixo de cada copa?

Eu: Estou vendo a terra e...

Pronto.

Deixo vocês aqui. Estou no meu olival, com o celular colado à orelha, e dentro do celular está minha irmã. Diante de mim está um jovem lavrador sikh, apoiado em uma bengala, com um problema no quadril e um turbante preto. O único som ao meu redor é o canto dos tataratataraneto dos passarinhos que cantavam em meu jardim quando eu era criança. Estou olhando para os dois brotos que despontam do solo e, no meio, o cepo do tronco originário, serrado depois da geada.

São três.

Pois bem: imaginem-me sempre assim, por favor. Enquanto olho.

Roma, 2021-2024.

Agradecimentos

Pietro Falaschi	Assistência. Conselhos
Gianni Veronesi	Assistência. Conselhos
Richard Ford	O início de *Canadá*
Manuela	Edição. Povo. Telefunken
Roberto Santachiara	Intermediação com Roddy Doyle
Roddy Doyle	Barrytown/Kilbarrack
Michael F. Moore	Frases em irlandês
Judy Collins	Alzheimer na Irlanda
Mario Giobbe	Rádio Rai sobre as Olimpíadas
Luca Rea	Rádio Rai sobre as Olimpíadas
Mario Desiati	Rutilismo
Beppe del Greco	Rutilismo
Carlo Monni	Casa em cima da adega
Teo Mammuccari	Monitor da colônia de férias
Pasquale Panella	Muflão
Teresa Ciabatti	Boneca
Valeria Solarino	Papoula
Giovanni Veronesi	Quilha. Conselhos
Zeno Veronesi	Membrana. Babilônia
Umberto Veronesi	Salobro
Nina Veronesi	O desenho. Destilado. Dois de seus amigos
Astel Wagne	O nome
Carlo Cuomo	Nome e sobrenome

Juan Carlos Onetti	O sobrenome O'Nety
Giorgio De Angelis	O sobrenome Raimondi
Ranshit	Ranshit
Luigi Cavallari	Gigio
Minha mãe	O tio Giotti
Meu pai	Genoa balão
Lorenzo Fabiano	Spassky-Fischer
Giovanni Pizzorusso	Spassky-Fischer. Jardim da casa de Astel
Walter Veltroni	Caso Lavorini
Massimiliano Bruno	Figurinhas
Edoardo Nesi	Versilia. Conselhos
Roberto Santini	Bagno Piero. Classe A
Giuseppe Coluccini	Bagno Stella
Antimo Palumbo	Amendoeira em flor no Viale Mazzini
Lucio Veronesi	"Um elefante cai do céu". Conselhos
Edoardo Albinati	*"So long"*, *"Sure"*
Antonella Bertini	"Idiotas, idiotas, idiotas!"
Beppe Inverni	"Talhado grosso"
Milo De Angelis	"Comer e falar de comer"
Stefano Ciambellotti	"Cabelos da cor da alvorada na Cornualha, entre as seis e as seis e meia da manhã"
Isabella Grande	"As coisas preciosas são tuteladas pelo pudor e pelo comedimento"
Raffaele La Capria	*Good-bye to the Mezzogiorno*, de W. H. Auden
Vincenzo Cerami	O menino com olho preguiçoso por causa da difteria

Créditos

Livros

p. 26 — Roddy Doyle, *The Commitments*, 1987 (edição italiana: *I Commitments*, Parma, Guanda, 1998).

p. 33 — W. H. Auden, *Good-bye to the Mezzogiorno* (edição italiana: *Good-bye to the Mezzogiorno*, Milão, All'insegna del Pesce d'Oro, 1958).

p. 101 — *El Eternauta*, escrito por Héctor Oesterheld e desenhado por Alberto Breccia, in *Gente*, 1969 (edição italiana: *L'Eternauta* in *linus*, junho-agosto de 1972).

p. 126 — Thomas Hardy, *Tess of the d'Urbervilles*, 1891.

p. 135-138 — Curt Siodmak, *Donovan's Brain*, 1942 (edição italiana: *Il cervello di Donovan*, tradução de Henny Bruzio, Milão, Garzanti, 1972).

p. 140 — Stephen King, *It*, 1986 (edição italiana: *It*, tradução de Tullio Dobner, Milão, Sperling & Kupfer, 1987).

Canções

p. 164 — Roxy Music, "Virginia Plain", 1972, letra e música de Bryan Ferry.

p. 166-167 — Joe Cocker, "Hitchcock Railway", 1969, letra e música de Donald Dunn e Tony McCashen.

p. 174 — Harry Belafonte, "Scarlet Ribbons (For Her Hair)", letra de Jack Segal, música de Evelyn Danzig. © 1949 (Renewed) EMI MILLS MUSIC, INC. Exclusive print rights administered by ALFRED MUSIC. All rights reserved. Used by permission of ALFRED MUSIC.

p. 183-184	Cat Stevens, "Wild World", letra e música de Cat Stevens. © 1970 Firecat Music Limited. All rights administered by UNIVERSAL MUSIC PUBLISHING LTD. All rights reserved.
p. 184	David Bowie, "Lady Stardust", 1972, letra e música de David Bowie.
p. 192	Cat Stevens, "Hard Headed Woman", letra e música de Cat Stevens. © 1970 Firecat Music Limited. All rights administered by UNIVERSAL MUSIC PUBLISHING LTD. All rights reserved. Reprodução autorizada por HAL LEONARD EUROPE.
p. 192	Cat Stevens, "Where Do the Children Play?", letra e música de Cat Stevens. © 1970 Cat Music Limited. All rights administered by UNIVERSAL MUSIC PUBLISHING LTD. All rights reserved. Reprodução autorizada por HAL LEONARD EUROPE.
p. 192	Cat Stevens, "Tea for the Tillerman", letra e música de Cat Stevens. © 1970 Firecat Music Limited. All rights administered by UNIVERSAL MUSIC PUBLISHING LTD. All rights reserved. Reprodução autorizada por HAL LEONARD EUROPE.
p. 192	Cat Stevens, "On the Road to Find Out", letra e música de Cat Stevens. © 1970 Cat Music Limited. All rights administered by UNIVERSAL MUSIC PUBLISHING LTD. All rights reserved. Reprodução autorizada por HAL LEONARD EUROPE.
p. 192	Cat Stevens, "Father and Son", letra e música de Cat Stevens. © 1970 Cat Music Limited. All rights administered by UNIVERSAL MUSIC PUBLISHING LTD. All rights reserved. Reprodução autorizada por HAL LEONARD EUROPE.
p. 192	Cat Stevens, "Miles from Nowhere", letra e música de Cat Stevens. © 1970 Cat Music Limited. All rights administered by UNIVERSAL MUSIC PUBLISHING LTD. All rights reserved. Reprodução autorizada por HAL LEONARD EUROPE.

p. 200,   Led Zeppelin, "Immigrant Song", 1970, letra e músi-
201, 247,   ca de Jimmy Page e Robert Plant.
261

p. 220   Caterina Caselli, "Sole spento", letra de Daniele Pace
            e Lorenzo Pilati, música de Daniele Pace e Mario
            Panzeri. © 1967 Sugarmusic S.p.A. Todos os direitos
            reservados para todos os países. Reprodução autoriza-
            da por HAL LEONARD EUROPE.

Este livro foi composto com tipografia Adobe Garamond Pro e
impresso em papel Off-White 70 g/m² na Formato Artes Gráficas.